陳墨

文化金庸

(下)

陳墨——著

陳墨文化金庸（下）——目錄

第十九章 食

不懂得食（包括飲食及烹調）就不能算是真正懂得中國文化。

中國人對食的重視，可以說是舉世無雙。

當然有兩個極端。一個極端，是普通的中國人一見面就問「吃了嗎？」可見對吃的重視，高於一切。這不難理解，證明中國人經常餓肚皮，而且餓怕了。因而對吃有著超乎尋常的熱情，遠比對政治、宗教、道德、倫理、迷信或科學之類的熱情要高。

另一個極端，則是上層人的食不厭精。從孔子時代就開始了。孔子的學生顏回是「一簞食，一瓢飲，人也不堪其憂，回也不改其樂」得到了孔子的表揚，但孔子本人卻不是這樣。厄於陳蔡、窮途末路，那是沒有辦法。平時吃飯時臘肉切得不方不正都不行，據說這也牽涉到儒家之禮……其實，我們壓根兒就不用去用典與稽古，只要看看遍佈全國城鎮鄉村的大小酒樓飯館就知道了。據說全世界主要的城市中，華人餐館都很吃香。

《紅樓夢》中為什麼要不厭其煩地將每一次宴會、每一頓飯的每一道菜都記錄下來？往好裡說，就是表明我們飲食文化的發達與精緻。當然也有另一面，那就是賈府一頓飯花的銀子，夠劉姥姥一家人幾年之用。而今也是，一面是酒樓林立，食城興旺，另一面是上億人需要解決溫飽。因而一個平常的中國人談起中國食文化時，不免感情複雜。

閒話少說，且看金庸的小說。

《書劍恩仇錄》中寫到紅花會群雄將乾隆抓到六和塔頂，第一件事就是要餓他幾天。眼見一盤盤色香味俱全、熱氣騰騰的佳餚擺上，什麼清炒蝦仁、椒鹽排骨、醋溜魚、生炒雞片……都讓乾隆能看不能吃。還說風涼話：「幹麼不叫皇上寵愛的御廚張安官來燒蘇式小菜？這種杭州粗菜，皇上怎麼能吃？」

周仲英問：「皇上肚餓了吧？」

蔣四根道：「餓乜！我好飽！」

徐天宏道：「這叫做『飽漢不知餓漢饑』了。天下挨餓的老百姓不知道有幾千幾萬，可是當政之人，幾時想過老百姓挨餓的苦處？今日皇上稍稍餓一點兒，或者以後會懂得老百姓挨餓時是這般受罪。」

常赫志道：「人家是成年累月的挨餓，一生一世從來沒吃飽過一餐，他一天兩天不吃東西，有啥子稀奇？」

常伯志道：「我們哥倆小時候連吃兩個月的樹皮草根，你龜兒子嘗嘗這滋味看。」……紅花會群雄大都是窮苦出身，想起往事，都是怒火上升，說起肚餓，不免你一句、我一句，說個不休。

過了兩個時辰，乾隆聞到了一陣「蔥椒羊肉」的香氣，宛然是御廚張安官的拿手之作，接著果然發現紅花會真的將張安官也請來了。又看見桌子上放了一碗燕窩紅白鴨子燉豆腐、一碗蔥椒羊肉、一碗冬筍大炒雞燉麵筋、一碗雞絲肉絲奶油煸白菜，還有一盆豬油酥火燒，此外還有十幾碟點心小菜，都是他平日喜愛的菜色。乾隆龍心大悅。——可是，沒用，紅花會眾英雄只給他看，不給他吃。要他好好地嘗一嘗挨餓的滋味。

如是兩天兩夜。直至第三天早晨，才由陳家洛露面，拿出茶盤，盤中放著一碟湯包、一碟蟹粉燒賣、一碟炸春捲、一碟蝦仁芝麻卷、一碗火腿雞絲蓴菜荷葉湯。乾隆肚皮貼到了背心，如何耐得？「當即下箸如飛，快過做詩十倍，頃刻之間，把四碟點心吃得乾乾淨淨，湯也喝了個『碗底朝天子』。」點心吃完，說不出的舒服受用，端起茶杯，望著杯中碧綠的龍井細茶，緩緩啜飲，齒頰生津，脾胄沁芳。這才恢復了活氣，和幾分貴人的模樣。之所以說是幾分，因為他這時畢竟不是在皇宮大內，也不在行宮別墅，而是被困在六和塔頂，身為囚徒。能有這幾樣點心吃就算不錯了。金庸在這裡也只是牛刀小試，隨意寫出幾樣。

寫食寫得多、寫得好的，當首推《射鵰英雄傳》一書。

書中主人公郭靖和黃蓉首次相遇，就是在張家口的一個酒店之中。郭靖先到，進店入座，要了一盤牛肉，兩斤麵餅，依照蒙古人的習俗，抓起牛肉麵餅一把把往口中塞去。正吃得痛快，忽聽店門口吵嚷起來。他掛念紅馬，忙搶步出去，只見那紅馬好端端的在吃草料。兩名店伴卻在大聲呵斥一個衣衫襤褸、身材瘦削的少年。那少年約莫十五六歲年紀，頭上歪戴一頂黑黝黝的破皮帽，臉上手上全是黑煤，早已瞧不出本來面目。手裡拿著一個饃頭，嘻嘻而笑。郭靖見他可憐，知他餓得急了，就提出要幫他會帳，進而又請他一同吃飯。於是就有了下面的一段：

……郭靖吩咐店小二再拿飯菜。店小二見了少年這副骯髒窮樣，老大不樂意，叫了半天，才懶洋洋的拿了碗碟過來。

那少年發作道：「你道我窮，不配吃你店裡的飯菜麼？只怕你拿最上等的酒菜來，還不合我的口味呢。」店小二冷冷的道：「是麼？你老人家點得出，咱們總是做得出，就只怕吃了沒人會鈔。」那少年向郭靖道：「任我吃多少，你都做東麼？」郭靖道：「當然，當然。」轉頭向店小二道：「快切一斤牛肉，半斤羊肝。」他只道牛肉羊肝便是天下最好的美味，又問少年：「喝酒不喝？」

那少年道：「別忙吃肉，咱們先吃果子。喂，夥計，先來四乾果、四鮮果、兩鹹酸、四蜜餞。」店小二嚇了一跳，不意他口出大言，冷笑道：「大爺要些什麼果子蜜餞？」

那少年道：「這種窮地方小酒店，好東西諒來也弄不出來，就這樣吧，乾果四樣是荔枝、桂圓、蒸棗、銀杏。鮮果你揀時新的。鹹酸要砌香櫻桃和姜絲梅兒，不知這兒買不買得到？蜜餞麼？就是玫瑰金橘、香藥葡萄、糖霜桃條、梨肉好郎君。」店小二聽他說得十分在行，不由得收起了小覷之心。

那少年又道：「下酒菜這裡沒有新鮮魚蝦，嗯，就來八個馬馬虎虎的酒菜吧。」店小二問道：「爺們愛吃什麼？」少年道：「唉，不說清楚定是不成。八個酒菜是花炊鵪子、炒鴨掌、雞舌羹、鹿肚釀江瑤、鴛鴦煎牛筋、菊花兔絲、爆獐腿、薑醋金銀蹄子。我只揀你們這兒做得出的來點，名貴點兒的菜餚嘛，咱們也就免了。」店小二聽得張大了口合不攏來。

……少年道：「再配十二樣下飯的菜，八樣點心，也就差不多了。」店小二不敢再問菜名，只怕他點出來採辦不到，當下吩咐廚下揀最上等的選配，又問少年：「爺們用什麼酒？小店有十年陳的三白汾酒，先打兩角好不好？」少年道：「好吧，將就對付著喝喝！」

……再過半個時辰，酒菜擺滿了兩張拼起來的桌子。那少年酒量甚淺，吃菜也只揀清淡的夾了幾筷，忽然叫店小二過來，罵道：「你們這江瑤柱是五年前的宿貨，這也能賣錢？」掌櫃的聽見了，忙過來陪笑道：「客官的舌頭真靈。實在對不起。小店沒江瑤柱，是去這裡最大的酒樓長慶樓讓來的。通張家口沒新鮮貨。」……（**第七回**）

這時，郭靖尚不知道，「那少年」是一個美麗的少女，是黃藥師的女兒黃蓉。黃藥師乃絕世高人，無所不通；他的女兒自然也就見多識廣、無所不能了。黃蓉第一次露面，在張家口點出這些菜，對郭靖來說是高明之至，而對黃蓉來說則不過是小試牛刀。她點了這些菜，共花去郭靖十九兩七錢四分銀子，卻並不是當真要吃，而是要擺譜、與店小二賭那口氣。這也符合她的性格。

郭靖本來就樸實忠厚，又按蒙古人習俗，招待客人向來傾其所有，更何況他平生第一次用錢請客，渾不知銀錢的用途，就算知道，既和黃蓉說得投契，心下不勝之喜，便多花十倍的銀錢也不會往心裡去。出店之後，又贈金、贈裘、贈馬，黃蓉大為感動。（**因為這時的她不是黃藥師之女而是一個骯髒的乞兒，郭靖如此相待，那是真正的情緣**）於是兩人又到張家口最大的酒樓長慶樓上去，要了四碟精緻細點，一壺茶，兩人又天南地北地聊了起來。

黃蓉精於飲食，可不只是說說而已。有一天她與郭靖一道過了長江，感到肚餓，黃蓉便偷來一隻肥大的公雞，用峨嵋鋼尺剖盡了公雞肚子，將內臟洗剝乾淨，卻不拔毛，用水和了一團泥裹在雞外，生火烤了起來。烤得一會，泥中透出甜香，待得濕泥乾透，剝去乾泥，雞毛隨泥而落，雞肉白嫩，濃香撲鼻。這叫「叫花子雞」——

> 黃蓉正要將雞撕開，身後忽然有人說道：「撕作三份，雞屁股給我。」
>
> ……只見說話的是個中年乞丐……臉上一副饞涎欲滴的模樣，神情猴急，似乎若不將雞屁股給他；就要伸手奪了。郭、黃兩人尚未回答，他已大

馬金刀的坐在對面，取過背上葫蘆，撥開塞子，酒香四溢……

黃蓉……只見他望著自己手中的肥雞，喉頭一動一動，口吞饞涎，心裡暗笑，當下撕下半隻，果然連著雞屁股一起給了他。

那乞丐大喜，夾手奪過，風捲殘雲地吃得乾乾淨淨，一面不住讚美：「妙極，妙極，連我叫花祖宗，也整治不出這般了不起的叫花雞。」黃蓉微微一笑，把手裡剩下的半邊雞也遞給了他。那乞丐道：「那怎麼成？你們兩個娃娃自己還沒吃。」他口中客氣，卻早伸手接過，片刻間又吃得只剩幾根雞骨。……（**第十二回**）

此人不是別人，乃是大名鼎鼎的丐幫幫主、絕世高人、美食家洪七公。黃蓉做出的叫花雞能讓叫花祖宗洪七公如此不顧體面地吃得一乾二淨，可見其烹飪手藝之高。這一點，我們很快就能看到更讓人目瞪口呆的例子。

聰明的黃蓉早已猜到此人是與她父親齊名當世的洪七公。想到郭靖武藝不高，又遇到洪七公這樣的絕世高人，黃蓉不可能不加以利用。而又知這洪七公是一位不折不扣的饞貓，不用眉頭一皺，也就計上心來。便對洪七公道：「這叫花雞也算不了什麼，我還有幾樣拿手小菜，倒要請你品題品題。咱們一起到前面的市鎮去好不好？」洪七公自然會說「妙極」。

黃蓉在做菜之時，洪七公就有些耐不住了。嗅了幾嗅，便叫道：「香得古怪！那是什麼菜？可有點兒邪門。情形大大不對！」伸長了脖子，不住向廚房探頭探腦地張望。郭靖看他一副迫不及待、心癢難搔的樣子，不禁暗暗好笑。廚房裡香氣陣陣噴出，黃蓉始終沒有露面。洪七公搔耳摸腮，坐下站起，站起坐下，好不難熬，向郭靖道：「我就是這個饞嘴的臭脾氣，一想到吃，就什麼也都忘了……古人說『食指大動』真是一點也不錯。我只要見到或是聞到奇珍異味，右手的食指就會跳個不住。有一次為了貪吃，誤了一件大事，我一發狠，一刀將指頭給砍了……指頭是砍了，饞嘴的性兒卻砍不了。」——原來洪七公是因為吃才變成「九指神丐」。下面，大戲開場了：

……黃蓉笑盈盈的托了一隻木盤出來，放在桌上，盤中三碗白米飯，一隻酒杯，另有兩大碗菜餚。郭靖只覺得甜香撲鼻，說不出的舒服受用，只見一碗是炙牛肉條，只不過香氣濃郁，尚不見有何特異，另一碗卻是碧綠的清湯中浮著數十顆殷紅的櫻桃，又飄著七八片粉紅色的花瓣，底下襯著嫩筍丁子，紅白綠三色輝映，鮮豔奪目，湯中泛出荷葉的清香，想來這清湯是以荷葉熬成的了。

黃蓉在酒杯裡斟了酒，放在七公前面，笑道：「七公，您嘗嘗我的手藝兒怎樣？」

洪七公哪裡還等她說第二句，也不飲酒，抓起筷子便夾了兩條牛肉條，送入口中。只覺滿嘴鮮美，絕非尋常牛肉，每咀嚼一下，便有一次不同滋味，或膏腴嫩滑，或甘脆爽口，諸味紛呈，變幻多端，直如武學高手招式之層出不窮，人所莫測。洪七公驚喜交集，細看之下，原來每條牛肉都是由四條小肉條拼成。

洪七公閉了眼辨別滋味，道：「嗯，一條是羊羔坐臀，一條是小豬耳朵，一條是小半腰子，還有一條……還有一條……」黃蓉抿嘴笑道：「猜得出算你厲害……」她一言甫畢，洪七公叫道：「是獐腿肉加兔肉揉在一起。」黃蓉拍手讚道：「好本事，好本事。」郭靖聽得呆了，心想：「這一碗炙牛肉條竟要這麼費事，也虧他辨得出五般不同的肉味來。」

洪七公道：「肉只五種，但豬羊混咬是一般滋味，獐牛同嚼又是一般滋味，一共幾般變化，我可算不出了。」黃蓉笑道：「若是次序的變化不計，那麼只有二十五變，合五五梅花之數，又因為肉條形如笛子，因此這道菜有個名目，叫作『玉笛誰家聽落梅』。這『誰家』兩字，也有考人一考的意思，七公你考中了，是吃客中的狀元。」

洪七公大叫：「了不起！」也不知是讚這道菜的名目，還是讚自己辨味的本領，拿起羹匙舀了兩顆櫻桃，笑道：「這碗荷葉筍尖櫻桃湯好看得緊，有點不捨得吃。」在口中一辨味，「啊」的叫了一聲，奇道：「咦？」又吃了兩棵，又是「啊」的一聲。荷葉之清、筍尖之鮮、櫻桃之甜，那是不必說了，櫻桃核已經剜出，另行嵌了別物，卻嘗不出是什麼東西。洪七公沉吟道：「這櫻桃之中，嵌的是什麼物事？」閉了眼睛，口中慢慢辨味，喃喃的道，「是雀兒肉！不是鷓鴣，便是斑鳩，對了，是斑鳩！」睜開眼來，見黃蓉正豎起了大拇指；不由得甚是得意，笑道：「這碗荷葉筍尖櫻桃斑鳩湯，又是個什麼古怪名目？」

黃蓉微笑道：「老爺子，你還少說了一樣。洪七公「咦」的一聲，向湯中瞧去，說道：「嗯，還有些花瓣兒。」黃蓉道：「對啦，這湯的名目，從這樣作料上去想便是了。」洪七公道：「要我打啞謎可不成，好娃娃，你快說了吧。」黃蓉道：「我提你一下，只消從《詩經》上去想就得了。」洪七公連連搖手，道：「不成，不成。書本上的玩意兒，老叫化一竅不通。」

黃蓉笑道：「這如花容顏，櫻桃小嘴，便是美人了，是不是？」洪七公道：「啊，原來是美人湯。」黃蓉搖頭道：「竹節心虛，乃是君子。蓮花又是花中君子，因此這竹筍丁兒和荷葉，說的是君子。」洪七公道：「哦，原來是美人君子湯。」黃蓉仍是搖頭，笑道：「那麼斑鳩呢？《詩經》第一篇是：『關關雎鳩，在河之洲。窈窕淑女，君子好逑。』是以這湯叫做『好逑湯』。」（第十二回）

看起來是兩碗菜，內容卻如此豐富，有牛、羊、豬、獐、兔、斑鳩、櫻桃、荷葉、筍尖和花瓣兒，一共十種物事。虧得洪七公能一一品出。且能分辨出豬羊混咬是一般滋味，獐牛同嚼又是一般滋味……若沒有洪七公這樣內行的吃客，這菜餚的精細美味便難以品出。

然而即便是洪七公這樣的老吃客，對「五五梅花之數」及「玉笛誰家聽落梅」這樣的詩句；對「櫻桃小嘴、如花容顏，便是美人」，「竹節心虛、乃是君子」以及「關關雎鳩……」這樣《詩經》中的句子，卻半點也品不到，更題不出來。只因黃蓉不僅是一位烹飪大師，而且是一位具有豐富文化修養的烹飪藝術家。不僅能做出這樣的菜，而且能取出這樣的名目。當然，若沒有這樣富有詩意的想像力，也做不出這麼美妙如藝術品的菜餚。

洪七公這位鑒賞者比之黃蓉這位創作者，顯然大大的遜了一籌。旁邊的郭靖，那更加是「牛嚼牡丹」，不知所云了。

好戲還沒有完哩：

黃蓉噗哧一笑，說道：「七公，我最拿手的菜你還沒吃到呢。」洪七公又驚又喜，忙問：「什麼菜？什麼菜？」黃蓉道：「一時也說不盡，比如說炒白菜哪、蒸豆腐哪、燉雞蛋哪、白切肉哪。」

洪七公品味之精，世間稀有，深知真正的烹調高手，愈是在最平常的菜餚之中，愈能顯出奇妙功夫，這道理與武學一般，能在平淡之中現神奇，才說得上是大宗匠的手段，聽她這麼一說，不禁又驚又喜，滿臉是討好祈求的神色，說道：「好，好！我早說你這女娃娃好。我給你買白菜豆腐去，好不好？」黃蓉笑道：「那倒不用，你買的也不合我心意。」洪七公笑道：「對，對，別人買的怎能合用呢？」

當晚黃蓉果然炒了一碗白菜、蒸了一碟豆腐給洪七公吃。白菜只揀菜心，用雞油加鴨掌來生炒，也還罷了。那豆腐卻是非同小可，先把一隻火腿剖開，挖了廿四個圓孔；將豆腐削成廿四個小球分別放入孔內，紮住火腿再蒸，等到蒸熟，火腿的鮮味已全到豆腐之中，火腿卻棄去不食。洪七公一嘗，自然大為傾倒。這蒸豆腐也有個唐詩的名目，叫作「二十四橋明月夜」，要不是黃蓉有家傳「蘭花拂穴手」的功夫，十指靈巧輕柔，運勁若有若無，那嫩豆腐觸手即爛，如何能將之削成廿四個小圓球？這功夫的精細艱難，實不亞於米粒刻字，雕核為舟。但如切為方塊，易是易了，世上又怎有方塊形的明月？……（**第十二回**）

這一道「二十四橋明月夜」的菜餚看起來有些令人匪夷所思，與「玉笛誰家聽落梅」、「好逑湯」一樣，似是作者的虛構，實則是作者的寫意之作。為了吃，人們什麼都能想到，什麼都能創造得出來，什麼功夫都能下，又豈止是區區「二十四橋明月夜」？若不是對中國烹飪有深刻的理解，金庸也就寫不出這樣的菜譜，取不出這樣的名目。

如此這般，黃蓉憑著自己的一半家傳、一半天賦的烹調手藝，將洪七公留住了一月有餘。郭靖在洪七公的指導下，武功自然突飛猛進。將洪七公的絕學「降龍十八掌」學去了十五掌。洪七公本來至多只傳兩掌三招（**丐幫弟子中立功者亦不過只學得一招半式**），哪知黃蓉烹調功夫實在高明，奇珍妙味，每日層出不窮，使他無法捨之而去。一個月之後，洪七公要走，又被黃蓉留了半個月，洪七公說：「老叫化再吃你半個月的小菜，咱們把話說在前頭，這半個月之中，只要有一味菜吃了兩次，老叫化拍拍屁股就走。」黃蓉大喜，有心要顯本事，所煮的菜餚固然絕無重複，連麵食米飯也是極逞智巧，沒一餐相同，鍋貼、燒賣、蒸飯、水餃、炒飯、湯飯、年糕、花卷、米粉、豆絲，花樣竟是變幻無窮。

這一段佳話，稱得上是美食節。後來洪七公也曾感歎：「他媽的，這樣的女娘們，我年輕時怎麼沒碰到？」再後來洪七公收郭靖、黃蓉為徒，一半固是因為郭靖的忠厚義氣，黃蓉的聰明靈俐，另一半則也不必遮瞞，正如洪七公對黃藥師所說是「志在騙吃騙喝」。

再說洪七公，此人雖然曾為貪吃誤事而斬下了一隻手指，卻仍是沒法斬斷他貪吃的毛病，這倒符合他丐幫幫主的身分。他為了偷食皇宮大內的美食，居然在御廚房的樑上躲了三個月。以至於御廚房的人疑神疑鬼，都說出了狐狸大仙。後來洪七公身負重傷，幾乎無救，洪七公以為自己要死，倒也看得很開，只是想吃臨安皇宮中的「鴛鴦五珍膾」這道美味，居然要郭、黃二人再次將他送進皇宮躲起來。

論起吃的熱情和功夫，無人能與洪七公相比。到了小說《神鵰俠侶》中，洪七公年事已高，但愛美食的脾性依然如故。楊過在華山碰到他時，書中寫道：

此人正是九指神丐洪七公，他將丐幫幫主的位子傳給黃蓉後，獨個兒東飄西遊，尋訪天下的異味美食。廣東地氣和暖，珍奇食譜。最多，他到了嶺南之後，得其所哉，十餘年不再北返中原。

那百粵之地毒蛇作羹，老貓燉盅，斑魚似鼠，巨蝦稱龍，肥蠔炒響螺、龍虱蒸禾蟲，烤小豬而皮脆，煨果狸則肉紅，洪七公如登天界，其樂無窮。……

（《神鵰俠侶・第十回》）

楊過碰到他時，洪七公是追趕藏邊五醜，自嶺南到了華山，若不尋幾種異味吃吃，怎對得起自己的肚皮？因而對楊過解釋說：「華山之陰，是天下極陰寒之處，所產蜈蚣最為肥嫩，廣東天時炎熱，百物快生快長，蜈蚣肉就粗糙了。」說罷將四塊石頭圍在火房，從背上取下一隻小鐵鍋架在石上，抓了兩團雪放在鍋裡，便要楊過陪他去取蜈蚣。

只一盞茶時分，兩人已攀上了一處人跡不到的山峰絕頂。……當下走到一塊大岩石邊，雙手抓起泥土，往旁拋擲，不久露出一隻死公雞來。楊過大是奇怪，道：「咦，怎麼有隻大公雞？」隨即省悟：「啊，是你老人家藏著的。」

洪七公微微一笑，提起公雞。楊過在雪光掩映下瞧得分明，只見雞身上咬滿了百來條七八寸長的大蜈蚣，紅黑相間，花紋斑斕，都在蠕蠕而動……洪七公大為得意，說道：「蜈蚣和雞生性相克，我昨天在這兒埋了一隻公雞，果然把四下裡的蜈蚣都引來啦！」

當下取出包袱，連雞帶蜈蚣一起包了，歡天喜地的溜下山峰……這時一鍋雪水已煮得滾熱，洪七公打開包袱，拉住蜈蚣尾巴，一條條的拋在鍋裡。那些蜈蚣掙扎一陣，便都給燙死了。洪七公道：「蜈蚣臨死之時，將毒液毒尿盡數吐了出來，是以這一鍋雪水劇毒無比。」楊過將毒水倒入了深谷。

只見洪七公取出小刀，斬去蜈蚣頭尾，輕輕一揑，殼兒應手而落，露出肉來，雪白透明，有如大蝦，甚是美觀。……洪七公又煮了兩鍋雪水，將蜈蚣肉洗滌乾淨，再不餘半點毒液，然後從背囊中取出大大小小七八個鐵盒來，盒中盛的是油鹽醬醋之類。他起了油鍋，把蜈蚣肉倒下去一炸，立時一股香氣撲向鼻端。楊過見他狂吞口涎，饞相畢露，不由得又是吃驚，又是好笑。洪七公待蜈蚣炸得微黃，加上作料拌勻，伸手往鍋中提了一條上來放入口中，輕輕嚼了幾嚼，兩眼微閉，歎了一口氣，只覺天下之至樂，無逾於此矣！……（第十回）

天下大言不慚，自稱英雄好漢的人甚多，敢吃蜈蚣的卻沒多少。尤其是最早嘗試吃蜈蚣的人，更是難得。楊過膽子不小，一開始卻也渾身發毛。後來洪七公用了激將之法，楊過懷著「除死無大事」的悲壯心理，拿起了一條蜈蚣放入口中。一嚼之下，「但覺滿嘴鮮美，又脆又香，清甜甘濃，一生之中從未嘗過如此異味」。可見在吃這一方面，也像旅遊一樣，「無限風光在險峰」。你不冒險而登，就品味不到了。

金庸小說中對飲食的描寫，精彩仔細處甚多。如《天龍八部》中，段譽被鳩摩智抓住，一路北上之後又向東行，「段譽聽著途人的口音，漸覺清雅綿軟，菜餚中也沒了辣味」（第十一回），就知到了江南。待到了蘇州慕容氏燕子塢參合莊中阿碧所居的「琴韻」小舍，段譽喝上一杯茶，吃上幾塊點心，便更是大開眼界又大飽口福了。書中寫道：

> 到得廳上，阿碧請各人就座，便有男僕奉上清茶糕點。段譽端起茶碗，撲鼻一陣清香，揭開蓋碗，只見淡綠茶水中飄浮著一粒粒深碧的茶葉，便像一顆顆小珠，生滿纖細絨毛。段譽從未見過，喝了一口，只覺滿嘴清香，舌底生津。鳩摩智和崔、過二人見茶葉古怪，都不敢喝。這珠狀茶葉是太湖附近山峰的特產，後世稱為「碧螺春」，北宋之時還未有這雅致的名稱，本地人叫做「嚇煞人香」，以極言其香。鳩摩智向在西域和吐蕃山地居住，喝慣了苦澀的黑色茶磚，見到這等碧綠有毛的茶葉，不免疑心有毒。

四色點心是玫瑰松子糖、茯苓軟糕、翡翠甜餅、藕粉火腿餃，形狀精雅，每件糕點都似不是做來吃的，而是用來玩賞一般。段譽讚道：「這些點心如此精緻，味道定是絕美的了，可是叫人又怎捨得張口去吃？」阿碧微笑道：「公子只管吃好哉，我們還有。」段譽吃一件讚一件，大快平生……（第十一回）

這還只是茶點，就叫大理王子大快平生。那菜餚又如何？書中又有一段：

一會兒男僕端上蔬果點心。四碟素菜是為鳩摩智特備的，跟著便是一道道熱菜，菱白蝦仁，荷葉冬筍湯、樱桃火腿、龍井茶葉雞丁等等，每道菜都十分別致。魚蝦肉食之中混以花瓣鮮果，顏色既美，且別有天然清香。段譽每樣菜餚都試了幾筷，無不鮮美爽口，讚道：「有這般的山川，方有這般的人物。有了這般的人物，方有這般的聰明才智，做出這般清雅的菜餚來。」阿朱道：「你猜是我做的呢？還是阿碧做的？」段譽道：「這櫻桃火腿，梅花糟鴨，嬌紅芳香，想是姊姊做的，這荷葉冬筍湯，翡翠魚圓，碧綠清新，當是阿碧姊姊手製了。」

阿朱拍手道：「你猜謎兒的本事倒好！」……（第十一回）

段譽武功不行，文雅之事倒是十分的內行，這「山川——人物——才智——菜餚」一體的「食文化論綱」便說得十分的精闢簡要。

蘇州菜的清麗淡雅，盡在那山水、人物、才智的多層背景之中。

至於「猜謎」，則只不過扣準了一個「朱」字即「嫣紅芳香」，一個「碧」字即「碧綠清新」而已。古語說「文如其人」，這裡是「餚如其人」了。是阿朱做的便紅，是阿碧做的便綠。足見段譽及作者想像力的豐富。而這種想像力的基礎與依據，則是知識修養、學問才智。倘若對「碧螺春」一無所知，對蘇州菜不知所云，那就半點也想不出來了。

說到茶，金庸似也相當內行，僅是《笑傲江湖》中就將湖南的洞庭春、杭州的龍井、安徽的祁門茶、雲南的普洱茶、福建的鐵觀音……全都寫到了（**第二回**）。所以在《天龍八部》中寫到太湖的碧螺春、藏邊的黑色磚茶，只不過是信手拈來而已。

回過頭來再說食。《鹿鼎記》一書也不能不提。

韋小寶混入皇宮之中，老太監海大富死後，尚膳司副總管太監的職司，就由他升任。所謂統理尚膳司，就是主管皇宮大內的御廚。這對韋小寶來說是一個肥缺，還沒上任，就收到了二千兩賄賂銀票。至於每日能吃上精美菜餚、新鮮細點，那就更不用說了。

不說別的，只說雲南沐王府小姐沐劍屏被天地會的錢老本抓到送進皇宮，由韋小寶監管（**他們以為韋小寶是真太監**）。韋小寶要討好小郡主，吩咐小太監「我今日想吃些雲南菜，你吩咐廚房立刻做了送來。」說完之後，過了一會，小太監便送雲南飯菜來了，還詳細做了解釋：「桂公公（按，即韋小寶），廚子叫小人稟告公公，這過橋米線的湯極燙，看起來沒一絲熱氣，其實是挺熱的。這宣威火腿是用蜜餞蓮子煮的，煮得急了，或許不很軟，請公公包涵。這是雲南的黑色大頭菜。這一碟是大理洱海的弓魚乾，雖然不是鮮魚，乃是十分名貴，用雲南紅花油炒的。壺裡泡的是雲南普洱茶。廚子說，雲南的名菜汽鍋雞要兩個多時辰才煮得好，只好晚上再給桂公公你老人家送來。」御廚房在頃刻之間，便做了四樣道地的雲南菜，韋小寶的權威可想而知（見第十回）。

這也同樣表明，金庸不僅精於「玉笛誰家聽落梅」與「二十四橋明月夜」，而且還精於蘇杭名菜之分、雲南佳餚之別。地方特色，作者也把握得恰到好處。這裡就不一一列舉了。

此外，金庸對其他民族的飲食風俗也很注意。如《書劍恩仇錄》的第十四回書中，寫回疆少數民族的「偎郎會」時，寫到「司炊食的回人把抓飯、烤肉、蜜瓜、葡萄乾、馬奶酒等分給眾人。每人手中拿著一個鹽岩雕成的小碗，將烤肉在鹽碗中一擦，便吃了起來。」看似不經意的一筆，少了它，便少了一份真實的風情習俗。而金庸不經意地寫出，更表明他熟悉這些。只要我們注意，就會經常有所發現。

第二十章 俗

說過了經典文物、儒佛道兵、琴棋書畫、詩酒花趣，這些都還是屬於雅文化的範疇。下面我們應該說一說俗文化。

俗指的是民間風俗，這當然也是一個相對性的概念，如與雅相對。具體如地方風俗、民族習俗、江湖奇俗等幾方面。

地方風俗又可以再分，如中原、荊楚、巴蜀、吳越、幽燕、秦晉、齊魯、大理（或雲貴）、遼東……等等，還可以再細一些，這要看具體情況、應用範圍、比較對象。

民族習俗，這更好區分，不同的民族自然有不同的習俗。中國是一個多民族共存的大家庭，如有漢、蒙、回、藏、滿（女真）、契丹、苗、白（擺夷）……等等。

江湖奇俗，稍稍要困難一些。首先是江湖的概念，在武俠小說裡是指武林世界，而在現實生活中則是一種特殊的民間行業社會。在這一民間行業社會中，分成不同的行業，又分成不同的幫、派、門、會、教……等等不同的組織系統。不同的行業及不同的幫派組織有不同的規矩和習俗。

必須指出的是，武俠小說對以上幾種俗都不是那麼嚴格。因為武俠小說所寫的是一個傳奇世界，大半是想像的產物，因而其對普通的民間風俗不一定那麼感興趣，而對民族習俗——即梁羽生先生所謂的「四裔學」（**民族學**）雖然很注重，但也以擇其「奇風異俗」而加以表現；對江湖奇俗，則往往隨心所欲、信口開河，以至於真假不分，乃至虛多實少。所有的這一切，在武俠小說創作中都是可以理解的。

金庸小說大體上當然也是這樣。只是金庸似比其他的武俠小說作家更注重寫實的內容，或許是因為他的知識更為淵博的緣故吧。儘管如此，他也是要根據武俠小說創作的要求，興之所致、點到為止，而不可能做成大塊文章，更不可能按照嚴格的學術規範去寫。

先讓我們來看一看地方習俗（**包括超越地域區別的民間習俗**）。

《書劍恩仇錄》中寫到杭州人的一個風俗：「三潭印月是西湖中的三座小石墩，浮在湖水之上，中秋之夜，杭人習俗以五色彩紙將潭上小孔蒙住。此時中秋甫過，彩紙尚在，月光從墩孔中穿出，倒映湖中，繽紛奇麗。月光映潭，分塔為三，空明朗碧，宛似湖下別有一湖。」（**第八回**）

緊接著，在《書劍恩仇錄》中，作者又寫了一段華彩之章，那是寫杭州城名妓齊集西湖，張燈結綵，由杭州的風流名士品定名次，點所謂「花國狀元」的情形。書中寫道：

一行人來到湖畔，早有侍衛駕了遊船迎接。此時湖中處處笙歌，點點宮燈，說不盡的繁華景象、旖旎風光。只見水面上二十餘花舫緩緩來去，舫上掛滿了紗帳絹燈。乾隆命坐船划近看時，見燈上都用針孔密密刺了人物故事，有的是張生驚豔，有的是麗娘遊園。更有些舫上用絹綢紮成花草蟲魚，中間點了油燈，設想精妙，窮極巧思。乾隆暗暗讚歎，江南風流，果非北地所及。成百艘遊船穿梭般來去，載著尋芳豪客，好事子弟。各人指指點點，品評各艘花舫裝置的精粗優劣。

忽聽鑼鼓響起，各船絲竹齊息。一個個煙花流星射入空際，燦爛照耀，然後嗤的一聲，落入湖中。起先放的是些「永慶升平」、「國泰民安」、「天子萬年」等歌功頌德的吉祥煙花，乾隆看得大悅，接著來的則是「群芳爭豔」、「簇簇鶯花」等風流名目了。

煙花放畢，絲竹又起，一個「喜遷鶯」的牌子吹畢，忽然各艘花舫不約而同的拉起窗帷，每艘舫中都坐著一個規裝姑娘。湖上各處，彩聲雷動。

……遊船划近「錢塘四豔」船旁；見這四艘花舫又是與眾不同。第一艘紮成採蓮船模樣，花舫四周都是荷花燈，紅蓮白藕，荷葉田田，舫中妓女，名叫卞文蓮。第二艘舫上紮了兩個亭子，一派豪華富貴氣派，亭上珠翠圍繞，寫著四個大字：「玉立亭亭」，原來舫中妓女名叫李雙亭。第三艘裝成廣寒宮模樣，舫旁用紙絹紮起蟾蜍玉兔，桂華吳剛，舫中妓女吳嬋娟一身古裝，手執團扇，扮作月裡嫦娥。

乾隆看一艘，喝彩一番，待遊船搖到第四艘花舫旁，只見舫上全是真樹真花，枝幹橫斜，花葉疏密有致，淡雅天然，真如一幅名家水墨山水一般。舫中妓女全身白衣，隔水望去，有似洛神凌波，飄飄有出塵之姿，只是唯見其背。乾隆情不自禁，高吟「西廂記」中「酬簡」一折的曲文：「呔，怎不回過臉兒來？」

那妓女聽得有人高吟，回過頭來嫣然一笑。乾隆心中一蕩，原來這姑娘便是日前在湖上見過的玉如意。

忽聽得鶯聲嚦嚦，那邊採蓮船上下文蓮唱起曲來。一曲既終，喝采聲中聽眾紛紛賞賜，元寶大大小小的堆在舫中桌上。接著李雙亭輕抱琵琶，彈了一套「春江花月夜」。吳嬋娟吹簫，乾隆聽她吹的是一曲「乘龍佳客」，命和珅取十兩金子賞她。

待眾人遊船圍著玉如意花舫時，只見她啟朱唇、發皓齒，笛子聲中，唱了起來……（**第十回**）

以下還有很長的一段，不能再引了。此西湖奇俗，吸引住了乾隆這位風流皇帝。他六下江南，未必是為了政治，亦未必是為了祭奠陳世倌夫婦，恐怕還是愛上了這種江南風情吧。

江南的城市是如此，江南的鄉村又怎樣？且看《神鵰俠侶》的開頭一段：

「越女採蓮秋水畔，窄袖輕羅，暗露雙金釧。照影摘花似面，芳心只共絲爭亂。

鸂鶒溪頭風浪晚，霧重煙輕，不見來時伴。隱隱歌聲歸棹遠，離愁引著江南岸。」

一陣輕柔婉轉的歌聲，飄在煙水濛濛的湖面上。歌聲發自一艘小船之中，船裡五個少女和歌嘻笑，蕩舟採蓮。她們唱的曲子是北宋大詞人歐陽修所作的《蝶戀花》詞，寫的正是越女採蓮的情景，雖只寥寥六十字，但季節、時辰、所在、景物，以及越女的容貌、衣著、首飾、心情，無一不描繪得歷歷如見。下半闋更是寫景中有敘事，敘事中夾抒情，自近而遠，餘意不盡。歐陽修在江南為官日久，吳山越水，柔情蜜意，盡皆融入長短句中。宋人不論達官貴人，或是里巷小民，無不以唱詞為樂，是以柳永詞一出，有水井處皆歌，而江南春岸折柳，秋湖採蓮，隨伴的往往便是歐詞。

當時南宋理宗年間，地處嘉興南湖，節近中秋，荷葉漸殘，蓮肉飽實。這一陣歌聲傳入湖邊一個道姑耳中。……（第一回）

這種江南民俗，帶有詩情畫意。少女採蓮歡歌相伴，看似過於風雅，卻又可以歐詞作證。歐陽修的詞記載了這種美麗的風情，金庸將它化開，寫入了小說之中。

大約是因為興猶未盡，又或者是覺得這種風俗十分的典型，所以在《天龍八部》中又重現了這一番風光。那是段譽被鳩摩智抓到了江南蘇州，又碰到了崔百泉、過彥之二人，雙方相持不下：

便在此時，只聽得欸乃聲響，湖面綠波上飄來一葉小舟，一個綠衫小女手執雙槳，緩緩划水而來，口中唱著小曲，聽那曲子是：「菡萏香連十頃陂，小姑貪戲採蓮遲，晚來弄水船頭濕，笑脫紅裙裹鴨兒。」歌聲嬌柔無邪，歡悅動心。（**第十一回**）

段譽在大理時誦讀前人詩詞文章，於江南風物早就深為傾倒，此刻一聽小曲，不由得心魂俱醉。這個女子是慕容復家的婢女阿碧。十六七歲年紀，「滿臉都是溫柔，滿身都是秀氣」。此後阿碧將鳩摩智、段譽等人請上了小船，一路上讓段譽眼界大開。特別要說明的是，「江南一帶，說到路程距離，總是一九、二九的計算」。所謂「一九」就是九里，「二九」是十八里，餘以此類推。這也算得上是一種地方習俗了。

上面舉的例子都有些偏雅，不免加入了文人墨客的審美創造。在《射鵰英雄傳》一書中，開頭所寫的一段民俗，就相當樸實了：

……兩棵大松樹下圍著一堆村民，男男女女和十幾個小孩，正自聚精會神的聽著一個瘦削的老者說話。

那說話人五十來歲年紀，一件青布長袍早洗得褪成了藍灰色。只聽他兩片梨花木板碰了幾下，左手中竹棒在一面小羯鼓上敲起，得得連聲。唱道：

「小桃無主自開花，
煙草茫茫帶晚鴉。
幾處敗垣圍故井，
向來一一是人家。」

那說話人將木板敲了幾下，說道：「這首七言詩，說的是兵火過後，原來的家家戶戶，都變成了斷牆殘瓦的破敗之地。小人剛才說到那葉老漢一家四口，悲歡離合，聚了又散，散了又聚。他四人給金兵衝散，好容易又再團聚，歡天喜地的回到故鄉，卻見房屋已給金兵燒得乾乾淨淨，無可奈何，只得去汴梁，想覓個生計。不料想天有不測風雲，人有旦夕禍福。他四人剛進汴梁城，迎面便過來一隊金兵。」（**第一回**）

這是一段「說話」，又稱說書，可說是我國民間較為普遍的一種娛樂形式。不僅是江南有，大江南北到處都有，只是說法各不相同，而此一習俗則沒什麼區別。

金庸是江南人，寫江南習俗自然得心應手，而且情動於衷，這方面的知識也更多。寫其他地方的習俗，就很少有這樣大肆鋪排了。

少，但不是沒有。這需要我們去注意。《射鵰英雄傳》中有這麼一段：

七月十四，兩人來到荊湖南路境內，次日午牌不到，已到岳州，問明了路徑，牽馬縱鵰，徑望岳陽樓而去。

上得樓來，二人叫了酒菜，觀看洞庭湖風景，放眼浩浩蕩蕩，一碧萬頃，四周群山環列拱屹，真是縹緲峥嶸，巍乎大觀，比之太湖煙波又是另一番光景。觀賞了一會，酒菜已到，湖南菜餚甚辣，二人都覺口味不合，只是碗極大，筷極長，卻是頗有一番豪氣。（**第二十六回**）

這「味甚辣、碗極大、筷極長」雖是簡單，卻具荊楚習俗的特色。

《笑傲江湖》中也有這樣的段落：

這兩人頭上都纏了白布，一身青袍，似是斯文打扮，卻光著兩條腿兒，腳下赤足，穿著無耳麻鞋。史鏢頭知道川人多是如此裝束，頭上所纏白布，乃是當年諸葛亮逝世，川人為他戴孝，武侯遺愛甚深，是以千年之下，白布仍不去首。林平之卻不免稀奇。心想：「這兩人文不文、武不武的，模樣兒可透

著古怪。」只聽那年輕漢子叫道：「拿酒來！拿酒來！格老子福建的山真多，硬是把馬也累壞了。」……（**第一回**）

不用說，這是寫四川人的了。從他們的裝束、語言便能看出。作者還寫出了川人頭纏白布的來由，雖不見得是史實，但作為一種民俗則是無可懷疑的。

這樣的例子還很多，我們不必再舉了。

再看民族風情。

在金庸小說中，西北、東北、西南等地的少數民族都寫到了。涉及的民族頗有不少，寫到民族習俗的地方也很多。

《書劍恩仇錄》中就有許多這方面的內容。所謂「書」是指回人穆斯林的神聖經書《可蘭經》（**又寫作《古蘭經》**）。小說中寫了回人失經書、奪經書的過程不必說了，經書奪回之後，書中有這麼一段：

> 三人押著錢正倫，拿了經書，走到木卓倫帳前。守夜的回人一傳報，木卓倫忙披衣出來，迎進帳去。陳家洛說了經過，交過經書。木卓倫喜出望外，雙手接過，果是合族奉為聖物的那部手抄《可蘭經》。帳中回人報出喜訊，不一會，霍阿伊、霍青桐和眾回人全都擁進帳來，紛對徐陳周三人叉手撫胸，

俯首致敬。木卓倫打開經書，高聲誦讀：

「奉至仁慈的安拉之名，一切讚頌，全歸安拉，全世界的主，至仁至慈的主，報應日的君主。我們只崇拜你，只求你佑助，求你引導我們上正路，你所佑助者的路，不是受譴責的路，也不是迷誤者的路。」

眾回人伏地虔誠祈禱，感謝真神安拉。……（第四回）

這一儀式是西域穆斯林民族典型的生活習俗。他們把真主安拉及聖書《可蘭經》看成是神聖不可侵犯的。為了真主可以不惜生命。書中還寫到了陳家洛赴回疆見香香公主：

……那少女見他說得斯文，又是一笑，唱了起來：

「過路的大哥哪裡來？

你過了多少沙漠多少山？

你是大草原上牧牛羊？

還是趕了駝馬做買賣？」

陳家洛知道回人喜愛唱歌，平時說話對答，常以歌唱代替，出口成韻，風致天然。自己雖在大漠多年，但每日勤練武功，卻沒學到這項本事。……（第十三回）

小說中接著又寫回人「偎郎大會」的習俗情形：

……他久在回疆，知道回人婚配雖也由父母之命，須受財產地位等諸樣羈絆；但究比漢人的禮法要寬得多。偎郎大會是回人自古相傳的習俗，青年未婚男女在大會上定情訂婚，所謂「偎郎」，是少女去偎情郎，錦帶繞頸，一舞而定終身，自來發端於女方，卻是凰求鳳，而不是鳳求凰了。

不久樂聲忽變，曲調轉柔，帳門開處，湧出大群回人少女，衣衫鮮豔，頭上小帽金絲銀絲閃閃發亮，載歌載舞的向火堆走來。……

樂聲一停，木卓倫朗聲說道：「穆聖在可蘭經上教導咱們，第二章第一百九十節說：『你們當為主道，抵抗進攻你們的人。』第廿二章第三十九節說：『被攻擊的人，已得抗戰的許可，因為他們已受虧枉了。安拉援助他們，確是全能的。』咱們受人欺侮，安拉一定眷顧保護。」眾回人轟然歡呼。木卓倫叫道：「各位兄弟姐妹們，儘量高興吧！」

馬頭琴聲中，歌聲四起，歡笑處處。司炊事的回人把抓飯、烤肉、蜜瓜、葡萄乾、馬奶酒等分給眾人。每人手中拿著一個鹽岩雕成的小碗，將烤肉在鹽碗中一擦，便吃了起來。過了一會，新月在天，歡樂更熾，許多少女在火旁跳起舞來，跳到意中人身旁，就解下腰間錦帶，套在他頸項之中，於是男男女女，成雙成對的載歌載舞。

陳家洛出身於嚴守禮法的世家，從來沒遇到過這般幕天席地，歡樂不禁的場面，歌聲在耳；情醉於心，幾杯馬奶酒一下肚，臉上微紅，甚是歡暢。……（第十四回）

這樣的場景，任誰見了也會心馳神迷，更不必說親歷其境、被最美麗的少女所「偎」的陳家洛了。

這是一個十分浪漫的習俗情境。《書劍恩仇錄》中還有更浪漫的創意，那就是將新疆少數民族傳說中的智者和英雄阿凡提的形象及其傳奇故事也寫入書中，讓他也變成一個武功不凡的俠士。當然他的形象的主體特徵，還是他的智慧風貌。書中有關納斯爾丁·阿凡提的篇章既讓人忍俊不禁，又讓人機智穎悟，當然更讓人佩服得五體投地。

這麼一寫，書中回疆民族的風情更加充實濃郁，民俗的內容更加豐富而又生動。

西域少數民族的生活習俗，在《白馬嘯西風》中也有很有意思的描寫。這部小說中寫了哈薩克族的遊牧生活，寫了他們的日常生活，他們的信仰，他們的關於天鈴鳥的傳說。如哈薩克少年要將自己親手打死的第一頭野獸的獸皮悄悄地送到心上人的帳蓬外面等等。漢族姑娘李文秀在哈薩克草原上長大，不知不覺間也變成了草原上的一隻天鈴鳥。她的歌聲在草原上飄蕩：「啊，親愛的牧羊少年，請問你多大年紀？你半夜裡在沙漠獨行，我和你作伴願不願意？」、「啊，親愛的你別生氣，誰好誰壞一時難知。要戈壁沙漠變為花園，只須一對好人聚在一起。」……

《白馬嘯西風》中還有哈薩克人娛樂、競賽的場景，與《書劍恩仇錄》中的「偎郎大會」頗不相同。但對安拉、穆聖（**即聖人穆罕默德**）及《可蘭經》的信仰是回疆穆斯林民族的共同習俗。當哈薩克鐵延部中精通《可蘭經》、最聰明最有學問的老人哈卜拉姆背誦《可蘭經》的經文之時，眾族人都是恭恭敬敬的肅立傾聽。經文替他們解決疑難，大家心中明白了，都說「穆聖的指示，那是再也不會錯的」。

金庸小說中不僅寫到了西北少數民族，還寫到了北方、東北、西南等不同地域中的不同的民族。如《碧血劍》、《笑傲江湖》中都寫到了西南少數民族的「五仙教」（**五毒教**），及苗人的傳統習俗；《射鵰英雄傳》、《神鵰俠侶》寫到了蒙古族的生活與戰爭；《天龍八部》中寫到了北方的契丹民族、東北的女真族、大理擺夷（**白族**）；《鹿鼎記》中寫到了藏族、滿族（**即女真人的後代**）……等。乍看上去，似乎只是泛泛而寫，或模糊了事，又加入了許多的想像與誇張，只要我們認真地看，仔細地去區分辨認，就不難看出其中有許多道道。

如《射鵰英雄傳》中有一段關於蒙古人的描寫：

> 鐵木真訓練部眾，約束嚴峻，軍法如鐵。十名蒙古兵編為一小隊，由一名十夫長率領；十個十夫隊由一名百夫長率領；十個百夫隊由一名千夫長率領，十個千夫隊由一名萬夫長率領。鐵木真號令一出，數萬人如心使臂，如

臂使指，直似一人。

郭靖和眾孩兒在旁觀看，聽號角第一遍吹罷，各營士卒都已拿了兵器上馬。第二遍號角吹動時，四野裡蹄聲雜遝，人頭攢動。第三遍號角停息，轅門前大草原上已是黑壓壓的一片，整整齊齊的排列了五個萬人隊，除了馬匹呼吸喘氣之外，更無半點耳語和兵器撞碰之聲。（第三回）

由此，我們不難發現蒙古鐵騎天下無敵的原因。再看下面一段：

鐵木真按轡徐行，忽見第四子拖雷的坐騎鞍上無人，怒道：「拖雷呢？」拖雷這時還只九歲，雖然年紀尚幼，但鐵木真不論訓子練兵，都是嚴峻之極，犯規者決不寬貸，他大聲喝問，眾兵將個個悚慄不安。大將博爾忽是拖雷的師父，見大汗怪責，心下惶恐，說道：「這孩子從來不敢晏起，我去瞧瞧。」剛要轉馬去尋，只見兩個孩子手挽手的奔來。一個頭上裹著一塊錦緞，正是鐵木真的幼子拖雷，另一個卻是郭靖。

拖雷奔到鐵木真跟前，叫了聲：「爹！」鐵木真厲聲道：「你到哪裡去啦？」拖雷道：「我剛才和郭兄弟在河邊結安答，他送了我這個。」說著手裡一揚，那是一塊紅色的汗巾，只見上面繡了花紋，原來是李萍給兒子做的。鐵木真想起自己和札木合結義之事，心中感到一陣溫暖，臉上頓顯惠和之色，又見馬前兩個孩子天真爛漫，當下溫言道：「你送了他什麼？」郭靖指著自己頭頸道：「這個！」鐵木真見是幼子平素頸中所戴的黃金項圈，微微一笑，道：「你們兩個以後可要相親相愛，互相扶助。」拖雷和郭靖點頭答應。……（**第三回**）

這一段不僅寫出了蒙古民族英雄鐵木真（**即成吉思汗**）性格的另一面，也寫到了蒙古人生活的另一種習俗：「結安答」，即漢人的兄弟結義。「安答」即是義兄、義弟。蒙古人習俗，結安答時要互送禮物，當然不拘多少輕重，只是一種信物。郭靖的一塊紅色的汗巾，其價值當然無法與拖雷的黃金項圈相比，但結安答之時相互贈禮，這兩種物體卻又完全是等值的。

《射鵰英雄傳》中關於蒙古人的生活習俗寫得很多，也很道地。郭靖在蒙古草原上生活了十七、八年之久，作者當然要對他生活的環境下一番功夫去寫。

《天龍八部》中的主人公蕭峰是契丹人，書中寫到他赴東北雪原，初會女真人的情形：

果然轉過兩個山坳，只見東南方山坡上黑壓壓的紮了數百座獸皮營帳。阿骨打撮唇作哨，營帳中便有人迎了出來，蕭峰隨著阿骨打走近，只見每一座營帳前都生了火堆，火堆旁圍滿女人，在縫補獸皮、醃臘獸肉。阿骨打帶著蕭峰走向中間一座最大的營帳，挑帳而入。

蕭峰跟了進去。帳中十餘人圍坐，正自飲酒，一見阿骨打，大聲歡呼起來。阿骨打指著蕭峰，連比帶說，蕭峰瞧著他的模樣，料知他是在敘述自己空手斃虎的情形。眾人紛紛圍到蕭峰身邊，伸手翹起大拇指，不住口的稱讚。

正熱鬧間，走了一個買賣人打扮的漢人進來，向蕭峰道：「這位爺台，會說漢話麼？」蕭峰喜道：「會說，會說。」

問起情由，原來此處是女真人族長的帳幕。居中那黑鬚老者便是族長和哩布。他共有十一個兒子，個個英雄了得。阿骨打是他次子。這漢人名叫許卓城，每年冬天到這裡來收購人參、毛皮，直到開春方去。許卓城會說女真話，當下便做了蕭峰的通譯。女真人與契丹人本來時相攻戰，但最敬佩的是英雄好漢。那完顏阿骨打精明幹練，極得父親喜愛，族人對他也都甚是愛戴，他既沒口子的讚譽蕭峰，人人便也不以蕭峰是契丹人為嫌，待以上賓之禮。

當晚女真族人大擺筵席，歡迎蕭峰，那兩頭猛虎之肉，自也作了席上之珍。蕭峰半月來唇不沾酒，這時女真族人一皮袋、一皮袋的烈酒取將出來，蕭峰喝了一袋又是一袋，意與酣暢。女真人所釀的酒入口辛辣，酒味極劣，但性子猛烈，常人喝不到小半袋便就醉了，蕭峰連盡十餘袋，卻仍是面不改色。女真人以酒量宏大為真好漢，他如何空手殺虎，眾人並不親見，但這般喝酒，便是十個女真大漢加起來也比不過，自是人人敬畏。……（**第二十六回**）

女真人的生活習俗與民族特點，在這一段中略見一斑。當然後來在與契丹人的戰鬥中，女真人及其首領完顏阿骨打的性格氣質就更加突出；他們後來建立了金朝，滅了遼國；他們的後代又建立了清朝，稱滿族。《鹿鼎記》中關於滿清「八旗制度」以及生活習俗，有很細緻的描寫。《鹿鼎記》對漢、滿、蒙、回、藏等民族習俗的描寫，我們就不一一列舉了。

再看江湖奇俗。

前面說過，一般意義上的江湖——不同於武俠小說中的武林——是實際存在的，我國古代的一種民間行業及幫派組成的特殊社會形式。例如《書劍恩仇錄》、《飛狐外傳》中所寫到的保鏢；《連誠訣》中所提到的走方郎中（**賣藥、行醫**）；《倚天屠龍記》、《鹿鼎記》中提到了鹽販子幫會；《飛狐外傳》中提到的江湖賣藝（**武藝，也包括其他各種技藝**）；以及《射鵰英雄傳》、《神鵰俠侶》中寫到的乞丐幫會……

中國社會，傳統中分為「三教九流」。「三教」不必說，是指儒、釋、道。「九流」卻比較複雜了，有不同的說法，比如在學術上分為九流，指的是儒家、道家、陰陽家、法家、名家、墨家、縱橫家、雜家、農家等九家。而習俗中的「三教九流」則是泛指社會中不同的行業及從事不同行業的人，其中又分為上九流、中九流、下九流。所謂上九流，是指「一流佛祖二流仙，三流皇帝四流官，五流燒鍋六流當，七商八客九莊田」。中九流也有四句歌訣：「一流舉子二流醫，三流風水四流批，五流丹青六流相，七僧八道九琴棋。」下九流的四句歌訣是：「一流巫二流娼；三流大神四流梆，五剃頭的六吹手，七戲子八叫街九賣糖」。

俗話說，世上有三百六十行，當然不止上面提及的這些行業。而江湖，則是指其中流動性較大的一些行業，以及組織比較嚴密的社會——應該是「亞社會」，即正常社會組織（**行政／宗法等**）之外的一種特殊的社會組織——形態。

金庸寫的是武俠小說，一方面不能不涉及江湖，另一方面又不能完全搞江湖紀實。而只能綜合折衷，將真實的江湖與虛構成份較多的武林這兩個世界的「邊緣地域」中的某些行業、組織寫出來。

例如保鏢是中國古代的一種特殊行業，替人運送貨物，又兼「保險」性質（**丢失了就要賠**），這是江湖上的一種常見職業，當然也可以劃入「武林」世界，因而武俠小說中寫得較多。《書劍恩仇錄》中就有這麼一段：

正在這時，忽聽身後傳來一陣陣「我武——維揚——」、「我武——維揚——」的喊聲。

李沅芷甚是奇怪，忙問：「師父，那是什麼？」陸菲青道：「那是鏢局裡趟子手呼喊的趟子。每家鏢局子的趟子不同，喊出來是通知綠林道和同道朋友。鏢局走鏢，七分靠交情，三分靠本領，鏢頭手面寬，交情廣，大家賣他面子，這鏢走出去就順順利利。綠林道的一聽趟子，知是某人的鏢，本想動手搶的，礙於面子也只好放他過去。這叫作『拳頭熟不如人頭熟』。要是你去走鏢哪，嘿，這樣不上半天就得罪了多少人，本領再大多少倍，那也是寸步難行。」……（**第一回**）

這裡所寫，基本上是實情。關於這一行當，《飛狐外傳》中寫到百勝神拳馬行空父女師徒走鏢、鏢被人劫的情形；《笑傲江湖》的開頭寫的是福建福州的林家「福威鏢局」及各大分局遭難的情形，都可以參考。

關於乞丐及其幫會，《射鵰英雄傳》、《神鵰俠侶》、《天龍八部》等作品中都寫到了。其中有虛也有實。如丐幫以背多少個袋子分出等級（**九袋長老等級最高，八袋次之**）；丐幫分為淨衣派與汙衣派；丐幫幫主就任時就受眾人的唾沫祝賀，表示能夠帶頭受辱；以及丐幫的「打狗棒」（**丐幫弟子人人都有打狗棒，小說中寫成幫主的「權杖」，且有一套神奇無比的「打狗棒法」，這當然是虛構的**）……這些卻不完全是虛構的。

《射鵰英雄傳》中寫到丐幫老幫主洪七公將幫主之位傳給黃蓉時，說了這樣一段話：「你雖做了幫主，也不必改變本性，你愛頑皮胡鬧，仍然頑皮胡鬧便是，咱們所以要做叫化，就貪圖個無拘無束、自由自在，若是這個也不成，那個又不行，幹麼不去做官做財主？」（**第二十一回**）這話道出了丐幫弟子的心聲。當然，有很多人行乞是因為生活沒有著落，甚至沒有飯吃才去乞討的。但也有人——自古至今都有這樣的人——是把乞丐當成一種特殊的職業或行業。丐幫，也就是這種行業的幫會。

《神鵰俠侶》中有這麼一段：

正煩惱間，忽聽門外有人高聲唱道：「小小姑娘做好事哪。」又有人接唱道：「施捨化子一碗飯哪！」陸無雙抬起頭來，只見四個乞丐一字排在門外，一齊望著自己，眼見這四個人來意不善，心中暗暗吃驚。又聽第三個化子唱道：「天堂有路你不走哪！」那第四個唱道：「地獄無門你自來喲！」四個乞丐唱的都是討飯的「蓮花落」調子，每人都是右手持一隻破碗，左手拿一根樹杖，肩頭負著四隻麻布袋子。陸無雙曾聽師姊閒談時說起，丐幫幫眾以所負麻袋數目分輩份高低，這四人各負四袋，那均是四袋弟子了……（**第八回**）

這一段，當是很真實的情形。乞丐又稱化子、叫化子、要飯的、討飯的、乞兒，不管稱呼怎樣，要乞討總要開口說話，或是唱「蓮花落」。有些是固定的唱辭，也有一些是即興現編的，當然以好話為主，很少有「天堂有路你不走，地獄無門你自來」這樣傷人的惡語。不過乞丐要錢要飯又分為「善化」與「惡化」兩種。善化是說好話，以哀憐打動人心；惡化則是自殘肢體，以恐怖來讓人同情，弄不好也會有出口傷人之事。

《鹿鼎記》中還將清初傳說中的奇丐吳六奇寫進書裡，吳六奇的形象在蒲松林的《聊齋志異》中有記述。

再說走江湖的。走江湖的有多種，賣藝的是其中之一。賣藝者之中，自然包括賣武藝的。那是到一個地方拉一個場子，演練幾套武藝，圍觀的人就「有錢的幫錢場，無錢的幫人場」；《飛狐外傳》中寫到胡斐進北京，在街頭就碰到了一個賣武藝的人在街頭賣藝，書中寫道：

> 忽聽得路邊小鑼噹噹聲響，有人大聲吆喝，卻是空地上有一夥人在演武賣藝。胡斐喜道：「二妹，瞧瞧去。」
>
> 兩人擠入人叢，只見一名粗壯漢子手持一柄單刀，抱拳說道：「兄弟使一路四門刀法，要請各位大爺指教。有一首『刀訣』言道：『禦侮摧鋒決勝強，淺開深入敵人傷。膽欲大兮心欲細，筋須舒兮臂須長。彼高我矮堪常用，敵偶低時我即揚。敵鋒未見休先進，虛刺偽扎引誘誆。引彼不來須賣破，眼明手快始為良。淺深老嫩皆磕打，進退飛騰印躲藏。功夫久練方云熟，熟能生巧大名揚。』」
>
> 胡斐聽了，心想：「這幾句刀訣倒是不錯，想來功夫也必是強的。」只見那個漢子擺個門戶，單刀一起，展抹鉤剁，劈打磕扎，使了起來，自「大鵬展翅」、「金雞獨立」，以至「獨劈華山」、「分花拂柳」一招一式，使得臂是有

條不紊，但腳步虛浮，刀勢斜晃，功夫實是不足一哂。……（第十三章）

這是街頭賣藝的情形，俗話說「天橋把式，光說不練」，像這樣的街頭賣藝之人，當然是以說為主，以練為次，所以這位賣藝之人將刀訣說得神乎其神，而練出的功夫卻是不足一哂，這是正常現象。胡斐這樣的武術高手，尤其又是刀術名家，自然是看不上眼了。街頭藝人靠此混一碗飯吃，有這一點功夫也就差不多了，若是練到胡斐那樣，又何必在街頭賣藝呢？

《飛狐外傳》中還寫到了鳳陽府「五湖門」的掌門人桑飛虹。見多識廣的郭玉堂對胡斐解說道：「五湖門的弟子都是做江湖賣解的營生。世代相傳，掌門人一定是女子。」這「江湖賣解的營生」範圍很廣，包括雜技、魔術、藝術（**鳳陽以花鼓藝術名聞全國**），當然也包括武術。書中沒寫具體的賣解情形，只寫桑飛虹參加了「天下掌門人大會」，所以我們對他們走江湖的具體情形無緣目睹，很是遺憾。

走江湖的人中，還包括賣藥的、行醫的（**即走方郎中**），《連城訣》中就寫到過這麼一種營生：

第二天清晨，狄雲從萬家後園中出來，在荊州城中茫然亂走，忽然聽得嗆啷啷、嗆啷啷的聲音直響，是個走方郎中搖著虎撐在沿街賣藥。狄雲心中一動，他要親眼瞧瞧萬圭呻吟叫喚的慘狀，於是取出十兩銀子，要將他的衣服、藥箱、虎撐一古腦兒都買下來。

那郎中很奇怪，這些都不是什麼貴重東西，最多不過值得三四兩銀子，便高高興興地賣給了他。……

狄雲回到廢園，換上郎中的衣服，拿些草藥搗爛了，將汁液塗在臉上，又在左眼下敷了一大塊草藥，弄得面目全非，然後搖著虎撐，來到萬家門前。

他將到萬家門前，便把虎撐嗆啷啷、嗆啷啷地搖得大響，待到走近，啞著嗓子叫道：「專醫疑難雜症，無名腫毒，毒蟲毒蛇咬傷，即刻見功！」……

（第十章）

當年蠢笨不堪的狄雲，這一回居然福至心靈，武功練得入化出神，連腦子也活了，扮起郎中來，居然像模像樣。那虎撐，是一個虎頭形的架子，上面綴著幾面小鑼，搖起來便嗆啷啷的響，讓人聽見，就知道是走方郎中來了。它又有一個名稱，叫「報君知」，這是功能性的名字，虎撐則是形狀的稱謂。

走方郎中當然也像其他的江湖人一樣，主要靠嘴說來謀生。他們口裡說的，是自我廣告，而且是神乎其神的廣告。「專治疑難雜症，無名腫毒」比正式的掛牌大夫似要高明得多。實際上當然絕大多數都是騙人的把戲——如果有那麼極少極少的真實性或真正神醫的比例的話——他們是「大病治不了，小病治不死」，託辭是「治得了病，治不了命」。倘若治不好病，那就是病人的命不夠好，是命中註定。走方郎中所賣的藥，當然也自誇是「祖傳秘方」、「大內貢方」，或是「萬應靈丹」、「特效神藥」。《鹿鼎記》中的天地會青木堂屬下徐天川，平日就是扮作郎中，在北京天橋賣藥。他當然是以此為掩護，做「地下工作」。

賣假藥的走方郎中雖是古代江湖中的一行，而今卻又興盛起來。城鎮之中，到處可見。只是不再手播虎撐或「報君知」罷了。這當然與本書無關，不提。

走江湖者品類眾多。《射鵰英雄傳》中所寫的穆易（**楊鐵心的化名**）帶著穆念慈姑娘在北京街頭比武招親，就是一例。這是書中的一個重要情節，不用詳細抄錄了。

江湖之中行當眾多，品流繁雜。江湖人按照不同的行業、師承、地域、家族或利益關係，組成一定的組織體系，如幫、派、門、宗、教、會等等，行有行規，家有家法，幫有幫規，不一而足。

金庸的武俠小說中也寫了不少類似的幫會組織，例如《射鵰英雄傳》中的丐幫、鐵掌幫；《俠客行》中的長樂幫；《笑傲江湖》中的飛魚幫；《倚無屠龍記》中的巨鯨幫；《鹿鼎記》中的販私鹽的，等等。《鹿鼎記》中寫了這麼一段：

> 砰的一聲，大門撞開，湧進十七八名大漢。
>
> 這些大漢短裝結束，白布包頭，青帶纏腰，手中拿著明晃晃的鋼刀，或是鐵尺鐵棍。眾鹽商一見，便認出是販私鹽的鹽梟。當時鹽稅甚重，倘若逃漏鹽稅，販賣私鹽，獲利頗豐。揚州一帶是江北淮鹽的集散之地，一般亡命之

徒成群結隊，逃稅販鹽。這些鹽梟極是凶悍，遇到大隊官兵一哄而散，逢上小隊官兵，一言不合，抽出兵刃，便與對壘。是以官府往往眼開眼閉，不加干預。眾鹽商知道鹽梟向來只是販賣私鹽，並不搶劫行商或做其他歹事，平時與百姓買賣鹽物，也公平誠實，並不仗勢欺人，今日忽然這般強凶霸道的闖進鳴玉坊來，無不又是驚惶，又是詫異。（第二回）

這屬於寫實。不過金庸小說中的門派幫會大部分是虛構的，且門派也大多為武術組織。或者說對武術門派寫得充分詳實，而對真正的江湖幫會——如果與武林無涉的話——則寫得極為簡略，往往是點到即止。

儘管如此，金庸對武林門派規章教條的描寫，卻又並不離譜。

例如《笑傲江湖》中寫到林平之拜岳不群為師，加入華山派的描寫：

片刻間安排已畢，岳不群引著眾人到後堂。林平之見樑間一塊匾上寫著「以氣御劍」四個大字，堂上佈置肅穆，兩壁懸著一柄柄長劍，劍鞘黝黑，劍穗陳舊，料想是華山派前代各宗師的佩劍，尋思：「華山派今日在武林中這麼大的聲譽，不知曾有多少奸邪惡賊，喪生在這些前代宗師的長劍之下。」

岳不群在香案前跪下磕了四個頭，禱祝道：「弟子岳不群，今日收錄福州林平之為徒，願列祖列宗在天之靈庇佑，教林平之用功向學，潔身自愛，恪守本派門規，不讓墮了華山派的聲譽。」林平之聽師父這麼說，忙恭恭敬敬跟著跪下。

岳不群站起身來，森然道：「林平之，你今日入我華山派門下，須得恪守門規，若有違反，按情節輕重處罰。罪大惡極者立斬不赦。本派立足武林數百年，武功上雖然也能和別派互爭雄長，但一時的強弱勝敗，殊不足道。真正要緊的是，本派弟子人人愛惜師門令譽，這一節你須好好記住了。」林平之道：「是，弟子謹記師父教訓。」

岳不群道：「令狐冲，背誦本派門規，好教林平得知。」

令狐冲道：「是，林師弟，你聽好了，本派首戒欺師滅祖，不敬尊長。二戒恃強欺弱，擅傷無辜。三戒姦淫好色，調戲婦女。四戒同門嫉妒，自相殘殺。五戒見利忘義，偷竊財物。六戒驕傲自大，得罪同道。七戒濫交匪類，勾結妖邪。這是華山派七戒，本門弟子，一體遵行。」林平之道：「是，小弟謹記大師哥所揭示的華山七戒，努力遵行，不敢違犯。」（**第七回**）

以上的儀式及戒條，並不完全是作者虛構的。華山派的這七大戒條，其實是自古以來的一些江湖幫派組織的共同戒條，可以說是江湖上特有的一種道德法律。如清代的青幫，也有類似的戒條，只不過不是七戒，而是十戒（**青幫稱十條「家法」**）：包括戒違犯幫規、戒忤逆雙親、戒不遵師訓、戒不敬長上、戒侵佔幫中財物、戒毆打幫中老少、戒不務正業、戒奸盜、戒淫邪等等。

《鹿鼎記》中寫韋小寶加入天地會，那就更加嚴格地按照天地會及洪門的規矩來。其中誓詞，即「天地萬有，回復大明，滅絕胡虜。吾人當同生同死，仿桃園故事，約為兄弟，姓洪名金蘭，合為一家。拜天為父，拜地為母，日為兄，月為姊妹，復拜五祖及始祖萬雲龍為洪家之全神靈。吾人以甲寅七月二十五日丑時為生時。凡昔二京十三省，當一心同體。今朝廷王侯非王侯，將相非將相，人心動搖，即為明朝回復、胡虜剿滅之天兆。吾人當行陳近南之命令，歷五湖四海，以求英雄豪傑。焚香設誓，順天行道，恢復明朝，報仇雪恥。歃血盟誓，神明降鑒」（**第八回**）。便是按清代天地會文件的原文寫出的。其他如「三點革命詩」，即「三點暗藏革命宗，入我洪門莫通風。養成銳勢從仇日，誓滅清朝一掃空」。再如三十六條誓詞、十禁十刑、二十一條守則；組織上分為十堂，前五房五堂蓮花堂、洪順堂、家後堂、參太堂、宏化堂，後五房五堂青木堂、赤火堂、西金堂、玄水堂、黃土堂……等等，也都是按天地會的真實寫出的（**均見第八回**）。

江湖中還有一套獨特的語言，稱為「切口」，亦即黑話。非江湖中人一般聽不懂江湖切口，而江湖中人卻又一聽便知。各門各派又都有自己的「切口」，非本門本派中人聽不懂，只有本門本派中人才能聽得懂。雙方即使原本不相識，也能憑此接上頭。

一般的江湖切口，如情況危急為「風緊」；快逃跑為「扯呼」等等。

特殊門派的切口，如天地會中的切口：

甲：「地振高岡，一派溪山千古秀。」

乙：「門朝大海，三河合水萬年流。」

甲：「紅花亭畔哪一堂？」

乙：「××堂。」

甲：「堂上燒幾柱香？」

乙：「×柱香。」（**按以五柱香最高，為堂主，其餘為四、三、二等依此類推。**）

《倚天屠龍記》中也寫到了天鷹教的切口：是什麼「日月光照，天鷹展翅，聖焰熊熊，普照世人」（**第八回**）。這當然是參照天地會之類的幫派切口虛構出來的。天鷹教分為內三堂，即天微、紫微、天市三堂，外五壇，即青龍、白虎、玄武、朱雀、神蛇五壇，這也是仿天地會的組織形式虛構的。

江湖習俗，有很多是隨時代、地域的不同而變化，也有些是相對固定，或變化甚少的。

《書劍恩仇錄》中寫到了江湖之中「千里接龍頭」的習俗：

一句話提醒了陸菲青，他一拍大腿，說道：「啊，老糊塗啦，怎麼沒想到『千里接龍頭』這回事。」只因心中掛著自己的事，盡往與自己有關的方面去推測，哪知全想岔了。李沅芷道：「什麼『千里接龍頭』？」陸菲青道：「那是江湖上幫會裡最隆重的禮節，通常是幫會中行輩最高的六人，一個接著一

個前去迎接一個人，最隆重的要出去十二人，一對一對的出去。現在已過了五對，那麼前面一定還有一對。」……（第一回）

書中寫的是紅花會群雄十二人分成六對，以最高的禮節，迎接紅花會新任總舵主陳家洛，這六對十二人的「千里接龍頭」，相當於遠端儀仗隊一般，極為隆重。

這般如此，如此這般，金庸小說中的江湖習俗，奇奇異異，又虛虛實實，我們無法一一加以辨析。只能大體上進行認知。

儘管如此，小說《鴛鴦刀》中的威信鏢局的總鏢頭周威信的一系列「江湖上有言道」還是值得特別重視的。周威信保鏢為業，走江湖為生，這一系列的江湖格言，可以說是他的，也是許多江湖中人的人生哲學及其精神積澱。

這一系列的格言是：

（1）小心去得天下，莽撞寸步難行。
（2）善者不來，來者不善。
（3）忍得一時之氣，可免百日之災。
（4）寧可不識字，不可不識人。
（5）容情不動手，動手不容情。
（6）只要人手多，牌樓抬過河。
（7）相打一蓬風，有事各西東。

（8）晴天不肯走，等到雨淋頭。
（9）行家一伸手，便知有沒有。
（10）若要精，聽一聽；站得遠，看得清。
（11）做賊的心虛，放屁的臉紅。
（12）十個胖子九個富，只怕胖子沒屁股。
（13）手穩口也穩，到處好藏身。
（14）念念當如臨敵日，心心便似過橋時。
（15）路逢險處須當避，不是才子莫吟詩。
（16）你去你的陽關道，我走我的獨木橋。
（17）光棍不吃眼前虧，伸手不打笑臉人。
（18）一夫拚命，萬夫莫當。
（19）有緣千里來相會，無緣對面不相逢。
（20）萬事不由人計較，一生都是命安排。

以上二十條江湖格言都出自《鴛鴦刀》中，且都出自周威信之口。不論西安府威信鏢局及周威信其人之真假，以上這些格言都是實在的。它是江湖人——其實也包括世俗社會中的中國人——的智慧結晶，同時也是他們的文化心理的真實反映。

我們要研究江湖、江湖人以及俗世界及其俗文化，以上這些格言當是不可多得的好材料。

只是我們這一章，乃至這一卷書，都只引述金庸小說中的中國文化的硬體，下一卷書才涉及它的軟體（價值觀念、人文精神、民族心理、文化特徵等等）。

所以，其他的話還是留待下一卷書中再說。

第二十一章 雜學與小結

前面各章，我們分別引述了金庸小說中的有關中國傳統文化各方面的知識，包括歷史、地理、文學、藝術、哲學、宗教、飲食、文物及民俗、典章等各方面。

這裡我們先還不能忙於作「結」。除上述內容以外，金庸小說中還有大量的中國文化知識，諸如科學、技術、工藝、醫藥等等。限於篇幅，我們不能一一分章引述，但又不能不提，所以我們還是在這最後的篇幅內對上述內容作一些簡要的引述。

一、數學

我國古代不僅人文科學極為發達，數學及自然科學也有過興盛歷史，並形成自己的獨特傳統。數學方面，雖幾何學相比歐洲略為遜色，但代數學卻十分發達。

前面提到的《易經》，其實就包括了「象」之學與「數」之學。「九宮八卦」不僅是一個「象」的問題，而且是一個「數」的問題。小說《射鵰英雄傳》中，黃蓉就對「神算子」瑛姑說過「九宮之義，法以靈龜，二四為肩，六八為足，左三右七，戴九履一，五居中央」。這便是五行生克、九宮八卦的數學模型。上述九宮圖中，橫、豎、斜排列的數字之和都是十五。具體圖形如下：

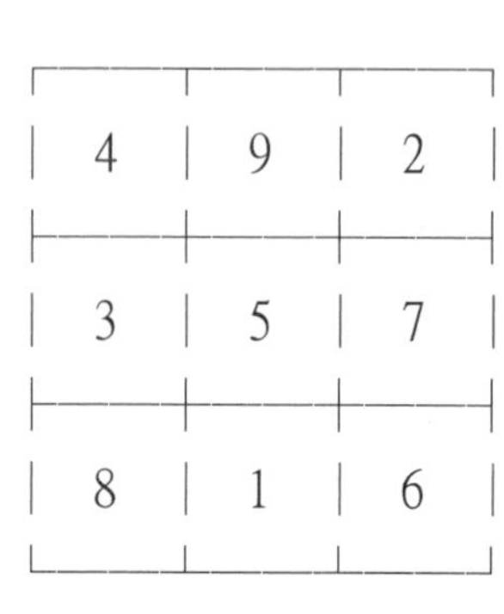

4	9	2
3	5	7
8	1	6

《易》學的陰、陽二爻，與當今電子電腦的二進位（〇、一，或開、關）之間的神秘吻合，是數學家及科學史家最感興趣的問題。

《射鵰英雄傳》中，瑛姑聽說情人周伯通被東邪黃藥師囚禁在桃花島，又知黃藥師經營桃花島，按五行生克之理、九宮八卦之變，所以要想上桃花島，打敗黃藥師，必先鑽研、精通數學不可。郭靖、黃蓉避入瑛姑居所時，瑛姑正在那裡解數學題。

黃蓉見「地下那些竹片都是長約四分、闊約二分，知是計數用的算子。再看那些算子排成商、實、法、借算四行，暗點算子數目，知她正在算五萬五千二百二十五的平方根」。此時瑛姑在「商」位上已計算到二百三十，她正在算個位數的數字，黃蓉脫口而出說是五，即得數為二百三十五。瑛姑不信，堅持自己計算，結果真是二百三十五。

第二道題是求三千四百零一萬二千二百二十四的立方根，瑛姑剛將算子排為「商、實、方法、廉法、隅、下法六行」（**按此為古代數學中計算立方根的方法、算式**），黃蓉便說出了得數為三百二十四。瑛姑算了半天，果然是這個數，這回不能不對黃蓉刮目相看了。於是就將黃蓉請到裡間，那裡有更難的難題。書中寫道：

> 郭靖扶著黃蓉跟著過去，只見那內室牆壁圍成圓形，地下滿鋪細沙，沙上畫著橫直符號和圓圈，又寫著些「大」、「天元」、「地元」、「人元」、「物元」等字……
>
> 黃蓉自幼受父親教導，頗精曆數之術，見到地下符字，知道盡是些術數中的難題。那是算經中的「天元之術」，雖然甚是繁複，但只要一明其法，也無甚難處（**按：即今日代數中多元多次方程式，我國古代算經中早記其法，天、地、人、物四字即西方代數中的x、y、z、w四未知數**）。黃蓉從腰間抽出竹棒，倚在郭靖身上，隨想隨在沙上書寫，片刻之間，將沙上所列的七八道算題盡數解開。
>
> 這些算題那女子苦思數月，未得其解，至此不由得驚訝異常，呆了半晌，忽問：「你是人嗎？」黃蓉微微一笑，道：「天元四元之術，何足道哉？算

經中共有一十九元，『人』之上是仙、明、霄、漢、壘、層、高、上、天，『人』之下是地、下、低、減、落、逝、泉、暗、鬼。算到第十九元，方才有點不易罷啦！」……（**第二十九回**）

這一下可真使「神算子」大驚失色。可她仍不死心，將她獨創的「秘訣」說了出來，試圖將黃蓉難住。那難題是：將一至九這九個數字排列成三行，不論縱橫斜角，每三字相加都是十五，如何排法？黃蓉不假思索地說出了「九宮之義、法以靈龜」的口訣（**如上述**），書中寫道：

那女子色如死灰，歎道：「只道這是我獨創的秘法，原來早有歌訣傳世。」黃蓉笑道：「不但九宮，即使四四圖、五五圖，以至百子圖，亦不足為奇。就說四四圖罷，以十六字依次作四行排列，先以四角對換，一換十六，四換十三，後以內四角對換，六換十一，七換十。這般橫直上下斜角相加，皆是三十四。」那女子依法而畫，果然不錯。

黃蓉道：「那九宮每宮又可化為一個八卦，八九七十二數，以從一至七十二之數，環繞九宮成圈，每圈八字，交界之處又有四圈，一共一十三圈，每圈數字相加，均為二百九十二。這洛書之圖變化神妙如此，諒你也不知曉。」舉手之間，又將七十二數的九宮八封圖在沙上畫了出來。（**第二十九回**）

黃蓉後來知道這「神算子」苦鑽數學是要與她父親黃藥師為難，臨別之時，又在地下給她留下了三道難題：第一道是包括日、月、水、火、木、金、土、羅喉、計都的「七曜九執天竺筆算」；第二道是「立方招兵支銀給米題」（**按：即西洋數學中的級數論**）；第三道是道「鬼谷算題」：「今有物不知其數，三三數之剩二，五五數之剩三，七七數之剩二，問物幾何？」（**按：這屬高等數學中的數論，我國宋代學者對這類題目鑽研已頗精深。**）

——黃蓉留這三道題，是要「叫她花白的頭髮全都白了，誰教她這等無禮？」——直到再一次在一燈大師的居處見面，黃蓉才將這三道題的答案及演算法告訴瑛姑。如第三道題「以三三數之，餘數乘七十；五五數之，乘數乘二十一；七七數之，餘數乘十五。三者相加，如不大於一百零五，即為答數，否則須減去一百零五或其倍數」。這題的解答也有幾句口訣，即「三人同行七十稀，五樹梅花廿一枝，七子團圓正半月，餘百零五便得知。」（**第三回**）

有黃蓉在，瑛姑「神算子」的外號，從此再也不敢叫了。

二、藥學

前面我們有專門的一章談醫，這裡應該專門來說一說藥，當然是中藥。中醫離不開中藥，這道理十分簡單。金庸既然寫到了中醫，自然也要寫到中藥。

我國藥學發源極早，古有神農嘗百草的傳說，嘗得他臉色都發青。這種偉大的科學探索精神，實令人敬佩。至於李時珍的《本草綱目》，那更是古代著名的藥典了。

中藥學的發展，當然也包含了我國古人對自然之探索的精神。而中藥的研製及用藥之法，則又包含了中國人特有的哲學思想，諸如物性相生相剋，用藥講「君臣佐使」等等，其精妙處，恐不一定是淺薄的當代人所能明白究竟的。西藥的化學方法固然盛極一時，但中藥學的生物方法不僅歷史悠久，亦為現代生物工程提供了寶貴的經驗。

金庸在《倚天屠龍記》中，不僅寫了張無忌向胡青牛學醫，同時當然也要學藥。一開始張無忌尚不知生地、柴胡、牛膝、熊膽是什麼樣的東西，不幾年之後，便能熟練地用南星、防風、白芷、天麻、羌活、白附子、花蕊石等搗爛，和以熱酒給人止癢了。至於「水蛭遇蜜，化而為水」當然就更難不倒他了。又學會了用山甲、歸尾、紅花、生地、靈仙、血竭、桃仁、大黃、乳香、沒藥，以水酒煎好，再加童便治療瘀血；以生龍骨、蘇木、土狗、五靈脂、千金子、蛤粉等藥解毒化瘀。

到得後來，胡青牛知張無忌對藥學瞭解甚深，居然用藥方來當隱語，對他說：「我開張救命的藥方給你，用當歸、遠志、生地、獨活、防風五味藥，二更時以穿山甲為引，急服。」張無忌一聽，這五味藥與自己的病情毫不相干，且藥性頗有衝突之處，以穿山甲為引，更是不通。慢慢才終於明白，這張救命藥方是要他逃命。當歸即「該當歸去」；遠志即「志在遠方」或遠走高飛；生地、獨活不必說了，防風即「防止走漏風聲」之意。穿山甲為引，是讓他二更時穿山越嶺而去。（上均見第十二回）若張無忌不懂藥理，那就白說了。當然也就沒這麼個情節。

《倚天屠龍記》中，張無忌用藥救人，治傷療病的場景很多，據北京中醫大學的專家稱，其藥性、藥理、藥方大都有據可查。如三十四回中趙敏中了「九陰白骨爪」之毒，張無忌在山中尋到了幾朵「佛座小紅蓮」給她去毒，看似簡單的一筆，實則自有其依據。

中國之藥，除了治病療傷之外，還有兩大類，一類是進補之藥；另一類是毒藥。前一類，即補藥。金庸小說中也寫到過，如《碧血劍》中的歸辛樹夫婦到處找何首烏，以及千年靈芝來給他們的兒子進補。而《笑傲江湖》中的老頭子為救他的寶貝女兒老不死之命，花了一二十年時光採集了千年人參、伏苓、靈芝、鹿茸、首烏、熊膽、三七、麝香等種種珍貴之極的藥物，製成了八顆起死回生的「續命八丸」，不料被祖千秋偷來給令狐冲服下。然而這種為純陰女子進補之藥，對令狐冲非但沒有幫助，反而有很大的害處（十四、十五回）。

關於毒藥，金庸小說中可就多了。這當然也是中國武俠小說的傳統。如《書劍恩仇錄》的最後，乾隆想在酒中下毒，害死紅花會群雄。《碧血劍》中的「五毒教」，更是與毒物為伍，以玩毒為生。五毒為青蛇、蜈蚣、蜘蛛、蠍子、蟾蜍。

可是這一切都還比不上《倚天屠龍記》中的胡青牛之妻王難姑，她的外號叫「毒仙」，死時留下了一部《王難姑毒經》，各種稀奇古怪的毒藥、毒草及魚蟲鳥獸、花木烏石，無不具載。這比那種用毒蛇、毒蠍或砒霜、鶴頂紅等人所共知的毒藥要高明得多了。王難姑到底高明到何種程度且不說，張無忌看了她的遺著，對解毒之學有所瞭解，便已使人目瞪口呆。

一次是崑崙派掌門人何太沖的小妾患無名之症，請來了四川、雲貴一帶最有名的醫生，七位大夫的見解各不相同，有的說是水腫，有的說是中邪，所開的藥方試服之後，沒一張管用。張無忌看了看，便知是被金銀血蛇所咬而中毒，而那金銀血蛇又是被「靈脂蘭」引來的：「據書上所載，這靈脂蘭其莖如球，顏色火紅，球莖中含有劇毒。」金銀血蛇一雌一雄，一金冠、一銀冠，極喜吸毒。……如此這般，治好了何氏小妾的奇毒（第十四回）。

另一次是張無忌當了明教教主，率領明教群雄下山，在綠柳莊吃了一頓飯。眾人小心至極，沒想到還是中了毒，眾人如醉酒一般。張無忌立即警覺，並赴綠柳莊尋解毒之物。待解毒完畢，才對群雄說道：「咱們自然處處提防，酒水食物之中有無毒藥，我當可瞧得出來。豈知那趙姑娘下毒的心機直是匪夷所思。這種水仙模樣的花叫做：醉仙靈芙，雖然極是難得，本身卻無毒性。這柄假倚天劍乃是用海底的『奇鯪香木』所製，本身也是無毒，可是這兩股香氣混在一起，便成劇毒之物了。」（第二十三回）

《倚天屠龍記》中的王難姑厲害，《飛狐外傳》中的「毒手藥王」及其弟子程靈素似更加厲害。胡斐和鍾兆文兩人到藥王莊請藥王給苗人鳳療毒，住在程靈素的屋內，小心翼翼。鍾兆文是茶也不喝，水也不飲，飯更是不吃，沒想到仍然中了毒。原來程靈素在廳上放了一盆小小的白花，叫做醒醐香，花香醉人，極是厲害，聞得稍久，便和飲了烈酒一般無異。她在湯裡、茶裡都放了解藥，所以胡斐吃飯、喝湯又喝茶，反而沒事。此後，胡斐隨程靈素去見她的大師兄慕容景岳、二師兄姜鐵山、三師姊薛鵲，幾位使毒的行家恩怨糾葛重重，相互比試，使胡斐經歷了一場聞所未聞的毒之戰，知道了「鬼蝙蝠」、「血矮栗」、「赤蠍粉」及「七心海棠」等稀奇古怪的毒藥（第九、十章），我們就不一一引述了。

《神鵰俠侶》中的李莫愁也喜歡用毒，有一本《五毒秘傳》，不過她的本事比之王難姑、程靈素二人，算不了什麼。這部書中還寫了一種奇毒，叫「情花之毒」，凡被花刺刺中，便有毒素入體。後一燈大師的徒弟發明了以情花附近的斷腸草解情花之毒的方法。情花毒、斷腸草，世間未必有此物，但金庸這樣寫，自有其道理。一是象徵意義上的，另一理論根據，則是物性生克的道理。

黃蓉聽洪七公說過「凡毒蛇出沒之處，七步內必有解救蛇毒之藥」。這情花與斷腸草既然生長在一起，必有相生又相克的自然法則在起作用。這不僅是一種藥理知識，也是一種自然知識，同時還是一種哲學知識。

三、技術、工藝

總體上講，傳統的中國人重道不重技，因而哲學發達，科學就差些，技術又相對更差。古人治學，向重治國安邦的經濟之道，或格物致知亦為的是明道，卻將具體的科學、技術不大放在眼裡，乃至以技術、工藝之學為奇技淫巧，相當輕視。

話雖如此，在幾千年的文明史發展過程中，我國的技術、工藝之學仍有輝煌的成就。戰國時的大匠公輸般（**即魯班**）就將技術、工藝的水準發展到了讓人難以置信的高度。著名的哲學家、墨家的創始人墨子亦不僅能動腦、動口，還能動手，既是學者，又是工匠技師。其後如三國名臣諸葛亮不僅能安邦治國、行軍打仗，而且還能發明創造出新技術、新器械及新工藝。歷史發展，不絕如縷。當代英國學者李約瑟博士所著皇皇大作《中國科學技術史》便說得詳細分明（**這樣一部大書由一個外國學者寫出，實令當代中國學者惶愧**）。不必多說。

金庸小說中對此當然不便多寫。但仍有一些蛛絲馬跡可尋。《射鵰英雄傳》中的桃花島的佈置，歸雲莊的建造；《書劍恩仇錄》中的西域迷宮磁山之殿的揭秘；《鹿鼎記》中康熙學拉丁文、西方數學、物理及親試大炮的描寫，都給我們留下了深刻的印象。

《天龍八部》中的一代宗師無崖子，將自己的各項絕藝傳給了大弟子蘇星河。蘇星河又帶了八個徒弟，每人學其一藝，大徒學琴，二徒學棋，三徒學諸子百家之學，四徒學畫，五徒學醫，六徒學土木工藝，七徒學蒔花，八徒學戲曲。學土木工藝的老六，名為馮阿三，本來是木匠出身，投師之前便是一位巧匠，學藝之後，更是巧上加巧。老五神醫薛慕華家有一地道，巧布機關，誰也不知。薛慕華為躲避師叔丁春秋的追捕，藏身地道之中，馮阿三師兄弟及少林玄難、玄痛，慕容氏家將包不同等人來到薛家，誰也不知道薛慕華是死是活，獨馮阿三（**短斧客**）在房子周圍量來測去，書中寫道：「短斧客量量牆角，踏踏步數，屈指計算，宛然是個建造房屋的梓人，一路數著步子到了後園。他拿著燭台，疑思半晌，向廊下一排五只石臼走去，又想了一會，將燭台放在地下，走到左邊第二只大石臼旁，捧了幾把乾糠和泥土放入臼中，提起旁邊一個大石杵，向臼中搗了起來。砰的一下，砰的又是一下，石杵沉重，落下時甚是有力。……短斧客不停手的搗杵，說也奇怪，數丈外靠東第二株桂花枝竟然枝葉搖幌，緩緩向外移動。又過片刻，眾人都已瞧明，短斧客每搗一下，桂樹便移動一寸半寸。彈琴老者一聲吹呼，向那桂樹奔了過去，低聲道：『不錯，不錯！』眾人跟著他奔去。只見桂樹移開之處，露出一塊大石板，石板上安著一個鐵環挽手。」──

公冶乾又是驚佩，又是慚愧，說道：「這個地下機關安排得巧妙之極，當真匪夷所思。這位仁兄在頃刻之間便發現了機括所在，聰明才智，實不在建造機關者之下。」

……短斧客再搗了十餘下，大石板已全部露出。彈琴老者已握住鐵環，向上一拉，卻是絲紋不動，待要用力再拉，短斧客驚叫：「大哥，住手！」縱身躍入了旁邊一只石臼之中，拉開褲子，撒起尿來，叫道：「大家快來，一齊撒尿！」

……公冶乾等心下凜然，均知在這片刻之間，實已去鬼門關走了一轉，顯然鐵環之下連有火石、火刀、藥線，一拉之下，點燃藥線，預藏的火藥便即爆炸，幸好短斧客極是機警，大夥撒尿，浸濕引線，大禍這才避過。……（第三十回）

這使我們想到了《飛狐外傳》中的商家堡大廳的奇特的鐵屋子；《倚天屠龍記》中明教總舵所在地的地下迷城；《雪山飛狐》中的玉筆山莊那讓人覺得不可思議的絕頂高崖上的居住，當然還有《笑傲江湖》中的恒山懸空寺。這些都是讓人難以置信的建築工藝傑作。

說起《笑傲江湖》，不能不提少林寺中的那條鮮為人知的秘道。令狐冲、桃谷六仙等千餘名江湖豪傑到少林寺迎接「聖姑」任盈盈，反被圍在少林寺中不得脫身。桃谷六仙偶然發現了一個秘密地道，不想秘道之中有一根又一根禪杖擊出，讓人不能前進一步。使禪杖的並非活人，乃是機括操縱的鐵人，只是裝置得極妙，只要有人踏中了地下的機括，便有彈杖擊出，而且進退呼應，每一招都是極精妙厲害之著。更有一厲害之處，鐵和尚的手臂和彈杖均係鑌鐵所鑄，近百斤的重量再加機括牽引，下擊力道之強，不遜大力高手。可見當時裝置之人必是心思機靈之極的大匠。若非令狐冲，桃谷六仙肯定逃不脫此劫，而山上的千餘名英雄也無法脫身了。（第二十六回）

金庸寫的是武俠小說，對與武俠無關的工藝技術自不能多寫。而對與武俠有關的工藝技術則有不少的知識介紹。

短篇小說《越女劍》寫的是春秋時代吳越之爭的歷史故事，其時中國文明已經過了舊石器、新石器時代，並由銅器時代向鐵器時代轉化。鐵兵器的出現，實質上標誌著一種新的文明、文化時代的誕生。不僅僅是一種冶金鑄造的技術而已。所以《越女劍》中寫到了吳國鑄劍大匠干將、莫邪夫婦，越國的大匠歐冶子及兩位徒弟風鬍子、薛燭；寫到了歐冶子為越國鑄了五口名劍，一曰湛盧，二曰純均，三曰勝邪，四曰魚腸，五曰巨闕；寫到了歐冶子為楚王鑄劍三口，一曰龍淵，二曰泰阿，三曰工布；寫到了風鬍子被吳國收買，並指點吳國工匠鑄出千百支利劍；還寫到了「鑄劍之鐵，吳越均有，唯精銅在越，良錫在吳」。

《越女劍》中沒寫名匠大師們的鑄劍過程，而在《倚天屠龍記》中，我們倒可以看到明教銳金旗掌旗使吳勁草接續斷了的屠龍刀的情形。這吳勁草見識非凡，認出了明教的聖火令是用白金玄鐵混和金剛砂等物鑄就，那上面的文字，是「在聖火令上遍塗白蠟，在蠟上雕以花紋文字，然後注以烈性酸液，以數月功夫，慢慢腐蝕。待得刮去白蠟，花紋文字便刻成了」。這位鑄造大匠接續屠龍刀時的情形更是十分驚人：

……於是將兩枚聖火令夾住半截屠龍刀，然後取過一把新鋼鉗，挾住兩枚聖火令，將寶刀放入爐火再燒。

……吳勁草突然喝道：「顧兄弟，動手！」銳金旗掌旗副使手持利刃，奔到爐旁，白光一閃，挺刀便向吳勁草胸口刺去。旁觀群雄無不失色，齊聲驚呼。吳勁草赤裸裸的胸膛上鮮血射出，一滴滴地落在屠龍刀上，血液遇熱，立化膏煙嫋嫋冒起。吳勁草大叫「成了！」退了數步，一跤坐在地下，右手中握著一柄黑沉沉的大刀，那屠龍刀的兩段刀身已鑲在一起。

眾人這才明白，原來鑄造刀劍的大匠每逢鑄器不成，往往滴血刃內。古時干將莫邪夫婦甚至自身跳入爐內，才鑄成無上利器。吳勁草此舉，可說是古代大匠的遺風了。（第三十九回）

真是不看不知道，原來鑄造工藝的發展居然也要付出鮮血，乃至生命的代價。

四、其他

金庸小說中的古文化知識，還應該包括天文學，在講述《易經》時我們曾提起《河圖》與《洛書》，那《河圖》便是較早的、無文字時代的天文圖。

金庸小說中雖然沒有專門解說天文學的篇章段落，但天文學中的很多概念，如四象（即天文學上的南朱雀、北玄武、東青龍、西白虎。見《神鵰俠侶》）、三垣（即天微、紫微、天市，見《倚天屠龍記》）、北斗（即北斗七星：天樞、天璇、天璣、天權、玉衡、開陽、瑤光，見《射鵰英雄傳》）、二十八宿（見《神鵰俠侶》，前已引述）等等。

以上我們所說的，基本上都屬於中國傳統文化中的正面內容。同時，中國傳統文化中，當然還有不少負面的因素。

對於這些負面的因素，諸如巫術。迷信、占卜、相面、風水等等，金庸小說中基本上未予表現，其原因應該是「非不能也，不為也」。並不是金庸不懂得這些，更不是它們難寫，而是作者故意不去寫這方面的內容。這表明金庸在創作武俠小說、表現傳統中國文化時，是受其現代、理性的目光所選擇和挑剔的。

實際上寫這方面的內容極其容易，只要「神乎其神」便是，而金庸則終不肯為之。如前所說，即使在《天龍八部》中寫段譽學《易》，時常來點占卜，那也是戲占戲卜，追求的是一種特有的喜劇性趣味與效果。因為段譽之卜總是事後諸葛。再如易容術與迷魂藥，一向是武俠小說作家的兩大法寶，諸葛青雲、陳青雲等人在小說中大寫特寫，而在金庸的小說中卻見不到太多的描寫。《射鵰英雄傳》中的黃藥師至多戴一張面具，而《倚天屠龍記》中明教光明右使范遙要改裝易容，則乾脆只能將一張潘安宋玉般俊美的臉劃上亂七八糟的傷口，破壞得不成人樣才罷。金庸之不寫「怪力亂神」由此可見一斑。

不過，金庸對世俗生活中的一些負面因素，如嫖和賭，卻是沒有完全避開。原因不難理解，因為酒色財氣、吃喝嫖賭是與古代中國人的生活關係緊密，更與某些小說主人公（如韋小寶）的生活經歷、生活方式、生活觀念及精神氣質密不可分。

金庸寫嫖，自有其目的，如《書劍恩仇錄》中寫乾隆嫖妓，空前絕後，那是要揭示乾隆的風流本性。書中寫杭州名妓在西湖泛舟選「花國狀元」則是寫一種風俗。

《碧血劍》中寫袁承志、夏青青到了南京，自然要逛逛秦淮河，到了秦淮河，則自不免要找兩個歌妓來陪一陪。

《笑傲江湖》中的田伯光原是人所不齒的採花大盜，專幹欺凌婦女的罪惡勾當，自與令狐冲訂交之後，決心棄惡從善，改邪歸正，從此喜歡到妓院去找蕩婦淫娃。這樣，他的嫖妓應該說是改邪歸正的表現。

《鹿鼎記》的主人公韋小寶出身於揚州鳴玉坊麗春院之中，他的母親乃是麗春院中的妓女，他從小生長在妓院之中，因而這部書裡寫「嫖院」屬於韋春芳的專業工作範疇，韋小寶從小司空見慣的生活背景，不得不寫。應該說，無論是寫賣藝之妓，還是寫賣身之妓，寫妓院規矩，還是寫嫖院情形，金庸都把握了分寸，不涉淫亂。這亦是傳統文化的一種特色，或曰「樂而不淫」。

金庸寫賭，也堪稱絕。不僅內行之極，而且出神入化（**出性格精神之神，入文化之化**）。在《飛狐外傳》中已寫到了主人公胡斐初到佛山時，到鎮頭的一座號稱「英雄會館」的破廟中，賭了一番骰子的大和小。後來胡斐與程靈素一同到北京，被北京眾武官拉住大賭了一場牌九。前一次是胡斐故意要尋破綻，結果大贏，後一次是有人做手腳，故意要讓胡斐大贏。果真是「十賭九騙」。

要說賭術與騙術（**行語叫「出老千」，不會騙的人叫「羊牯」**），當然還是《鹿鼎記》更為博大精深。書中主人公韋小寶嗜賭如命，而且賭運又佳，所以有關賭的場景極多。韋小寶自揚州至北京，被海太監抓進皇宮之中，驚魂未定，就被人邀去賭博。

書中寫道：

他懷中帶著海老公的水銀骰子，原擬玩到中途，換了進去，贏了一筆錢後，再設法換出來。擲假骰子的手法固然極為難練，而將骰子換入換出，也須眼明手快，便如變戲法一般，先得引開旁人的注意，例如忽然踢倒一隻凳子，倒翻一碗茶之類，眾人的眼光都瞧凳瞧茶碗時；真假骰子便掉了包。但若是好手，自也不必出到踢凳翻茶的下等手法，通常是在手腕間暗藏六粒骰子，手指上抓六粒骰子，一把擲下，落入碗中的是腕間的骰子，而手指中的六粒骰子一合手便轉入左掌，神不知鬼不覺的揣入懷中，這門本事韋小寶卻沒學會。

有道是：「骰子灌鉛，贏錢不難；灌了水銀，點鐵成金。」水銀和鉛均極沉重，骰子一邊輕一邊重，能依己意指揮。只是鉛乃硬物，水銀卻不住流動，是以擲灌鉛骰子甚易而擲水銀骰子極難。骰子灌鉛易於為人發覺，同時你既能擲出大點，對方亦能擲出大點，但若灌的是水銀，要什麼點子，非有上乘手法不可，非尋常騙徒之所能。……（**第三回**）

從此以後，韋小寶身經百賭，博擊群雄，精彩的場面甚多，不能一一盡述。韋小寶賭性之重，下面兩例便可說明，一例是他與他的師父陳近南說話，陳近南叫他務須保重，他回答說：「是，弟子亂七八槽，什麼也不懂的，得了這些碎皮片，也不過碰上運氣罷了。每一次都好比我做莊，吃了閑家的夾棍，天槓吃天槓，彆十吃彆十，吃得舒舒服服。」陳近南說個人的運氣有好有壞，不能總是一帆風順，且如此大事，不能專靠好運道。韋小寶又說：「師父說得不錯。好比我賭牌九做莊，現今已贏了八鋪，如果一記通賠，這包碎皮片給人搶去了，豈不是全軍覆沒，鑲了我的莊？因此連贏八鋪之後就要下莊。」（**第三十四回**）平常說話也帶著賭術名詞，可見他的志趣與專長。這還罷了，後來他的三位夫人生了三個孩子，眾夫人恭請他為孩子取名——

……韋小寶笑道：「我瞎字不識，要我給兒子、姑娘取名字，可為難得很了。這樣罷，咱們來擲骰子，擲到什麼，便是什麼。」

當下拿起兩粒骰子，口中念念有詞：「賭神菩薩保佑，給取三個好聽點兒的名字。第一個！」擲了下去，一粒五點，一粒六點，是個「虎頭」。韋小寶笑道：「阿大的名字不錯，叫作韋虎頭。」第二次擲了一個一點和六點，湊成了「銅錘么六」，老二叫做「韋銅錘」。

第三次擲下去，第一粒骰子滾出兩點，第二粒骰子轉個不停，終於也是個兩點，湊成一張「板凳」。小寶一怔之下，哈哈大笑，說道：「咱們大姑娘名字可古怪了，叫作『韋板凳』！」眾女無不愕然。……（**第四十五回**）

居然用擲骰子來給自己的孩子取名，這真是聞所未聞之事。偏偏韋小寶一不識字、二來好賭，也只能如此。也只有他才能做得出來。那「韋板凳」是建寧公主生的女兒，她當然不喜歡給自己的寶貝女兒取這麼一個讓人匪夷所思的名字，決意要改，夫君韋小寶卻不同意。建寧公主只得自己來擲，沒想一擲出來仍然是板凳！後來還是蘇荃善於變通，一隻板凳兩點是一雙，兩隻板凳是兩雙，孩子的名字就不叫板凳，而叫雙雙。若依韋小寶的意思，他恐怕還覺得「韋板凳」來得更加親切。這樣的取名，大約要算一種特殊的文化現象。

五、小結

寫到這裡，我們應該真正的進入小結了。

這一卷書，寫得實在夠長，差不多比一本一般的書還厚。

但對於金庸小說中的文化知識及有關內容的列舉，還遠遠不夠。本來也許更長、也更厚。比如我們這一章前面的幾節，其實都可以分專章來引述。而前面各章所引述的內容，也還是適可而止，言猶未盡。若要盡，那就不是書，而是一部大型辭典了。

實在說，這一大卷書的每一章，多半不是寫的，而是抄的。抄錄了金庸小說中的大段大段的例子，加以簡略的說明。這樣的功夫，人人都會，我這樣做了，至多不過是免去了有心的讀者朋友的一些麻煩而已。不過，若非如此，便不能說明金庸小說內容的豐富，若不「有書為證」，很難實際地說明問題。我們這樣做有一個好處，那就是便於讀者朋友分門別類地瞭解金庸小說的文化內容，且事例俱在。

但這樣做也還有明顯的不能盡如人意之處。

不足之一，是我們的引述，無形中將金庸小說中的文化內容與小說的整體割裂開了，似乎變成了純粹的掉書袋。實際上，這些內容在金庸作品中，是與小說的情節、人物個性及具體情境密不可分的，是一個整體。只有在小說的具體情境中，才能真正地體會到這些知識的運用之妙。也只有在具體的環境下，才能充分體會這些文化內容的趣味和深度。進而，金庸小說中的儒佛道兵、琴棋書畫、詩酒花俗及典章文物等等，是分散融合成一種獨特的文化背景和文化氛圍，我們這一番拆解，不僅使它們顯得乾巴巴的，同時也很難感受到金庸小說的那種整體的氛圍和一氣呵成的氣勢。

例如小說《射鵰英雄傳》中，黃蓉、郭靖尋訪一燈大師，先是受了瑛姑的指點，展示了數學方面的才華（**這又是有原因的**），其次又連過漁、樵、耕、讀四關，涉及漁事、農事、小曲、對聯、詩謎、書籍、儒家經典的引述及詰難……等等內容，不僅情景交融又入情入理，而且有一種整體的氛圍，一種一氣呵成的自然慣性。而我們迫不得已，只得將它們分為詩、詞、曲、聯以及儒、數等不同的章節去引述，無疑是對作品的有機的內容的肢解。

另一方面，我們的章節，由於形式、篇幅的限制，題材的取捨方面也有相應的問題。為了說明問題，我們經常大段大段的引述，而相對忽略了那些簡短的句子。實際上，在那些簡短的、難以一一列舉的句子中，同樣包含了十分豐富的文化內容或資訊。

例如，段譽初到無錫城時，書上寫了一句「他在書上看到過無錫的名字，知道那是在春秋時便已出名的一座大城」。其中包含的文化資訊，我們就很難引述。又如段譽見王語嫣，經常浮想聯翩，看到王語嫣站在一株茶花旁，便想起李白以芍藥比楊貴妃之美的詩句「名花傾國兩相歡」。就這麼一句，實難引述，但其中的審美、藝術、文化的內容卻相當豐富。段譽見王語嫣的睫毛上有滴淚珠，也要想到古人的詩句「梨花一枝春帶雨」來，如此等等，我們說「詩」時，怎麼也引述不盡的。

更應該指出的是，金庸小說中的許多方面的內容，由於篇幅不夠，又或是難以「名」之，我們也不得不視而不見。如這一章中所舉的數學、科技、工藝、藥學、毒學，以及我們未能提及的漁、樵、耕、讀，江湖上的販夫走卒等等，就是這樣。金庸學識淵博，小說中的典藉引述較多，有一些我們分門別類地說了，而有些不大容易歸類。如金庸在《書劍恩仇錄》、《白馬嘯西風》中不只一次地引述過的《可蘭經》，這部伊斯蘭教的無上寶典，就難以歸類。《書劍恩仇錄》、《碧血劍》、《射鵰英雄傳》及《鹿鼎記》等書中引述的史書及經史子集的「集部」典籍，也同樣難以歸類。《倚天屠龍記》中關於摩尼教的描寫，本應專列一章，但終於未成。如此，我們在前面所列舉出來的，只能說是金庸小說中的部分文化知識與內容。

要說，金庸小說之名——書名與人名等等——都大有文章可作。比如《鹿鼎記》，是有「人為鼎鑊，我為麋鹿」、「逐鹿中原，問鼎中原」以及「鹿鼎山」（**高助略山**）等多重意思，《天龍八部》是借佛經中的八種非人的神道精怪，來象徵現世的人物。

這些金庸都作了解釋，但《射鵰英雄傳》、《倚天屠龍記》呢？《白馬嘯西風》、《越女劍》呢？《俠客行》、《連城訣》呢？……其實每部書都有其特殊的出典，有其獨特的文化內涵。

再說人名，也同樣是如此，前面說到的韋小寶給他的孩子取名為韋銅錘、韋虎頭、韋雙雙（**板凳**），這與賭（**牌九**）相關。《射鵰英雄傳》中的郭靖、楊康之名，來源於「靖康之恥」。《天龍八部》中的李秋水之名來自莊子的《秋水》；而蘇星河的大弟子康廣陵之「康」是稽康之康，「廣陵」則是《廣陵散》這部名曲；二弟子范百齡愛圍棋，他的名字亦與文化歷史及其個人嗜好有關。清代棋壇有兩大名人，一位是著《四子譜》的過百齡，一位是著《桃花泉譜》的范西屏，金庸取了范西屏之姓「范」與過百齡之名「百齡」，給他筆下的人物命名，切合他的身分，至於那位神醫薛慕華，其所慕當然是華陀了。《倚天屠天龍記》中的王難姑之名，來源於古代醫書王好古所著的《此事難知》。《飛狐外傳》中的程靈素之名則是《靈樞》、《素問》兩大醫經的題目。她的師父從大嗔、一嗔、微嗔到無嗔，從名字的變化，足可以看出他的佛學修養的加深及性格氣質、精神境界的變化……

總之，金庸小說中的文化內容是隨處可見的，書名、人名、地名、武功名稱等等，無不有傳統文化的知識和資訊在。遠不只是我們列舉引述的那些內容。

當然，我們在本卷書的「小引」中已經提及，金庸小說中的文化內容一方面是隨處可見、豐富充實，另一方面又是博而不專，點到為止。不僅金庸本人不一定十分精熟的醫、酒、兵、數等方面是如此，就是他所擅長的儒、佛、道、易及琴、棋、詩、書、畫、典等方面亦是如此。

這就是說，一來金庸未必門門專精，二來即使專精之學，也不能連根帶土地寫入書中。因為這畢竟是武俠小說。是要以傳奇的故事情節以及鮮明的人物性格為主的。其他的內容，只能作為它的輔助性、背景性的材料、形式加入作品之中。否則，變成了系統的文化學術的著作，那可就適得其反，讓人難以卒讀了。

對於這一點，想來應該是不難理解。讀者閱讀武俠小說，主要目的並非為求學而來，若要想專精某一文化、藝術門類，自可去閱讀學術專著。而讀武俠小說，於情節曲折變化、人物喜怒哀樂之餘，又能夠領略傳統文化的豐富內容、廣博的知識，那是望外之喜，額外之收穫了。所以博有博的好處，自不必多言。

至此，我們這個小結、以及這一卷書可以、也應該結束。

下卷

文化精神論

小引

上一卷書我們扼要引述了金庸小說中所展示的豐富的中國傳統文化的知識。雖是扼要，卻也讓人眼花繚亂。足見金庸文化修養的深厚，以及金庸小說在一定程度上確實當得傳統文化的教科書。

但是，僅有那些還是不夠的。

說到底，那些只是武俠小說的一種點綴和包裝。有了這些包裝與點綴，固然使金庸小說更加堂皇富麗、更具文化氛圍、更有文化趣味，但古龍、溫瑞安的小說中少有這些，卻也能吸引讀者。再說僅憑這些零星、片斷的文化知識及文化景觀，對我們閱讀小說固然有很大的幫助，但要從中學到系統的文化知識，卻又不行。

進一步說，懂得這種包裝方法的，並不只有金庸一人而已。臥龍生、司馬翎、諸葛青雲等人，都會這麼做。只不過在抄書引文、查經據典或點綴、包裝的具體技術上，或不如金庸這樣不動聲色，信手拈來、恰到好處罷了。有些作品寫得過頭，變成了純粹的掉書袋，賣弄學問，從而過猶不及。但寫得好的也不是沒有，梁羽生就與金庸不差上下，有些方面，只怕比金庸更為出色。

金庸的小說，無論是藝術成就還是文化意義和價值，都遠遠超出了其他武俠小說作家，作品有更深刻的內在原因。那原因，除了藝術功力及技巧之外，就是對中國歷史及其文化精神的準確把握、深刻思考、慎重批判、精彩表現。

平庸的武俠小說作家只會講故事，而優秀的作家則不僅會講故事，更善於塑造人物形象；傑出的作家則在塑造形象時表現和探討人性及其文化特徵。

一般的武俠小說作家只不過依據俠義精神塑造理想的俠義人格模式與形象，而傑出的作家則依據現實歷史基礎及其人性的本質，表現出深刻的人文精神。

金庸就是這樣一位傑出的作家。

他的傑出之處，在於他在繼承武俠小說的傳統規範，塑造理想的俠士形象的同時，幾乎是單槍匹馬地「直面慘澹的人生，正視淋漓的鮮血」，力圖在自己的小說中表現歷史的真相及人性的本質。

他的創作動力，不是純粹的面壁虛構的天賦加上既存的武俠小說的規範模式，而是直接面對中國歷史及其文化傳統，探索人性及人生的普遍的特徵與偶然性的機遇，從而講出與眾不同的故事，寫出與眾不同的書。

金庸的與眾不同之處，在於他的創作道路，經歷了一種「有俠——無俠——反俠」的特殊歷程，這是他對中國歷史及其文化精神背景下的人性探索的結果，是其探索與思考不斷深化的表現，從理想人格到現實人性，從古典文化精神到現代意識下的真實，從純粹的夢幻編織到有意識的人性探索，使金庸的小說創作步步深入，終於取得了輝煌的成就。

金庸不只是把中國歷史與文化作為其武俠小說的包裝形式，而是逐漸地將此當成了自己的審美目標。因而從皮相的點綴而發展到深入其骨髓，不僅表現其外在的形式，更注重表現其內在的精神。

在金庸的小說中，我們能夠讀到歷史的真實、人性的真實，及在此基礎上形成的民族文化精神的真實特徵。

這就是我們在這一卷書中所要討論的。

需要對本卷的內容及寫作方式作幾點說明如下。

首先要說明的是，下面所要談論的話題，既非金庸小說的全部內容及其藝術特徵，也不是有關中國文化的系統、全面的分析研究，而是「金庸小說與中國文化」，即二者相關的部分內容和主題。金庸的武俠小說對中國文化精神及其特徵的表現，既有其靈活的優勢，又有其明顯的侷限。因為它畢竟是武俠小說，要以傳奇性吸引讀者，以情節曲折見長，而不能系統地進行文化研究。而作者有意於表現人性，對於歷史與文化自是不能不深入思考，但表現出來的卻只能是小說所能容納的那一部分。

其次，金庸小說的傳奇性，還決定了其筆下的江湖天地、武林世界具有想像與虛構的特徵，不可能是古代歷史的完全忠實摹寫。小說中的人物亦具有傳奇作品中所共有的浪漫氣質和自由誇張的特徵。因而不能按現實主義的審美要求去檢閱其人物的文化精神。實際上，金庸小說中的人物個性及其精神特徵，既體現了傳統文化的特徵，又表現了作者的現代人的理智評判與選擇，還有其傳奇人物所特有的「非古非今」的虛誇和巧飾。也就是說，金庸小說的主題和內容，既有對傳統文化的表現，也有對傳統文化的審視、選擇、批判、揚棄，同時還有一些不相干的東西。具體的，我們在後面各章中才去細說。下面的題目與章節，實際上只是一種讀解，應該還有其他的不同讀解。

其三，在本書開頭已提到，筆者以前的著作中，有論及金庸小說的主題、思想、價值時，早已有了有關文化意義方面的論述，下面的一些題目中，勢必會有部分重複之處，筆者將盡可能地避免這些重複的內容。但這樣一來，則本書下面的內容和題目有些兩難：若重複以前所說的話，固然是不可取；若完全避開不談，則使本卷的體例不齊、內容殘缺。因為以前所談的問題，有不少是屬於文化精神這一方面的。如是筆者只能採取一種妥協的方法，以求兩全。

第一章 傳奇

上一卷的第一章寫的是史，本卷的第一章要講傳奇，這不僅是巧合，而是一種對應。在對應中，能夠更好地認清武俠小說的本質，以及我們民族的文化精神。

最早記述武俠人物的作品是《史記》，這是人所共知的了。其中《遊俠列傳》、《刺客列傳》，是以史傳的形式，記述傳奇的人物。司馬遷要這麼做，是為了要弘揚一種精神：俠的精神。

武俠文學的真正繁榮與定型，是唐代的傳奇。這一回以傳奇的形式出現，記述的卻又包括一些歷史人物。如著名的傳奇作品《虬髯客》中記述了隋唐歷史人物楊素、李世民、李靖等人的故事；《聶隱娘》記述了唐代大將聶鋒等人的故事。當然傳奇終歸還是傳奇，它給歷史以另一種包裝形式。

到了後來，武俠文學便真真假假，有史有奇，讓人不能全信，卻又不能不信，有一種奇妙的審美效果。司馬遷將傳奇人物寫入歷史，唐代作家又將歷史人物寫入傳奇，作法不同，精神則一，且表明——對中國人而言——在歷史與傳奇之間，並沒有一條不可逾越的鴻溝。清代曹雪芹的名著《紅樓夢》中有兩句著名的話，是「假做真時真亦假，無為有處有還無」，表達的就是這種審美與哲學的精神。

金庸說他的武俠小說中寫了大量的歷史背景，是要使讀者覺得可信。即並不一定是信史，甚至也不一定是真要人信，而是說可信，並使人覺得它可信，這就是武俠傳奇的奧妙，當然是總結了司馬遷、唐代作家的經驗而加以創造性的發揮。

武俠小說，有的人愛看其武，便以為這武功、武打是武俠小說的第一要素，依據是武俠、武俠小說都是將武放在俠的前面，它的重要性一望而知。另一些人愛看俠，當然以為俠義、俠客形象才稱得上是武俠小說的第一要素，武只不過手段，俠才是目的；武只是一種包裝形式，俠義才是其精神主題。極而言之，是「寧可無武，不可無俠」。

這是一個「各人所愛」的問題。不少的武俠小說，重點在武，連比較平和且被人批評為寫俠寫得不夠的金庸也認為確實存在這些傾向：「武俠小說中真正寫俠士的其實並不多，大多數主角的所作所為，主要是武而不是俠」。（《飛狐外傳・後記》）另一面，寫俠的作品當然也是有的，而且也有很多。

其實武、俠之爭未必真正抓住了武俠小說的重點，依我看來，它最重要的要素是它的傳奇形式及傳奇情節。因為武是奇武、俠是奇俠，甚至情也是奇情，人也是奇人。沒有了傳奇，則武俠小說真的沒戲可唱了。因為有俠而無武的作品是有的，有武而無俠的作品也是有的，但有武俠而無傳奇的作品卻很難看見。

華羅庚先生說武俠小說是「成人的童話」，表達的也正是這個意思。武也罷，俠也罷，都要靠傳奇情節來結構，靠傳奇形式來表達，同時也只有在傳奇的背景和氛圍、情境中才能理解，因此它具有「童話」的性質。

「成人的童話」，這話比較準確。閱讀武俠小說，確實必須具備童心才行，否則會覺得它胡說八道、荒誕不經而將它拋置一旁。可是，大量的成人的童話在二十世紀的華人中間風行一時，應該體現出一種特有的民族精神及其文化心態。

美國學者詹森（Johnson Sanuel）早在一百多年前就這樣說過中國人：「雖然不能說無法把握觀念的東西，但無法用推理和歸納把握觀念，觀念在其萌芽狀態就不可避免地被嵌入事務類型之中而無法發展的事實是瞭解中國人固有性的關鍵。對實證主義者的中國人來說，必有的事物是已經完全得以表現的事物，觀念是人已完成的工作，因此這個偉大的文明在許多方面得不到發展，可謂『搖籃中的老人』。」[1]

——「搖籃中的老人」，這話有些刻薄，卻也有真實的成份。一方面是成人，而且少年老成，歷史悠久；另一方面卻又是嬰兒，尚未離開搖籃，所以具有奇妙的童心。

對待歷史的態度，最能表明我們的民族精神。一方面，沒有哪一個民族像中華民族這樣對歷史充滿如此濃厚的好奇心及崇拜的心理，提及炎、黃時代、炎黃子孫、三代之治、五千年文明史，我們民族的子孫無不眉飛色舞。另一方面，由於炎、黃、

1 約翰遜・薩繆爾：《東方宗教及其與世界宗教的關係》。

堯、舜、禹及有巢、神農、伏羲……等古代先賢的故事並無文字記載，只憑口頭傳說，所以其事也半真半假，其人也半人半神（**其典型的是伏羲的人首蛇身**），這使我們的歷史具有傳奇的性質。可是我們又並沒有完整的神話體系，也沒有系統的史詩，因而寧可相信這些半人半神且神性多人性少的人物故事就是「歷史」。

就在我們偉大的《史記》中也還記載了不少古代先賢及後代帝王的母親與龍、蛇交配而受孕、生子的神話。

偉大的思想家孔子雖然「不語怪力亂神」，對人世歷史有相當理智、相當老成的態度，但孔子著《春秋》卻又主題先行、隨意處置歷史材料，不講史實，唯求「微言大義」使「亂臣賊子懼」。這開創了一種主觀性的歷史學傳統，以其聖人的地位影響後世，後世的史學著作，多由「勝利者書寫」，不免有「為尊者諱，為賢者諱」的傳統。而中國人讀書（**包括讀史**）則向來下有對策，即「盡信書不如無書」，「不可不信，不可全信」。並不是讀者找書的漏洞，而是史書本身先有漏洞，而後讀者摳之，漏洞就越來越大。後世之人不能不疑古。其結果，一方面是培養了一種科學求實的精神，另一方面則是養成了寧可相信野史、傳奇的心態。

中國的文治、教化，史學普及，又主要是靠歷史演義的形式來完成的。最傑出的代表是《三國演義》，幾乎使《三國志》這部正宗的史書被閒置起來。而《三國演義》的妙處，正在於它情節的傳奇性，如「三氣周郎」、「祭東風」、「草船借箭」、「苦肉計」等等一系列精彩的故事，以及人物的單純好記：劉備之忠、關羽之義，曹操之奸、張飛之莽等等。這些都是審美的歷史，而非真實的歷史。

總之，歷史與傳奇對中國人而言，沒有太了不得的區別。歷史可以是虛假的，傳奇也可以是真實的。正史之不足，野史來補；正史所不記的，野史來記，正好形成一種完整性。

好奇之心，人皆有之，傳奇故事是全人類共有的一種審美形式。只是中國的歷史之傳奇的發達，包含了複雜的民族心理特點。中國人的懷古之心，首先是基於對現實不滿，從而到古史中去尋找理想的世界，無論是道家還是儒家，都覺得先民樸實有道，先賢明哲有道。從而可以借古鑒今、借古諷今。

其次則是借人們對古史之無知可以想像、創造、加工，按照自己的觀念或心願來裝扮歷史、包裝歷史人物、虛構歷史故事。再次是因為我們的文明確實歷史悠久，確實什麼事都發生過，什麼樣的人都存在過，什麼樣的思想都發明過，如此積澱下來，歷史——不管是真實的還是傳奇的——本身就成了中國人的一份驕傲、一種自豪，和極好的審美對象。

西方人的思維，因為不存在中央之國，所以常常橫向——空間——比較，英、法、意、西、葡、俄等等。而中國人的思維，因為唯我獨尊，所以常常縱向——時間（歷史）——比較，上古三代之治、夏、商、周、秦、漢、唐、宋、元、明、清……等等。

西方人的想像，在空間上常常涉及宇宙自然，探尋萬物之理，宇宙起源。而中國人少年老成，其想像無過於三代之治，人間歷史，以及人與人之間的關係。

西方人想像的基礎是天道的發展與生物的進化，因而對未來充滿好奇心，所以科學幻想越來越受關注和重視。而中國人想像的基礎是「天下大勢，合久必分，分久必合」，是一種歷史的循環，因而對過去充滿了好奇心，所以知古鑒今歷來是我們的觀念和方法的核心。

所以，作為古代傳奇的武俠小說之大受歡迎，就有了廣泛的民族文化心理基礎。再從武俠小說的內部，我們就更容易看到我們的民族精神及文化心態的某些特徵。俠義精神的主旨，是替天行道、追求公平——老子說過：天之道是損有餘而奉不足，而「人之道」是損不足而奉有餘。因而所謂「替天行道」就是要「損有餘而奉不足」亦即「劫富濟貧，鋤強扶弱」，以實現公平。這實際上是中國歷史中人們對人心不古（**想像中的古人是「公平」的，用今天的話說，是原始共產主義**）以及世間不平（**不平的真義並非非正義，而是不公平、不平均**）的一種心理不滿及精神需求。

在這一意義上，武確實是一種手段。如何實現公平，剷除不平？只有一種方法，就是「劫富」與「鋤強」，這需要武力。說得更透徹一點，是「殺盡不平方太平」。這更需要武力。俠而發展至武俠，這是自然的，也是必然的。《水滸傳》寫的是「官逼民反」，大大的不平，只有聚義梁山，不得不反，替天行道，武力實施。近代武俠小說的勃興，則又是感於西方人「船堅炮利」，武力強盛，硬打開中國大門，相比之下，中國人積弱已久，武力衰微，甚至民風文弱，人體亦弱，所以有人——例如精通武術且寫作武俠小說的平江不肖生——提倡「精武救國」，小則健體，大則救國。這種積極的愛國、救國精神的背後，卻又掩蓋了如魯迅先生所揭露出來的「精神勝利法」。槍炮比不過西方人，拳劍文明卻是輝煌發達；現實中的事令人氣餒沮喪，武俠小說中可令人精神大振。

武俠小說在現代的再度興盛，當然沒有直接的功利原因，但上述種種，卻都積澱成一種審美文化的傳統，存在於民族文化的心理之中。再增加一點，就是更鮮明的娛樂性和遊戲性。當然其中也包含了嚴肅的思想主題。

我們換一種角度，從武俠小說的敘事模式來看創作——閱讀者的審美文化心理，當更能說明問題。每一種模式的依據，都是民族文化及其民族心理。

一、行俠模式

如前所述，俠士行俠，仗劍江湖，路見不平，拔刀相助，這是「替天行道」。或是鋤強而扶弱，或是劫富濟貧，使「世道公平」。強弱均勢，富貧平均，說透了，還是一種弱者心態的表現，希望俠士出現而伸張正義、實現公平。這裡面還包含了對官府、王法的不信任，及對社會、法律的失望和蔑視，這是小農社會的一種特有的文化心態的表現。關於這一點，我們在下一章還要再說。

二、民族鬥爭模式

這是新派武俠作家，特別是梁羽生、金庸等人常用的一種模式，可以說是武俠小說的一種新模式。為的是將俠士的行俠範圍從狹義的江湖，擴大到廣義的「天下」，從而使古之俠義精神提高到現代意義上的民族主義、愛國主義的高度。所以這種模式可以說是武俠小說現代化的一種形式。但它的背後，仍是近代武俠小說的「精武救國」及其心理不平衡的產物。更深的一層，則一方面弘揚了儒家傳統中的「修身持家治國平天下」的傳統，使俠士「先天下之憂而憂，後天下之樂而樂」，同時「達則兼濟天下，窮則獨善其身」，因為「天下興亡，匹夫有責」，俠士更應該衝鋒在前。另一方面，卻仍包含了一種以幻想來滿足精神需求、平衡心態的傳統精神，即「精神勝利法」。用俠士英雄的故事來重新包裝歷史。

三、復仇模式

武俠小說中最常用的還是復仇模式，上山學藝，為的正是下山復仇。不論是哪一種敘事框架，裡面都可以包含復仇的情節要素，這是武俠小說的一種必備的添加劑。而復仇又分幾種，一是家族之仇，比如殺父之仇，所謂父仇不共戴天，復仇者之所以能成為正面英雄形象，是因為他行的是孝道，能得到廣大讀者的諒解和認可，誰也不會覺得其中有什麼不對。二是門派之仇，即師仇，這還是家族之仇的一種變相的延伸。「天地君親師」，師是繼君、親（**父母祖宗**）之後的第三重要，除了君仇（**國仇**）、親仇（**家仇**），就是師門之仇了。師傅又稱「師父」，以師為父，這是一種倫理，所以師門之仇一如家族之仇，不可不報。否則不但枉自為人，且要被江湖恥笑。

三是各式各樣的私怨，其中有一樣極為特殊，是從前乙被甲所打敗，乙經過修練，一定要報復「戰敗之辱」，戰而敗之，雖是技不如人，卻也是一種武士之辱，是「傷了體面」又「有損名聲」，這樣也是「仇」，而且也非報不可，不然還是要被人恥笑。這些，無不是中國文化觀念的體現。

四、搶寶模式

這也是一種常用的模式，以及一種敘事要素。寶包括金銀財寶、武學秘笈、神兵利刃等等。現代武俠小說中搶寶模式的盛行，一方面可能與港、台資本主義制度下及改革開放後的大陸受外來意識的影響下的物欲心態有關。搶寶當然是一種刺激，是一種變相的滿足。另一方面則是傳統的中國人在小農經濟條件下形成的特有的自私與貪欲的間接體現，那種隱私心理欲望在小說中能大力投射而得實現，至少是一種精神上的愉快和滿足。再則，「君子喻於義，小人喻於利」的傳統道德，在搶寶故事中仍是主導思想：正派人物雖然也參加尋寶、搶寶、奪寶，但其目的，要麼為國、要麼為民、要麼是為了江湖公道，總之是為了大義；而邪派人物參與其間，當然是要滿足私欲了。至於搶奪的形式，亦是「秦失其鹿，天下共逐之」的歷史價值觀的間接反映。這一點，我們在後文中也將再次提及。

五、爭霸模式

這種模式更不必說是歷史的象徵，春秋五霸、戰國七雄、三國群雄並起，隋末十八路反王……這樣的歷史及其歷史故事太多了，因而江湖中當然也就有人要摹仿，要擴張勢力，爭霸江湖，縱不能一統江山，也要一統江湖，過一過霸主的癮。當然，一般的武俠小說中也將爭霸者分成正派與邪派二種。正派的人是要行天道（王道），邪派人則要行魔道（霸道）。更多的小說則只寫邪派要一統江湖，發動事變，正派人再團結起來，共同反對爭霸者，使之陰謀最終不能得逞。這一模式，我們也要詳說。

六、伏魔模式

伏魔模式是將行俠模式與爭霸模式結合起來，加入神魔小說的添加劑。一方面，正面人物行俠、反霸、堅持天道（神道），另一方面則是魔道人物行邪惡、爭霸權、大搞魔道。當然不僅性質上可分正邪，而且在方法形式上也將正提高到神之地位，而將邪發展至魔的地位，神有神功，魔有魔法。這些又都是舊小說的一種傳統，而其淵源則是從古至今未曾真正斷根的巫術、迷信。也有人加進現代科技，如炸彈、望遠鏡、錄音設備等等，但大多數還是迷魂藥、攝魂術、呼風喚雨、移形換地那一套。

七、情變模式

這種模式在近代以來的武俠小說中被大量採用，形成了新武俠小說一大景觀。這是把武俠小說與言情小說結合起來，不僅使武俠人物俠骨柔腸、劍膽琴心，武俠故事剛柔相濟、陰陽和合，從而變得格外好看，而且因情而生種種變局，大大的豐富了武俠小說的情節內容及結構方法。具體的作法，是讓人物在情與仇之間進退維谷，或因先有情後無情而變成仇敵，或是仇家後代一見鍾情，如此等等，花樣翻新。但大多數小說家只將男女之情當成純粹的佐料，甚而少寫情而多寫性，明寫情而暗寫性，如此方法與態度，都不難找到其民族文化及其心理觀念的根源。

新派武俠小說的敘事模式及其情節要素，當然不止上述幾種，我們在此也難一一盡述。上述幾種模式或情節要素，足以使我們看到武俠小說與民族文化及民族心理之間的密切關係。武俠小說所傳之奇，大體上可以說是民族文化心理及其價值觀念的種種變相形式，但變來變去，卻又萬變不離其宗。

金庸小說的傳奇比之其他的作家作品，有更高的藝術成就及文化意義。其傳奇的藝術成就，我們在《金庸小說藝術論》中已經專門論及了，不必再提。其傳奇的文化意義，在於其對歷史真相的揭露、文化人格的塑造，以及特定的歷史文化背景下的人性的表現。金庸寫出了傳統文化精神及其民族文化心理的某些重要方面或某些重要特徵。

金庸小說對歷史真相的揭露並不在於其對歷史的考據或對史實的發掘，而在於其「奇而致真」，通過傳奇的形式表達了對歷史本質的深刻認識。傳奇的方法與形式，不僅豐富了他的敘事內容，更重要的是擴大了其歷史的視野，增加了小說的文化內容。

諾貝爾文學獎得主，哥倫比亞作家加西亞・瑪律克斯說過這樣一段話：「並非只有殺人的員警才是現實。我感到人們的神話、信仰、傳說也都是現實，它們組成了人們的日常生活，參與了人們的勝利和失敗……有一種可以稱之為『貼近現實』（Pararealidad）的東西，這種東西遠非玄奧的事物，也不屬迷信和幻想，而只是由於科學研究的缺陷或限制，目前還不能把這稱之為『現實』的現實（realidadreal）。」[2] 想來，加西亞・瑪律克斯所謂的不能稱為現實的「現實」，或許可以用文化想像來說明。

金庸小說中有很多這樣的例子。

如《書劍恩仇錄》中的乾隆，當然不是漢人陳世倌的兒子，不是陳家洛——此人純係虛構——的哥哥，不是金庸的同鄉。可是作者說，在他的故鄉浙江海寧縣從小就聽說過乾隆皇帝是漢人的傳說，於是在他創作的第一部武俠小說中，很自然地就寫了這樣的故事。這不是以假當真，更不是以訛傳訛，而是一種獨特的文化心態的產物。

（1）是古代君王匿影藏形，君王的身世及宮廷生活都屬絕密，這自會引起並且刺激人們長盛不衰的好奇心。自古至今，中國堪稱野史、小道消息、王宮秘史最發達的國家。

（2）雖然也有正史記述王朝宮廷之事，寫「帝王將相的家譜」（魯迅語），但人們對正史向來似信非信，有時候倒更願意相信野史傳說，而有時候野史傳說也確實比正

2《加西亞・瑪律克斯談加西亞・瑪律克斯》第五三至五四頁。

史更為可信。這形成了一種可笑復可悲的惡性循環，是中華民族的特有的文化心理的產物。

（3）乾隆是陳世倌兒子的傳說的產生，無非是乾隆對陳世倌及海寧陳家太過皇恩浩蕩了，不僅陳世倌活著時享盡榮華富貴，死時極盡哀榮，死後還依然得到乾隆的照顧，乃至光降。這種君王對臣下的優待，簡直讓人難以置信，當然也就不可理解。人們能夠想到的，除非是兒子對父親才這樣，否則君何以至對他的臣這樣就無法解釋。這就是說，一般的情況下，君王很少、或不可能、也沒必要對一個漢人大臣這樣優待，這是一種共識。而乾隆竟然如此，則其中隱秘的原因就不可能是君對臣，而只能是子對父，這是孝道。這種猜測，與其說是歷史的探討，不如說是文化心態與價值觀念的推論或體現。

（4）乾隆是漢人陳世倌之子，也就是說他雖然是滿清皇帝、穿滿人衣，吃滿人飯，但他的骨血卻是漢人的。既然乾隆是漢人的兒子，那麼實際上就是漢人做皇帝，如此漢人即可心安，不必操心什麼反滿復漢或反清復明之類的民族氣節大業，而可以該幹什麼就幹什麼。戳穿了說，就是漢人在無可奈何的情況下的一種「精神勝利法」，一種自欺欺人的精神安慰。

所以，一種傳說的產生，自有其文化心理的淵源，同時又有其文化意識的奧秘。傳說是文化心理的一種公開的隱語。

《碧血劍》中的袁承志並沒有根據傳說，而是作者虛構出來的人物形象，他的故事，當然也是虛構的。而這種虛構，也有其文化心理的基礎，其中體現了一個民族的價值判斷與情感傾向。因而，這種虛構，可以說是民間意識形態的產物：

（1）中國歷史上忠臣被昏君或暴君殺害的故事向來很多，所謂「子胥功高吳王忌，文種滅吳身首分」。是以古人早就說過「飛鳥盡，良弓藏；狡兔死，走狗烹」這樣的話。這種歷史的故事，幾乎成了一種規律。而明朝遼東總督袁崇煥只不過是又一個典型罷了。

（2）袁崇煥之死有兩點特殊。一是「飛鳥未盡，良弓先折；狡兔未死，走狗已烹」，崇禎之昏更讓人痛恨；二是袁崇煥之死，居然還背上了「裡通外國」的罵名，不明真相的北京人還要「吃他的肉，剝他的皮」，因而袁崇煥之死有雙重的冤枉，加倍使人憤慨。北京城裡的居民聽信了皇帝的最高指示，這樣的誤會情有可原，但若歷史的冤屈不能昭雪，那就是後人的莫大罪過了。小說家覺得應該自覺地擔負起給袁崇煥平反昭雪的責任。於是就虛構了袁承志報父仇的故事。而寫兒子報仇，目的還是讓父親的沉冤昭雪，所以作者說這部書原來的目的是想寫袁崇煥，這不難理解。

（3）崇禎是亡國之君，昏君的罵名是肯定了（否則怎麼會亡國？），依據昏君做事與大義相反的規律推斷，崇禎殺袁崇煥無疑是殺錯了，是錯殺忠臣。其實清人早已給袁崇煥平了反，可是人們——特別是上過當、受過騙的人們——心中的怨氣、怒氣怎麼發洩？正氣、俠氣如何伸張？自然是希望忠良有後，而且報仇雪恨，這才痛快！於是就有了《碧血劍》的故事框架。

（4）袁承志既是袁崇煥的兒子，父仇不共戴天，若不報父仇，就是最大的不孝！因而他非報仇不可。進而，向君王報仇本來是大逆不道之事，為報父仇而犯欺君之死罪如何了得？可是不礙，崇禎是昏君，既是昏君便可誅之討之、報仇雪恨無妨。古人有「殺獨夫，未聞弒君」的傳統，是說殺昏君與暴君之時不是叫弒君，而是叫殺獨夫（**中國人向來會變通**）。這樣，袁承志報仇便成了完全合理合法更合情合禮的事了。

（5）當時天災人禍，朝廷內外交困，民間餓殍遍野，天下大亂，起義紛紛，李自成是其中最有代表性的人物。正是他最後打進北京，逼死崇禎。依據「有道誅無道」的古禮，依據「農民造反有理」的新理，依據強者為尊的習慣心理，袁承志復仇與支持李自成造反，就公私合營，更加堂而皇之。更不必說復仇本身也正是被中國人認可的行為。

金庸借傳說寫傳奇，借虛構說歷史，無不以中國文化及其民族心理為依據，並非瞎編瞎寫、胡說八道。

金庸的難能可貴之處在於，他不僅要滿足一種對歷史隱秘的好奇心，亦不僅是要宣洩一種文化心理的積怨，而且還要深究歷史的真相，擴大歷史的視野。

最典型的例子是《射鵰英雄傳》，其中寫郭靖、楊康，是基於北宋滅亡的「靖康之恥」，寫「華山論劍」，表現的卻是「射鵰英雄」，寫武林江湖的人物故事是要表現「為國為民，俠之大者」的理想信念，同時表現作者對歷史的憤懣和徹悟。《射鵰英雄傳》中有這麼一段：

遠遠望見一座小小的石亭。丘處機道：「這便是賭棋亭了。相傳宋太祖與希夷先生曾弈棋於此，將華山作為賭注，宋太祖輸了，從此華山上的土地就不須繳納錢糧。」郭靖道：「成吉思汗、花剌子模國王、大金大宋的皇帝他們，都似是以天下為賭注，大家下棋。」丘處機點頭道：「正是。靖兒，你近來潛思默念，頗有所見；已不是以前那般渾渾噩噩的一個傻小子了。」又道：「這些帝王元帥們以天下為賭注，輸了的不但輸去了江山，輸去了自己的性命，可還害苦了天下百姓。」（**第三十九回**）

這樣的歷史點評，是明顯的民心所向，典型的民間意識形態。

金庸小說的另一大文化價值，是塑造出了一批不盡相同的理想人格的形象。對此，筆者在《陳墨人物金庸・人格論》一卷書中已作過分析。其與眾不同之處：

（1）在於不斷地創造出新的人格形象，而非大同小異、相互重複。

（2）在於其理想人格貫注了傳統文化的真精神，而且更進一步，探討了由傳統人格向現代人格的轉變的可能性及其可能的形式。因而由儒而道，由道而佛，由佛而浪子，由浪子而小人，不僅是由古典向現代的轉變，也是由理想向現實的深化。關於這一點，我們無須再在此多言。

金庸小說的最大成就，還在於其對於人性的探索和揭秘。金庸小說的人物性格及其個性心態的描寫，不僅具有極高的藝術成就，也具有極高的文化價值。

寫到《神鵰俠侶》，金庸小說的重點已經由史轉向了人，而且由理想人格規範的創造轉向了對現實人性的關注。在《神鵰俠侶》的「後記」中，作者明確地寫道：「道德規範、行為準則、風俗習俗等等社會性的行為模式，經常隨著時代而改變，然而人的性格和感情，變動卻十分緩慢。三千年前《詩經》中的歡悅、哀傷、懷念、悲苦，與今日人們的感情仍是並無重大分別。我個人始終覺得在小說中，人的性格和感情，比社會意義具有更大的重要性。」省悟了這一點，金庸小說創作就綱舉目張，進入了一個收放自如、縱橫隨意的自由的藝術境界。

也正因如此，金庸小說對行俠模式、民族鬥爭模式、復仇模式、搶寶模式、爭霸模式、伏魔模式乃情變模式的處理和運用，就取得了他人難以望其項背的藝術成就。如用同樣的料，做出了味道絕不同尋常的大菜。其關鍵性的一點，就在於他抓住了人物性格、情感、心理，即抓住了人性的真諦。因而他的小說既不會拘泥刻板，如某種理念所囿（**這是小說創作，尤其是武俠小說的創作中最容易犯的毛病，如梁羽生便沒有逃脫俠之理念的拘囿。**）而又不會誇張失度（**這又是武俠小說極容易犯的另一個毛病，以致於荒誕不經**）。

從而，金庸小說中的人物，不論是皇帝與平民、異人與常人、聖人與凡人、僧人與俗人、神人與俗人，都不失人性的制約。而金庸小說的情節，無論是如何離奇與誇張、想像或虛構，亦都是圍繞人物性格與心理、人性與命運，所謂「人同此心，心同此理」。因而可以理解，更發人深思。

金庸小說的傳奇故事，當然是創立了它特殊的假定性情境，由於其對人性的追索，使它的假定情境有了歷史與文化的寓意。因為金庸所寫的人性，固然含有人類普遍的共性，更含有特定的歷史文化背景下的觀念、價值及其個性、心態。

《鹿鼎記》中的韋小寶這一人物是虛構的，可是正如作者所說「在康熙時代的中國，有韋小寶那樣的人並不是不可能的事」（《鹿鼎記》「後記」）。

韋小寶是中國歷史與文化的產兒，這一點我們在後文中還將專門分析。這裡只說一件事，是韋小寶與康熙摔跤摔出來的交情——這是韋小寶一生飛黃騰達的起點——這件事，表面上當然是虛構的，但作者卻寫出了人性的依據。書中這樣寫道：

皇太子自出娘胎，便註定將來要做皇帝，自幼的撫養教誨，就與常人全然不同。一哭一笑，一舉一動，無不是眾目所視，當真是沒半分自由。囚犯關在牢中，還可隨便說話，在牢房之中，總還可任意行動，皇太子所受的拘束卻比囚犯還厲害百倍，負責教讀的師保，服侍起居的大監宮女，生怕太子身上出了什麼亂子，整日價戰戰兢兢，如臨深淵，如履薄冰。太子的言行只要有半分隨便，師傅便諄諄勸告，唯恐惹怒了皇上。太子想少穿一件衣服，宮女太監便如大禍臨頭，唯恐太子著涼感冒。一個人自幼至長，日日夜夜受到如此嚴密看管，實在殊乏人生樂趣。歷朝頗多昏君暴君，原因之一，實由皇帝一得行動自由之後，當即大大發洩歷年所積的悶氣，種種行徑令人覺得匪夷所思，泰半也不過是發洩過份而已。

康熙自幼也受到嚴密看管，直到親政，才得吩咐宮女太監離得遠遠地，不必跟隨左右。但在母親和眾大臣跟前，還是循規蹈矩，裝作少年老成模樣，見了一眾宮女太監，也始終擺出皇帝架子，不敢隨便，一生之中，連縱情大笑的時候也沒幾次。

可是少年人愛玩愛鬧，乃人之天性，皇帝乞丐，均無分別。在尋常百性人家，任何童子天天可與遊伴亂叫亂跳，亂打亂鬧，這位少年皇帝卻要事機湊合，方得有此「福緣」。他只有和韋小寶在一起時，才得無拘無束，拋下皇帝架子，縱情扭打，實是生平從所未有之樂，這些時日中，往往睡夢中也在和韋小寶扭打嬉戲。

他拉住韋小寶的手，說道：「在有人的時候，你叫我皇上，沒人的時候，咱們仍和從前一樣。」韋小寶笑道：「那再好沒有了。我做夢也想不到你是皇帝。我還道皇帝是個白鬍子老公公呢。」……（**第五回**）

引了這麼一長段，是要說明一些問題。我們知道這一情節是虛構的，但看了之後，卻挑不出什麼破綻，覺得事雖湊巧，然而卻是理所必然。而且這一段還大有深意。

（1）康熙是少年皇帝，少年人愛玩愛鬧，豈不是人之常情？這一點的確如書中所寫，皇帝乞丐並無分別。而康熙是滿人皇帝，父祖在馬上征戰，當更喜歡活動不羈。

（2）可是宮中太監，誰敢與皇帝當真的打鬧？只有韋小寶這位出身於市井的小流氓無賴突然進入皇宮，扮起小太監，一來他有眼不識泰山，恐怕是皇宮中少有的糊塗蛋子；二來他又膽大妄為，與人扭打嬉戲的事又正投其所好（**既可以偷食糕點，又可賭輸贏**），豈有不打之理？

（3）康熙好不容易有此福緣，機會難得，他自是非珍惜不可，少年時結下的交情才是純真無暇，而韋小寶則恰好又不知不曉，與之平起平坐（**長大了可就不同了**），康熙當然高興如此盡興。除此而外，上段文字的發人深思之處還有：

（4）真實地寫出了皇宮及皇太子生活的環境，實與囚牢差不了多少。這是一個新穎而又真實的「發現」。過去人們只認為皇宮乃是宮娥美女們的囚牢，卻從未有人想到過（**至少筆者從未看見人寫過**）皇宮對皇太子而言更是囚牢，當然這是愛、寵、關心、惶恐、謹慎、細緻造成的囚牢。宮女尚可以自由活動一下，至少不會每時每刻都有人盯著。而皇太子卻是每時每刻都有人關注著。這樣的生活方式及其生活環境，對一個少年人的成長當然會有極大的影響。

（5）作者藉以部分地解開了中國歷史上歷朝頗多昏君暴君之謎：是由於小時候得到關注、管束太多，壓抑了人的天性及正常感情，而長大後又權傾天下，自由自在，至高無尚，發洩起來即方便亦為禍巨大。發洩過份，便是昏君或暴君。昏君沉迷於一些莫名奇妙的事物，無非是小時候想要得到卻無法如願，長大後便加倍的癡迷。暴君的產生，亦可能是少年時受壓抑、裝老成，成人掌權之後則加倍的發洩及我行我素。因此，上面引述的這一段不僅是對康熙與韋小寶的少年交情的解釋，同時也是對中國歷史上的「昏君暴君之謎」提出了一種合理的解釋。說得誇張一點，是首創了一種帝王心理學及歷史心理學的新的研究課題或學科門類。

這樣基於人性及其合理性的虛構，不僅寫出了精妙的傳奇故事，同時也揭露了歷史與文化的奧秘。其他的例子想來不必再舉了。

金庸有幾部作品是沒有明確時代背景的故事，可謂是純粹的傳奇，如《白馬嘯西風》、《連城訣》、《俠客行》、《笑傲江湖》等。另有幾部書中沒有正面出現歷史人物，如《雪山飛狐》、《鴛鴦刀》以及《飛狐外傳》（**其中福安康及其家人出現了一下**），都可說是純粹的江湖故事。但因金庸在創作中抓住了人性的揭秘及個性的塑造這一綱領，因而並非為奇而奇，且與讀者之間總有一種審美文化心理上的默契。

實際上，中國歷史與文化，始終是這些純粹的江湖故事及傳奇小說的潛在視野或潛在的背景。因為金庸所寫的人性並非完全抽象的人性，而是在特有的歷史文化背景下的人性表現形式。他們的價值觀念及其個性心理，始終都有民族文化的深深烙印。

例如《白馬嘯西風》不僅寫到了唐代朝廷與西域高昌古國的一段交往歷史，而且寫到了西域哈薩克民族的風情個性，他們對伊斯蘭教及其《可蘭經》的信仰，寫到了漢人與哈薩克人情感的共同點及其行為規範的差異。其中人物的個性與心理，無不打上了其民族文化的深深印記。

更典型的例子是《笑傲江湖》，這部沒有時代背景的小說，作者卻說是要借江湖的紛爭來寫「三千年的中國政治」，因而書中的任我行、左冷禪、岳不群，以及方證和尚、沖虛道人、莫大先生、定閑師太等人，雖都是江湖中人、武林高手，而作者卻說他們都是「政治人物」。還說這部小說沒有明確的時代背景，表明它「可以發生在任何時代」——當然是中國歷史上的任何時代。

看了這部書，我們會感到這的確不是一部純粹的江湖傳奇，而有明寓的政治寓言的性質，是對中國政治歷史的一種總結。對此，我們在後文中還將專門分析。

進而，我們是否可以說金庸這一批沒有明確的歷史背景，也沒有寫歷史人物及歷史事件的小說，都可以發生在中國古代的任何時代呢？

在某種意義上可以這麼說。

《連城訣》中狄雲的遭遇並不是傳奇小說中才有的，而是現實生活中經常會發生、經常會碰到的。

《俠客行》中的石破天可以說是佛教中的理想人格，而白自在則是俗世中的一個突出典型。其中人們對於玄鐵令的爭奪及其欲望，對俠客島的恐懼與無知，石清夫婦對兒子的愛，梅芳姑對無情的情人的怨，都是現實人生及現實世界的折射。

在塑造人物的文化性格，揭示人物的文化心理，及對中國歷史文化背景下的人性的探索方面，無論是有明確的歷史背景或沒有，都是一樣的。它們都是傳奇。或是歷史的傳奇，或是傳奇的歷史，或有歷史的包裝，或有歷史的本質，其目的都是對人性的表現及對文化精神的發掘。

金庸的武俠傳奇不僅是迎合讀者文化審美心理的形式，更是他表現民族文化精神的方便法門。

第二章 俠盜

俠文化是中國文化中最獨特的一部分，也是較能體現中國文化之本質的一部分。中國人不論是居留大陸本土，還是遷居海外，不論在南亞、西歐、北美、東瀛，都有喜歡武俠小說者，這就表明俠文化的巨大魅力，體現了它的深刻本質。

然而對於武俠之俠的認識及俠文化的分析，卻又大相徑庭。贊成的，對俠及俠文化推崇備至；反對的，則深惡痛絕。咱們國人單向線性思維、愛走極端、憑情緒好惡、想當然的認識事物……等老毛病，在對這一問題的態度上也暴露無遺。

歷史上第一個提到俠的是戰國時期法家代表人物韓非，這位思想家兼政治家對俠十分反感，他的名言是「儒以文亂法，俠以武犯禁」，「其帶劍者，聚徒屬，立節操，以顯其名，而犯五官之禁」（《**韓非子・五蠹**》）。「行劍攻殺，暴傲之民也，而世尊之曰廉勇之士。活賊匿奸，當死之名也，而世尊之曰任譽之士」（《**韓非子・六反**》）。

但漢代的大史學家司馬遷卻恰恰相反，對俠大加讚賞：「以余所聞，漢興有朱家、田仲、王公、劇孟、郭解之徒，雖時扞當世之文罔，然其私義廉潔退讓，有足稱者。名不虛立，士不虛附。至如朋黨宗強比周，設財役貧，豪暴侵凌孤弱，恣欲自快，遊俠亦醜之。余悲世俗不察其意，而猥以朱家郭解等令與暴豪之徒同類而共笑之也。」「而布衣之徒，設取予然諾，千里誦義，為死不顧世，此亦有所長，非苟而已也。故士窮窘而得委命，此豈非人之所謂賢豪間者邪？誠使鄉曲之俠，予季次、原憲比權量力，效功於當世，不同日而論矣。要以功見言信，俠客之義又曷可少哉！」「至如閭巷之俠，修行砥名，聲施於天下，莫不稱賢，是為難耳。然儒墨皆排擯不載。自秦以前，匹夫之俠，湮滅不見，余甚恨之。」（《史記・遊俠列傳》）因此，認定了俠是「救人於厄，振人不贍，仁者有乎；不既信，不信言，義者有取焉，作《遊俠列傳》第六十四」（《史記・太史公自序》）。

這一場古老的筆墨官司，看來是司馬遷勝了，他不僅提出了理論，而且還有《遊俠列傳》及《刺客列傳》傳世。此二傳一直被當成俠文學及俠文化的重要源頭。因為《史記》是「史家之絕唱，無韻之離騷」（魯迅語），誰也不會對此有什麼疑惑的。

今之俠文化論者，常常是取司馬而捨韓，或揚司馬而貶韓，這可以理解。但不能不說，這樣做，忽略了幾點不該忽略的東西：一是韓非子時代是俠大量產生的時代，他的意見，應是有直觀的依據的；而司馬遷隔了數百年，有了一段審美距離，是否由想像而將其美化了呢？也就是說，一看到了現實中的負面即以武犯禁，一看到了理想中的正面即義者有取。二是，韓非是一個政治家，是一個現實主義者；而司馬遷是一位史學家，同時也是一位文學家，恐不免要有超功利的浪漫或理想主義的情愫。

這二人意見相左，倒也不一定硬要分出誰對誰錯。我們何妨將它看成一物兩面，陰中有陽，陽中有陰？

悠悠歲月流逝，二千餘年過後這一場官司仍未結束。

本世紀二、三十年代，武俠小說大量湧現，形成一股狂潮，引起了許多新文學家的不滿。如瞿秋白在《吉訶德的時代》一文中指出，武俠小說化解人們的鬥志，使熱心武俠小說的下層民眾在民族災難面前不是團結一心，起來抗爭，而是猶如「一盤散沙，而且是戈壁沙漠似的散沙。他們各自等待著英雄，他們各自望著，垂下了一雙手。為什麼？因為『濟貧自有飛劍仙，爾且安心做奴才。』『欲知後事如何？』那麼『請聽來生分解』罷。」

鄭逸梅在《武俠小說的通病》一文中指出，武俠小說使無知的學生「讀了眉飛色舞，不覺著迷，有拋棄家庭，孑身遠赴峨嵋山修道訪仙的。」

鄭振鐸在《論武俠小說》一文中也說：「小學生的受害，老實說，還是為害最小者；其為害於無知、幼稚、不平、熱血的壯年人，忘記了正當的出路，正當的奮鬥，惟知沉溺於『超人』的俠士思想之中，不僅麻醉其思想，也貽害於他們的行為與命運。」

著名小說家茅盾（**沈雁冰**）斷然認定武俠小說是「純粹的封建思想的文藝」。（**《封建的小市民文藝》**）這與鄭振鐸所說一致，即武俠小說「使本來落伍退化的民族，更退化了，更無知了」（見《論武俠小說》）。連參與武俠小說創作的作家張恨水也不得不說武俠小說「第一，封建思想太濃，往往讓群眾變成奴才式的。第二，完全幻想，不切實際。第三，告訴人鬥爭方法，也有許多錯誤。」（《武俠小說在下層社會》）

以上這些言論，無疑是為了抵制民國時期武俠小說的狂潮氾濫而發的，既有對武俠小說一針見血的批評，又有一種功利主義的思想傾向，這當然也是新文化的建設者們的責任。

由於受這種思想情緒的影響，中華人民共和國成立以後，武俠小說被徹底禁絕，達三十餘年。

另一方面，在港、台地區，卻又接續了大陸武俠文學的香火，於五十年代初出現了「新派武俠小說」。其開山鼻祖兼代表作家梁羽生先生對武俠小說及其俠義精神又有了新的理解、新的觀點。不僅認定武俠小說是中國文學百花園中的一朵，因而應當允許武俠小說的存在；而且認定「俠就是正義的行為，對大多數人有利的就是正義的行為」，武俠小說「集中社會下層人物的優良品質於一個具體的個性，使俠士成為正義、智慧、力量的化身，同時揭露反動統治階級的代表人物的腐敗和暴虐，就是所謂的時代精神和典型性」。（《談武俠小說》）梁羽生表示自己創作武俠小說的追求「一是努力反映某一時代的歷史真實；二是著力塑造人物的性格；三是力求加強作品的藝術感染力」。（《在新加坡寫作人協會的演講》）

這就是說，武俠小說，至少是新武俠小說不僅不壞，而且有十分積極的思想意義和相當可觀的藝術價值。

同時，海外著名學者、美國史丹福大學已故教授劉若愚先生於一九六七年出版的學術論著即《中國之俠》（中文譯本由上海三聯書店一九九一年出版）中又對中國歷史、文化中的俠士總結出了八條信念或特徵：一是助人為樂；二是公正；三是自由；四是忠於知己；五是勇敢；六是誠實、足以信賴；七是愛惜名譽；八是慷慨輕財。（見《中國之俠》第四至六頁）。

於是，二、三十年代作家、批評家看到的是俠士及武俠小說的負面形象，而六、七十年代海外華人學者、作家又看到了俠士及武俠小說的正面意義。八、九十年代的大陸作家、批評家及學者無甚創見，基本上是照抄古書、外文譯本上的前賢先哲們的意見，這一場無訴訟、無被告的筆墨官司，似乎也就這樣不了了之了。俠是什麼？由你自己去想。它彷彿變成了和尚的布袋，往裡裝什麼，就是什麼。

當然，在兩個極端之間，也還有中立的見解。如《說文解字》的解釋：「俠，俜也，從人夾聲。」段注：「荀悅曰：立氣齊，作威福，結私交，以立強於世者，謂之遊俠。如淳曰：相與信為任，同是非為俠。所謂權行州里，力折公侯者也。或曰：住氣力也。俠，甹也，按俠之言，夾也。夾者，持也。」

漢代張衡的《西京賦》的開頭寫道：「都邑遊俠，張趙之倫。齊志無忌，擬跡田文。輕死重氣，結黨連群。寔蕃有徒，其從如雲……」這或許更切合實際，即俠士乃是一些立齊氣、作威福、結私交、相與信、同是非的結黨連群之徒，且他們以立強於世者，能權行州里，力折公侯又如虎如狃。

與其說他們可敬，更不如說他們可怕。

然而對他們的尊敬與頌揚，亦正透露了中國歷史與文化的一個不被人注意的秘密，那就是強權崇拜。——當然，與其說是崇拜，不如說是恐懼、認命更合適些。

儒家先哲將得天下者分為王道與霸道兩種。王道據說是要行仁政的，少見。霸道是靠武力打天下，而後打江山坐江山，搖身一變，成了真命天子。秦始皇、漢高祖、晉武帝、唐太宗……無不如是。長期以來，人們形成了一種共識，那就是，你有武力，能打天下，你就是真命天子。這叫做「帝王將相，寧有種乎？」

江山是靠武力打出來的；江湖當然更要靠武力去打。進而，你打江山，便是真命天子，你打江湖，便是豪俠之士了。

中國歷史與文化，本質如此。

不排斥打江山的「真命天子」有真正的明君；可是誰能擔保靠武力取天下的君王不做暴君？以霸道行世，以武力取天下，是必然產生明君，還是必然產生暴君？

同理，以武力統江湖者，不排斥鋤強扶弱、濟困扶危又仗義疏財、打抱不平的真正的俠士；但誰能保證，在那以強立於世、以氣行於世的江湖之上，武力高強的人不去做欺孤凌弱、助紂為虐之事？在這一江湖上，是產生俠士為必然趨勢，還是產生暴徒為必然趨勢？

這一問題，恐怕司馬遷沒想過，劉若愚也沒想過。而韓非想禁沒禁掉，茅盾、鄭振鐸、瞿秋白等人想禁亦未禁得了。

歷史有其自己的必然的發展規律。

近三千年前周武王發兵滅商，伯夷、叔齊叩馬諫阻，武王不聽，遂憤而不食周粟，餓死在首陽山（今山西永濟南），為的是抗議「以暴易暴」。但這兄弟二人之死，並沒有能夠改變歷史的進程，即不斷地改朝換代，亦不斷的以暴易暴，後代的人，少有伯夷叔齊那樣崇高的節操，不能不吃飯，也就不能不承認新君。而且恐怕還得大唱讚歌，說新君比舊君好，新暴比舊暴強。嗚呼，是強。

對這一點，老子、莊子看得清楚，孔子、孟子也看得清楚，可是都沒有辦法，不得不看到中國歷史中的一個奇妙而又殘酷的實事或規律：「竊國者侯，竊鉤者誅。」也就是說，要當盜賊，也必須當大盜、當強盜，這樣能夠竊國，不僅不會犯事，而且能為王為侯，成真命天子及民之救星。否則，若當小盜、弱盜，那是犯了王法，非被判刑、嚴懲不可。

這種歷史、歷史規律、歷史觀念、文化心理，有何真理與正義可言？

在中國的歷史上，強權霸道以武力取了天下，操縱了意識形態，儒、法、道、墨諸家，也就沒有了獨立的立場，要繼續生存，只能隨身一變而為霸道君王的臣民，當權力話語體系的秘書。所謂的真理與正義也就「適合國情」地被炮製了出來。——你說沒真理？我有！你說沒正義？我也有！你說君王無道？你胡說八道，欺君之罪，斬！

讓我們看看俠與義。在同一意識形態及同一文化心理中，其理一也，不必多言。

俠一開始是「不軌於正義」的，但後來，也居然改弦更張，在儒家的「忠孝節義」四大道德體系中，占了一個「義」字。而後代的小說《三俠五義》、《小五義》、《續小五義》不僅都占了一個「義」字，且合而為一，便是著名而又堂皇的《忠烈俠義傳》。

唐李德裕《豪俠論》說：「夫俠者，蓋非常人也。雖然以諾許人，必以節義為本。義非俠不立，俠非義不成。」這麼看來，義與俠密不可分，義乃是俠的重大精神支柱。

那麼，「義」又是什麼呢？《中庸》引孔子的話，說「義者，宜也」。朱熹《四書集注》解釋道：「宜者，分別理事，各有所宜也」。進而，又有人解釋「宜」，如胡適說：「宜即是應該。凡是應該如此做的，便是義」。（**《中國古代哲學史》第六編第二章**）陳拱也說：「而義即是『宜』，亦即是『適當』、『合理』的意思。」（**《儒墨平議》下篇第四「儒、墨之利與義之辯」**）

可是，什麼又是「適當」、「合理」、「應該」呢？勢必又人言人殊，眾說紛紜，正如墨子所說：「天下之人異義，是一人一義，十人十義，百人百義，其人數茲多，其所謂義者亦茲眾。」（**《墨子‧尚同》**）

若是將俠義之「義」理解成「正義」之義，進而說成是公正之義，那未免太書呆子氣了。實際上，俠義之義，乃是「結義」之義，「聚義」之義，即「四海之內皆兄弟」及「不求同年同月同日生，但求同年同月同日死」的「兄弟之義」。（**義，宜也，可做**

「誼」乎？）說穿了，就是小集團的共同利益與宗旨。

最著名的例子，是《三國演義》中的劉、關、張「桃園三結義」。這一直被當成千古佳話，實際上，這三人的結義至多不過是友誼盟誓，於天下之正義何干？且不說關羽驕傲凌弱，張飛動不動就把部下士卒打得皮開肉綻（**最後也恰恰死於部下的復仇**），劉備偽善，無非是為其打天下而裝樣子罷了。關羽死時，劉備不聽諸葛亮、趙雲等文武賢臣的勸阻，一心要以傾國之兵，為關羽報仇，以全「兄弟之義」，然後卻遭夷陵之敗，使蜀國政權一蹶不振。這樣的義，又何須多說？

可是，我們卻信這個，好這個，至今仍傳唱頌揚這個。說不明真相？說甘心受欺？說別有用心？……說什麼都沒用。這是「接受美學」，亦正是中國文化的心理特徵。

義其實是一種政治宣傳、道德幌子之下的小集團利益的宗旨，是一種需要。或者，在廣義上講，是各盡所能，又「各取所需」，你說什麼就是什麼，做什麼就是什麼，只要不違背「結義」之情就行了。這與今天我們所理解，或不如說所想像、所希望的「正義」相差得太遠、太遠。

真正與俠並稱的，其實不一定是義，而常常是盜。且一定是強盜。

中國人對盜賊——無論是小盜、大盜、偷盜、強盜——的態度，很有意思。按照現代人的理性，不管什麼樣的盜，都應該是厭惡的、排斥的。因為他們不但不告而取、不勞而獲，而且還侵犯人的財產權，甚至危及人命。可是，在古人的觀念中，在武俠小說中，在武俠小說讀者的心靈深處，對盜卻又有五分好感，三分敬畏。

這大約是古人說過「盜亦有道」這句話起了作用。既然「有道」，又叫人怎能不喜歡、不敬畏？

再往深處探尋，就要涉及「竊國者侯，竊鉤者誅」這一歷史實際，及「強權崇拜或恐懼」這一文化心態了。既然竊國的大盜能成為真命天子及朝廷命官，且能獲得老百姓的敬意、尊從乃至景仰，那麼竊鉤的小賊難道不值得同情嗎？而攔路打劫、打家劫舍的強盜，古稱綠林好漢，今說起義之師，得到人們的同情或畏懼、認可或承認，也就一點也不稀奇了。

武力竊國者既然是以「有道」誅「無道」，我們難道不應該感謝嗎？

江湖豪俠既然是「劫富」而「濟貧」，又「鋤強」而「扶弱」，我們又怎能不歡迎、不喜歡、不尊敬呢？——這樣的強盜，正是「有道」之盜，是「損有餘而奉不足」的「天之道」，自然就是俠、是義了。俠和盜，就這樣完美地統一起來了。

在這一意義上，俠文化與其說是俠義文化，更不如說是俠盜文化更說明實質。

俠與盜合二而一，是俠及俠文化的本質特徵。所以，韓非說「俠以武犯禁」是不錯的，這說明了俠盜一體之盜的一面；同時，司馬遷說俠「救人於戹，振人不贍」也是不錯的，說明了俠盜一體之「俠」的一面。可是，嚴格地說起來，他們倆人都是片面的認識。只看到了他們想看到的那一面，而對另一面卻孰視無睹，這就是他們的侷限了。

今天的作者、讀者、學者，仍然有這樣或那樣的侷限，即或看到這一面，或看到那一面。這就有些不大對頭了。

在今天，我們應該看到，俠和盜，無論怎樣，都是中國傳統社會、傳統文明、傳統文化的產物。那社會是王權專制社會，文明是農業文明，文化是道德文化。

固然，俠盜有其反王權、反官府、反專制的一面，是對損不足而奉有餘的不平等的人之道的反抗，對世間不平之事、罪惡之人的干預，或者有其積極的一面，鋤強而扶弱、劫富而濟貧；或許是值得尊敬的精神。然而，我們又不能不看到，俠盜無視人間法律及社會規範，為所欲為，持強而行，衝擊一切秩序，反抗一切規範，其結果將只能是無法無天，且動亂不止。在那強權橫行的世界中，持強者若行王道、行俠義，倒也罷了；若行霸道、行邪惡，仍至為非作歹，將又如何？

進而，若以現代的民主與法制及真正的人道與人權的眼光去看，那鋤強扶弱之鋤，以及劫富濟貧之劫，本身就是以暴易暴、侵犯人權，是犯罪。也就是說，無論出於什麼目的，盜的行為本身就是不道德的，是罪惡的。而前面說過，俠盜一體，盜之被否，俠將何存？真正法制健全、心智健全的社會，自應該止盜，也不需要俠，如果有，那只能是黑社會。那是社會正常肌體上的毒瘤。

問題的複雜性在於，我們不能僅僅以現代人的法（制）眼去看傳統社會及傳統的俠義或俠盜的存在。在特定的社會、文化環境中，若君是昏君、官是貪官、紳是劣紳、豪是惡豪——在中國歷史中，這是經常的，幾乎是必然的——那又怎麼辦呢？難道不該起而反抗、誅昏君、滅貧官、打土豪、鋤劣紳？

儘管我們知道這樣以暴易暴的改朝換代，這樣以強制強的誅滅無道，是一種飲鴆止渴、惡性循環。但當昏君與無道之時，則又迫不得已，不得不為。

歷史這樣發展，文化這樣積澱。要想改變觀念，僅僅是改變觀念，那是困難的，幾乎是不大可能的。

傳統的中國人，在特有的歷史條件下，形成了特有的文化觀念和價值規範，積澱成特有的文化心理。其突出的特徵之一，是講求現實的功利主義，即有道比無道好，明君比昏君強，即便是用暴力奪取天下，那也很好。引而伸之，在社會上為富不仁者當劫（**而富者在中國老百姓的心目中又向來是不仁的，有道是「為富不仁，為仁不富」。所以變成了富者當劫**），恃強凌弱者當「鋤」（**而實際上強者總難免要凌弱，所以變成了強者當鋤，直至那最強誕生，無人能「鋤」得動為止**）。在那沒有正道和公平的社會裡，人們不得不有奶便是娘，管你是俠是盜，是英雄是賊寇。

於是，俠的（**可歌可泣的**）精神，與盜的（**可怕可惡的**）行為都被我們接受了、承認了。而且，我們學會了張揚俠的精神，隱晦盜的行為。進而，只要合理，誰管它是否合法？

這又牽涉到中國傳統文化對「法」的認識。法家講法，儒家講仁義道德，本來各有千秋，但後來歷史有變。法治起家者學會了要以仁學治世，靠武力打天下者總是借道德來裝飾。這造成了道德至上而法制為下的特殊的社會體制及文化觀念。

而在老百姓的心中，那種「帝王將相寧有種乎」的觀念又根深蒂固，從來沒有人從內心深處承認有終極真理，有不可違犯之權威、道德或法律。暴君之下，必有暴民，而暴君、暴民的共同特徵都是為所欲為、隨心所欲，為達目的，不擇手段。

傳統中國人心目中的自由是「無法無天」的自由，是任其所哉的快意恩仇。改朝換代的君主和鋤強扶弱的俠士，其行為與思想就建立在這樣的蒙昧而又罪惡的歷史基礎和文化心理基礎之上。就這一點而言，使文化所反映的，恰恰是中國歷史與文化最醜陋、最陰暗與最可惡的那一面。俠義即使是鮮花，也是開放在這一歷史文化的腐屍之上，是可怕的惡之花與毒之花。

在看到俠與盜的兩面性的同時，我們也應該看到俠文化的現實與幻想的兩重性。如果說俠的存在有一定的現實性，我們更應該看到，武俠小說及其武俠文化的發展與繁榮，是由於人們心理的幻想或期望造成的。

傳統的中國人，一方面固然十分的功利，而且急功近利、不擇手段；另一方面卻又十分喜歡幻想，希望寄託於精神勝利，用於療救現實的痛苦、彌補現實的不足、忘卻現實的災難。

俠的誕生，就是這一心理的產物。俠文化的繁榮綿延，亦是由這一心理特徵所決定的。

在很大的程度上，俠及俠文化是中國人審美心理的產物，是一種無奈之下的夢想。苦難重重的中國人，在戰爭頻繁、暴政更多的歷史過程中，飽受天災人禍，滿懷不平之氣，創造了一個又一個的幻想、夢想，聊補空虛、宣洩憂憤。

第一夢想是「神仙之夢」。這不僅是要求神仙賜人長生不老之術，更主要的還是給人間的不平與罪惡予以公正而又嚴峻的天譴！並能夠普度眾生，遍灑甘露，使人間變成樂園。

第二個夢想是「明君之夢」。這當然是希望明君有道，而致天下太平，百姓安居樂業，富裕小康。

第三個夢是「清官之夢」。這是希望官府清正廉明、明鏡高懸。不僅沒有冤假錯案，而且還能愛民如子，而他們自己卻又不貪不吝，兩袖清風。如是百姓生活便有了保障，繁榮幸福可期。

第四個夢便是「俠客之夢」。是希望俠客能輔清官，或獨立行事，鋤強扶弱，打抱不平，乃至「殺盡不平方太平」，「吃他娘，穿他娘，打開大門迎闖王，闖王來了不納糧」以及「均貧富，等貴賤」……

對以上四種夢想進行「夢的解析」，相信能深入中國文化之內核，揭開最深刻的隱秘。

其中，俠客之夢可以說是最後一個夢想：當神仙不來，明君沒有，清官也難得的時候，只有寄希望於俠客。另一方面，俠客之夢也是最基礎的一個夢想，即有俠客出，殺盡不平之後，又會盼清官，有了清官又盼明君（**不然昏君當權總將清官罷免，怎麼辦**），有了明君還要盼神仙賜長壽、賜姻緣、賜兒女、賜福祉、賜榮華富貴……

從這些夢想中，我們不難發現傳統的中國人的無奈，同時又看到其蒙昧。不難發現其軟弱可憐，同時又看到其貪婪自私。這也許正是我們國民文化的隱秘，是我們的國民性。總是「盼望大救星」，夢想天賜公正與幸福，甚至又貪得無厭地希望一切美夢成真。

美夢也是一夢而已，何能成真？而我們仍不死心，又退而求其次，只願永遠沉浸在這樣的神仙、俠客並存，清官、明君共生的美夢之中。這就誕生了無數的詩歌、戲曲、小說、散文史傳、報告文學。

武俠小說，便是其中最為繁榮的一種。

而武俠的繁榮，有兩個原因。一是明知神仙不在世，明君不常有，清官只是做夢才能見到，而索性就做俠客之夢，讓他打豪強、反官府、誅昏君，以滿足觀者的不平之心理。二是武俠小說總是應時而作、因時而變，及時反應和滿足讀者各式各樣隱秘的渴望，又可宜泄積憤、快意恩仇，忘卻世間種種苦惱，而投射、代入，做一做夢中的英雄。

總之，面對武俠小說及俠文化，我們其實是面對一種兩難之境：俠固可敬，盜卻可惡；進而，君王無道固是可氣，而造反有理則未必可取；英雄氣概固是可佩，強者為尊卻讓人可悲；自由自在固是可羨，而無法無天肯定是可怕……

新武俠小說家當然也面臨著這樣的兩難之境。至少是具有現代意識及起碼的理性精神的作家，不得不面對這樣的困局。

梁羽生不愧為新武俠小說的創始者，他自創一格，變換武俠小說主題，將武俠故事與古代歷史的階級鬥爭、尤其是民族鬥爭掛起鉤來；將武林世界、江湖社會與歷史時空，江山社稷掛起鉤來，改變了俠盜一體的傳統格局，使之變成階級鬥爭的領袖、民族鬥爭的英雄，亦即特定的歷史條件下、特定的意識形態之下的「正義的化身」。

這一改變，無疑使俠盜一體的傳統武俠世界得到了某種程度的淨化。但他的那一套近乎「三突出」的創作方法，及由這種方法創作出來的大同小異老一套的俠義英雄，看多了，難免使人覺得乏味，比較膚淺，我們且不必說它。

金庸也同樣面臨著這樣的困局。

一開始，他也是毫不猶豫地向梁羽生學習，試圖將傳統觀念與現代意識結合起來，用現代理性去對傳統價值體系進行改裝，即把鋤強扶弱、劫富濟貧的江湖之俠，與階級鬥爭、民族鬥爭的歷史英雄結合起來，將傳統的江湖、綠林擴大到真實的（**特定的**）歷史時空，讓筆下人物在歷史舞台上進行傳奇故事的表演。於是，第一部作品便寫了《書劍恩仇錄》，將傳統的忠、孝、義進行現代改裝，讓陳家洛忠於民族（**而非某一朝代、某一皇帝**），孝於母愛（**他父親是清朝的大官，母親卻將他送到昔日情人于萬亭門下練武學藝，開始他獨特的江湖生涯**）。反滿復漢，是其大節；紅花會兄弟親如一家，漢族英雄與回疆英雄同心協力，是其大義。這樣，無論是以傳統的眼光，或是以現代的眼光，都說不出什麼來。

但深入一層，我們不難發現，《書劍恩仇錄》偏於傳統之時，難免離現代理性遠了一步；偏於傳奇之需，難免有些愧對歷史真實。

為了表現主題，而又能自圓其說，作者不得不繼承「反傳統之傳統」（**即反正統、反正常秩序、反官府也反皇帝**），從而作出一種並無根據但符合人心的假定，即（1）乾隆皇帝是壞人；（2）皇帝手下的「鷹爪」也是壞人（**典型的如張召重**）；（3）官府是壞官府，官府的軍隊也是壞軍隊。相反，與皇帝、官府及其軍隊、爪牙作對的紅花會、木卓倫部自然都是好人、俠客、英雄、正面形象了。

由於有了這一假定，書中所寫的下列幾件事，即（1）「赤套渡頭扼官軍」（**第五回**）；（2）「無法無天賑饑民」（**第六回**）；（3）「粉膩脂香羈至尊」（**第十回**）；（4）「奇謀破敵將軍苦」（**第十五回**）等，也就不言而喻，是屬正義的行為。而在正常的社會秩序中、正常的理智下，哄搶國庫、攔劫軍隊、劫持國家元首、抗拒統一的軍事行為，無一不是驚天動地的違法行為。而這種明目張膽的違法（**當然是虛構的傳奇故事**）被寫成是可歌可泣的正義行為，這就是中國文化及其價值觀念的奧妙。

這一奧妙在以下兩點，一是無法無天，造反有理，當官府腐敗之時，俠士英雄可以替天行道。這種反傳統或反正統的價值觀念，也是中國文化的一種傳統。二是為了表現某種特定的觀念（**比如俠義**），可以任意裝扮歷史，甚至歪曲歷史事實。在中國文化的傳統之中，歷史之義並不在真，而在其善，因而為了善亦不妨不真，乃至以假亂真。這就是所謂春秋筆法。

對於後一點，作者金庸也覺得有些抱愧，因而在這部書的「後記」中寫道：「乾隆修建海寧海塘，全力以赴，直到大功告成，這件事有厚惠於民。我在書中將他寫得很不堪，有時覺得有些抱歉。他的詩作得不好，本來也沒多大相干，只是我小時候在海寧、杭州，到處見到他御製詩的石刻，心中實在很有反感，現在展閱名畫的複印，仍然到處見到他的題字，不諷刺他一番，悶氣難伸。」原來如此。書中的乾隆又何止是「不堪」而已。到最後簡直成了混蛋、反動派。而紅花會哄搶國庫、劫持皇帝，這種明顯的強盜行為則因為是為了賑濟災民、反滿復漢，而塗上了俠義的光輝。誰也不能、不會對此有什麼懷疑，更不會多說什麼。

到了《碧血劍》，金庸的觀念與方法有了一定的改進。

改進的表現之一，是借袁承志這一特殊身分的人物（**袁崇煥的兒子**）向明帝、清酋復仇的線索來表現天下大勢，使小說的故事情節更有傳統武俠小說的味道（**復仇故事**）；表現之二，是側面寫李自成起義，袁承志雖然站在他這一方面，但只是側面幫忙，如奪軍餉、送錢財、探資訊、除奸細等等，而小說的主要情節，則用於表述江湖人的故事，從而不像《書劍恩仇錄》那樣，將陳家洛寫成政治領袖。袁承志基本上還是一個江湖人物，保持了他的俠士本色。

《碧血劍》最重要的一點，是與歷史的結合中，沒有肆意改編和歪曲，而且尊重史實並力圖揭示它的真相。對崇禎沒有醜化，只寫出了他憂鬱而又剛愎自用的個性氣質及其殘酷的本性和無可奈何的心境；對皇太極則儘管他是主人公復仇的對象，又是異族的首腦，書中非但沒有進行醜化，反而寫了不少他的英明之處；對李自成這一歷史人物，則更是注意分寸，一方面當然不將他寫成賊寇（**他是俠盜，或是農民起義英雄**），而寫成了天下百姓寄予希望的大英雄；而另一方面，卻又沒有將他寫成「高大全」式的革命家。

小說最後，寫到他在事業頂峰、進入故宮之時，明顯地表現了他的農民暴動者的侷限：既不能真正愛民如己、秋毫無犯；又不能高瞻遠矚、保國安民。書中不僅寫到了崇禎殺袁崇煥作為背景，亦寫李自成逼死李岩作為結尾，不僅寫明朝官兵與匪盜一家，搶劫了遠道而來的張朝唐，且又寫了李自成的義軍亦兵匪一家，再次搶劫了二度來華的張朝唐。

這樣的對比，讓人震撼。所以小說的第十九回的回目為「嗟乎興聖主，亦復苦生民」。而二十回的回目寫袁承志「空負安邦志，遂吟去國行」，就一點也不令人吃驚，反覺這樣更真實、也更深刻。同時，對袁承志這一俠士在社會政治歷史格局之中的作用，也開始懷疑，甚至開始傾向於否定了。

金庸小說創作的令人敬佩之處，是他在形式上的不斷創新，主題上不斷的探索。他並沒有依賴於某種現存的形式套路，也不依賴於現存的、不正自明而又可以應時而變的思想觀念（**如俠、歷史、歷史人物及其歷史規律、社會本質等等**）。而是要自己去進行不斷的探索。

《雪山飛狐》不僅在形式上完全出新，內容上也與前兩部小說完全不同。

《雪山飛狐》基本上是一部純粹的江湖小說，寫胡、苗、范、田四家族百年恩怨，從最早一代的結義兄弟，變成了仇人，以至輾轉報復，達百年之久。值得注意的是，俠在這部小說中幾乎無用武之地，只能在家族恩怨中無可奈何地受命運的支配。大俠胡一刀和苗人鳳兩人明明都是俠士，卻除了相互對抗之外，未見有何作為。而更令人驚異的是，田家與范家，本來也是俠士之後，卻在江湖生涯中變成了盜，繼而又投入仇人兼敵人的朝廷之懷抱。小說中所揭露的田歸農及其天龍門內、南宗北宗的殘酷而又骯髒的鬥爭現象，簡直讓人厭惡之至。

金庸小說創作的第一階段，就這樣以其深深的俠之疑而告結束。

接下來，又開始了一個新的重整旗鼓的階段，重點是寫作了「射鵰三部曲」及《飛狐外傳》等作品。

《射鵰英雄傳》被認為是金庸小說創作的成熟標誌，與以前作品不同的是，它的主人公不再是一位政治性的人物，而只是偶爾在軍事上露一手。他的天地是在民間、武林。更重要的是，他被寫成了一位真正的俠或者說是「俠之大者」。他是天性忠厚耿直，剛正不阿，後又受到江南七俠、全真七子、洪七公、黃蓉等人的影響，懂得了儒家之大義與俠者之正範。所以，他不僅在江湖上濟困扶危，而且更能在國家危難之時，以匹夫之身分挺身而出，為國為民，甘願奉獻自己的武勇和生命。

寫到《神鵰俠侶》，金庸再一次改變了路子。楊過的故事及其人格形象，顯然已將個人感情、個人利益及個性尊嚴放到了一個重要的位置。楊過是一個性格偏激的人，他的人生之路亦多曲折坎坷，讓人不能不為他捏幾把汗，不僅擔心他的生命存亡，更擔心他的人生之路的正與邪。楊過從一位偏激的少年，成長為一位了不起的神鵰大俠，實在是一個奇蹟。

《倚天屠龍記》中的張無忌又是第三種個性，他名為無忌，實則無為。與楊過相反，這是一個忠厚而有些拖泥帶水的人物，連作者也說，他不是一個好的領袖，而是我們的好朋友。這是一位不想當英雄，只想大家「和和氣氣、相親相愛」的人物。

實際上，自《神鵰俠侶》而後，金庸的小說已明顯地「俠氣漸消，邪氣見長」。為此，作者又一次想要撥亂反正，重塑「俠」之典型。《飛狐外傳》就這樣產生了。作者在這部書的「後記」中寫道：「我企圖在本書中寫一個急人之難、行俠仗義的俠士。武俠小說中真正寫俠士的其實並不多，大多數主角的所作所為，其實是武而不是俠。」

在這部小說中，胡斐的主要俠義行徑，是替鍾阿四一家打抱不平、報仇雪恨。為此，作者花了不少心力。後來，金庸在「後記」中解釋道：「孟子說：『富貴不能淫，貧賤不能移，威武不能屈，此之謂大丈夫。』武俠人物對富貴貧賤並不放在心上，更加不屈於威武，這大丈夫的三條標準，他們都不難做到。在本書之中，我想給胡斐增加一些要求，要『他不為美色所動，不為哀懇所動，不為面子所動』。英雄難過美人關，像袁紫衣那樣美貌的姑娘，又為胡斐所傾心，正在兩情相洽之際而軟語央求，不答允她是很難的。英雄好漢總是吃軟不吃硬，鳳天南贈送金銀華屋，胡斐自不重視，但這般誠心誠意的服輸求情，要再不饒他就更難了。江湖上最講究面子和義氣、周鐵鷂等人這樣給足了胡斐面子，低聲下氣的求他揭開了對鳳天南的過節，胡斐仍是不允，不給人面子恐怕是英雄好漢最難做到的事」。可是《飛狐外傳》及其胡斐形象，並不因此而增色多少。人們對胡斐及《飛狐外傳》一書的印象，卻是他性格的活潑機智、行為的正直無私，及結局的悲哀苦痛。也就是說，作者著力於俠的形象，留下的只是一個人造的光環。而真正的光彩卻受到了強制性的理念的限制。

如果一位對「俠盜一體」比較陌生的讀者來看《飛狐外傳》，一定會驚訝胡斐初到佛山鎮，上英雄酒樓，無錢又要「吃得他人仰馬翻」之事：先是騙兩位商人打扮的食客，說有一萬兩銀子，想辦一批貨，使那兩個人主動請他共飲一杯；後來又用刀逼著兩人說出鳳天南與鍾阿四一家的糾葛，這一「騙」一「逼」，果真是豪俠行徑，只是大有恃強凌弱之嫌疑。若是在西方法制社會，那兩個人定當喊員警，而在武俠世界中，又到哪兒去呼屈鳴冤？問題是，這樣的事無論對胡斐、對金庸、對讀者而言，無疑都會當成小事一樁，要麼不當一回事，要麼看成是可以不拘之小節。

像這樣的事，發生在俠士身上的，在金庸小說中頗有不少。如《射鵰英雄傳》的第十一回書中，寫黃蓉與郭靖兩人同行，碰到一對胖夫婦，一人騎瘦驢，一人坐轎由瘦人抬，感到不公不平，黃蓉提起馬韁，小紅馬驀地裡向轎子直衝過去。轎子翻倒，胖婦人摔在大路正中，再也爬不起來。這還不算，胖夫婦還口罵人，黃蓉「一不做，二不休，拔出蛾眉鋼刺，彎下腰去，哧的一聲，便將她左耳割了下來」。那胖婦人滿臉鮮血，殺豬似地大叫起來。然後黃蓉又逼這一對夫婦抬轎，叫原來的抬轎人坐入轎中。——這一對胖夫婦何罪之有？無非是長得胖一點，就惹得黃蓉這位「姑娘大王」的不高興，以至於有此無妄之災。郭靖沒有動手，只在邊上瞧著。

又如第三十二回書中，黃蓉想著郭靖與華箏公主之事，心情不大舒暢。到了吃飯之時，卻不吃客店裡的飯，而是到鎮上撿一家白牆黑門的大戶人家，繞到後牆，躍入院中，徑向前廳闖去。主人家正在請客，黃蓉卻喝道：「統統給我滾開！」又順手揪住一個肥胖的客人，腳下一勾，摔了他一筋斗，眾客人嚇得四散逃走。而郭、黃二人坐定之後，又將一把明晃晃的鋼刀插在桌上，要大家入座。見無人敢坐到他們一桌，又說：「你們不肯陪我，是不是，誰不過來，我先宰了他。」主人家請客，是生了小孩過滿月，黃蓉問：「你幹麼請客，家裡死了人嗎？死了幾個？」叫人將孩子抱出來，則又說：「一點也不像，只怕不是你生的。」……如此等等，讓這一家及幾十名客人過了一個極其不堪回首的恐怖之夜。這家人、這些客人們何罪之有？黃蓉認也不認識他們，只因「姑娘心中不高興」，又因這是大戶人家，便前來侵入家室，為非作歹，恐嚇侮辱，將人不當人地作弄一番。郭靖沒做什麼，只在邊上看著。

試想在日常生活之中，碰到這樣恃強凌弱的俠士，能不毛骨悚然？

更不必說《笑傲江湖》中的主人公令狐冲一聽到青城派的弟子名字中有英、雄、豪、傑等字就覺「生氣」，而一生氣便要找他們的麻煩，將一人從樓梯上踢下去，還說是青城派專練這門功夫，叫做「屁股向後平沙落雁式」。

其後，令狐冲又教恒山派的尼姑們到一個叫白剝皮的人家「化緣」，而且一化二千兩。要是人家不肯怎麼辦？令狐冲說：「那就太也不識抬舉了。恒山派門下英傑，都是武林中非同小可之士，旁人便用八人大轎來請，輕易也請不到你們上門化緣，是不是？白剝皮只不過是一個小小鎮上的土豪劣紳，在武俠中有什麼名堂？居然有十五位恒山派高手登門造訪，大駕光臨，那不是給他臉上貼金麼？他倘若當真瞧你們不起，那也不妨跟他動手過招，比劃比劃。且看是白剝皮的武功厲害，還是咱們恒山派鄭師妹的拳腳了得。」（**第二十四回**）

——說白了，就是進門打劫，強盜行徑。只不過，他們劫的是白剝皮（**這名字聽起來似不像好人**），因此似乎就有了正當的理由，而他們又說要分銀兩給窮人，那更是劫富濟貧的俠義之舉了，即是盜，那也是俠盜。

再回想一下胡斐、黃蓉他們的行徑，作者挑選的欺侮對象似乎都是富人、胖子一類：只要是這樣的人，便似欺侮也是白欺侮，非但沒什麼問題，而且還令人拍手稱快。作者寫這些，讀者讀這些，似乎都覺得有趣。

或者有人會找託辭，說這是古人古事，又是小說虛構，何必當真？

然而問題正在這裡，雖是古人古事，又是作者虛構，但讀者讀之並稱快，那就變成了道地的今人今事了，這牽涉到今人的觀念及審美的心理，一是承認盜之有道便為俠，沒有，也不應該有任何心理、道德的障礙；二是讀者閱讀亦無心理障礙，這表明了心理的認同。而這是一種極其可怕的心理認同。三是倘若胡斐、黃蓉、令狐冲這些人欺侮到作者、讀者自己的頭上來了，那又自當別論，這表明我們的心態，是只要革命不革到自己頭上，都會拍手稱快，卻無人反省這種行為及其體制的侷限。

金庸在不斷地尋找，或塑造俠的理想人格模式，正如筆者在《金庸小說人論》中所說的那樣，探索了儒家之俠、道家之俠、佛家之俠及真正的俠（江湖之俠，如胡斐）等等不同的價值規範。一方面在不斷地展示傳統文化及其價值的理想，另一方面卻又不斷地發現這種價值理想的侷限。而最根本的侷限，便是其理想性與真實性之間的差距。

於是，金庸的創作，進入了一個新的時期，即無俠時期，代表作如《連城訣》、《俠客行》、《笑傲江湖》等等。這些作品所描繪的是陰暗的江湖世界，甚至連作品的主人公，也不想——無心——成為俠。這標誌著作者的創作思想，進入了一個新的階段和新的層面。對俠及俠文化、俠世界的反思取代了純粹的幻想。

由此，金庸的創作最後進入無俠，乃至是反俠的《鹿鼎記》，便不應有任何的驚疑。這可以說是一種自然而然的發展和深化。對俠盜文化，及整個中國歷史文化的揭示，達到了前所未有的深度和廣度。

在這一過程中，還有一部重要的作品，即《天龍八部》。這是轉型期的作品，佛大於俠，無俠大於有俠，作者別有深意，我們在適當的時候再專門討論不遲。

總之，我們在金庸的小說中，看到的不只是俠的理想及其俠文化的虛飾，更能看到俠盜的實質，並能深入到中國歷史與文化的深層次去，結束了俠客之夢。

第三章　王霸

對中國歷史與文化影響最大的因素，當首推霸道及其統治。

所謂霸道，最簡單的一句話，就是「成者王，敗者寇」，或是「竊國者侯，竊鉤者誅」。有沒有理，取決於你有沒有力。這力當然是指武力，以及由武力爭奪來的權力了。

中國的歷史，基本上可以說是一部霸道統治的歷史。據說——僅僅是據說，孔子及其儒家門徒曾大力宣傳過——歷史上曾有過堯、舜、禹三代的禪讓。即讓有德者居天下君主之位。可是從禹的兒子啟開始，就不這麼幹了，要搞世襲。因為他是禹的兒子，又掌握很大的權力（**包括武力**），他要這麼幹，誰也沒辦法。

於是君王世襲。僅是世襲倒也罷了，問題是，若君王無道怎麼辦？只有一個辦法，那就是「天下共討之」及「天下共誅之」。於是就有了商湯「伐」夏桀；幾百年後又有了姬周「伐」商紂。如前所說，伯夷、叔齊兄弟兩人發現這是以暴易暴，但卻被有道伐無道的意識形態宣傳所掩蓋了。

伯夷、叔齊發現了歷史的一個大秘密，但他們除了餓死首陽山、誓死「不食周粟」以外，沒什麼辦法。歷史是不以人的意志為轉移的。西周統治時期倒還馬馬虎虎，到了東周，問題又來了，春秋戰國時期，連有道、無道都不大有人說了，那時開始有了諸侯稱霸，如著名的春秋五霸。開始了霸道統治時期，戰國以後，那就更不必說了。

春秋戰國的歷史對此後的中國歷史與文化起著極大的影響作用。因為這一時期恰好又是中國學術的興盛與發展時期。老、莊等人發現了「竊國者侯」的「強盜邏輯」，氣得要死，只得「無為」，大罵「聖人不死，大盜不止」。

孔、孟等人何嘗不知道這是一個霸權時代，誰勢力強誰就稱王稱霸？他們苦心孤詣，為中國歷史的命運著想，創造了「王道」與「霸道」兩種不同的道，勸君王實行王道，即克己復禮為仁，而不要靠武力來橫行霸道。也正在這時，孔、孟醉心於對上古史的研究，或對三代之治的神話創造，深感當今之世乃是「禮崩樂壞」之世，務必克己復禮才有王道興。中國人崇古、懷古、復古、思古的文化思潮及心態特徵，從孔子之世開始發源。他是要以「古之王道」來對付、勸解「今之霸道」。

墨家的「兼愛」與「非攻」也是勸人不要搞霸道。

可是沒用，道、儒、墨三家的理想主義被法、縱橫等幾家現實主義者弄得很尷尬。現實主義者可不管什麼王道霸道、有道無道，只認準了一條道：變法圖強或權衡利害。能使國家強大就好，趨利而避害，這才是最重要的，有道無道云云，不過是

「書生之見」而已。

政治家終於占了上風，現實主義戰勝了理想主義，霸道戰勝了王道。秦國強大，以武力滅了六國，統一了中國（當時稱天下或是海內），確立了中國歷史的新規則，那就是以武力決勝負、取天下。秦王嬴政稱秦始皇，即始皇帝，開創了皇帝時代。有儒生再來囉嗦什麼王道與霸道，或有道與無道，始皇大怒，便有了「焚書坑儒」之壯舉。

焚書坑儒對中國歷史的影響是：正式宣告王權（霸權）就是真理，而一切以學術、真理為研討對象的書及書生（儒）若與此不一致，便焚之、坑之！你奈權力、霸力、武力何？

誰勝了誰就「有道」兼「有理」。

就這麼簡單。因為，歷史是由勝利者書寫的。

這對中國歷史的影響是「帝王將相，寧有種乎」？「彼可取而代之，大丈夫當如是」！以及「秦失其鹿，天下共逐之」。當然要看最終的結果如何，要看誰最強、能成功，因為根本的一條規則是「成者王侯敗者寇」。

此對中國文化的影響是：既然成則王侯敗則寇，以成敗論英雄，那麼「為達目的不擇手段」也就理所當然。「兵者，詭道也」。武力決勝必須「尚權謀」。最大的影響，當是再無有道、無道、王道、霸道可言，再無真理可言。只要勝了，便是霸道也可以說是王道，便是無道也可以說是有道。

愛好和平的民族不得不以武力決勝負、爭天下，這種變化是可怕的，更是可悲的。自給自足、自由自在的人民不得不向武力、霸權低頭，接受其統治，這種命運是可悲的，更是可怕的。可怕的是：強盜邏輯將要成為唯一的真理。這對於一個民族的心靈扭曲及精神污染，無以復加，後患無窮。

這也意味著，想要實行王道，也必須先通過霸道的手段來奪取天下才能實現，想成為有道之人，必須先用無道的方法獲得勝利之後才有發言權。

這還意味著：只要是勝利者，霸道的手段完全可以用王道來粉飾；只要是成功者，無道的實質可以披上有道的外衣。

從此，只講勝負、強弱、利害；而不講是非、對錯、真假。更要命的是：勝即是是；強即是對；利即是善。至於「真假」那還不是隨人去說？

中華民族本不是尚武的民族，而歷史卻偏偏要靠武力去決勝敗、定尊卑、分強弱。因而，我們在對道理的崇拜中，實際上包含了對權力的崇拜，因為有權就有道、有理。進而，我們在對權力的崇拜中，又包含了對武力的崇拜，因為只有通過武力才能獲得權力。

於是，武力＝權力＝道理，這就是中國歷史與文化的特有邏輯，霸道的邏輯，或強盜的邏輯。

這樣說似乎有些難聽，或許有些人覺得難以理解，但實情如此。一旦以武力取了天下，大權在握，還不是要焚書坑儒就焚書坑儒，要拆寺滅佛就拆寺滅佛？至於是非黑白，指鹿為馬，全憑君主的金口玉言。

在歷史及其社會意識形態中是如此，在文化及價值觀念上勢必受此影響，而在心理及經驗積澱上就更是如此。

武俠小說將此歷史文化的特徵引伸、放大，就形成了特有的武林慣例或江湖規矩。即：憑武力的強弱決出勝負、決出是非。誰的武功強誰就有理，即便沒理，也無人敢說什麼。

不用費心去找，我們在金庸的小說中便能找到許許多多這樣的例子。如《碧血劍》中所寫到的，主人公袁承志藝成下山，碰到的第一件事，就是溫青（夏青青）搶了闖王李自成的軍餉。袁承志去索討，道理說了，可是不行，石梁派的溫氏五老要袁承志憑本事去取。若非袁承志武功高強，破了溫氏五老的「五行陣」，非但那批黃金要不回來，只怕袁承志還要把命丟在那裡。

接下來，袁承志和夏青青一同到南京，恰巧碰上了仙都派的閔子華邀集武林高手為他的哥哥閔子葉報仇，要金龍幫的幫主焦公禮抵命。此事其實是焦公禮有理，閔子葉當年為非作歹，被焦公禮除掉了，金蛇郎君夏雪宜曾代焦公禮向仙都派掌門人黃術道長有過說明。但閔子華卻一心要為乃兄報仇，又邀集了一批高手，焦公禮再有理、再講禮，也無處可說。公理是沒有的。所以他只好自殺。袁承志救了他，將此事攬下，拿出證據給閔方的人看，卻被閔方邀來的華山派第三代高手梅劍和將信撕了。有理沒理，最終還是拳、劍來說話。

再接下來，袁承志等人運送一大批金銀財寶北上，準備交給李自成的義軍。不料中途被山東的綠林強盜發現了，繼而直隸的強盜也來插手。本來綠林有約，直隸的強盜不到山東來做案，山東的不去直隸。但直隸青竹幫幫主程青竹有備而來，不講規矩，有什麼辦法？最後只得憑武功決斷：直隸、山東各派一人上場比武，誰勝了一場就得一箱珠寶。居然將珠寶的主人袁承志視若無物。待得十箱珠寶分完，袁承志才出其不意地顯露武功，將強盜打得落花流水，保住了珠寶，且使山東、直隸的強盜心悅誠服，後來在泰山大會上，群雄公推袁承志為「七省武林盟主」。

這樣的事真是太多太多了，而且是司空見慣，被視為理所當然。在《射鵰英雄傳》中，丘處機追趕段天德來到嘉興，明明發現段天德擄著李萍進了法華寺，便要該寺主持焦木交出人來。焦木邀江南七怪「評理」，雙方各執一詞，最終還不是要以武功決是非?!

江南七怪人人脾氣古怪，但又都有俠士之名，對自己的名譽與體面極為重視。當黃藥師在歸雲莊碰到他們，黃蓉給他父親介紹說：「爹，我給你引見幾位朋友，這是江湖上有名的江南六怪，是靖哥哥的師父」。——

黃藥師眼睛一翻，對六怪毫不理睬，說道：「我不見外人。」六怪見他如此傲慢無禮，無不勃然大怒，但震於他的威名與適才所顯示的武功神通，一時倒也不便發作。（第十四回）

江南六怪為什麼「不便發作」？那是因為知道黃藥師的武功比他們六人要高得多啊！江南六怪連黃藥師的弟子梅超風一人都打不過，何況梅超風的師父？所以再有氣也只得忍了，這叫做識時務者為俊傑。

江南六怪受黃藥師的冷落、傲慢無禮也不只一回，回回都不便發作。最後六怪想與黃藥師修好，主動上桃花島給黃藥師報訊，不料卻被暗藏於桃花島上的歐陽鋒打死五人，六怪只剩了飛天蝙蝠柯鎮惡一怪。

《倚天屠龍記》中，金毛獅王謝遜一露面就在王盤山島上殺人立威，一開始還說是殺那些死有餘辜之人，且在他人之前要指出對方的罪惡，但後來卻不是這樣了，書中寫道：

> 張翠山見謝遜頃刻間連斃四大幫會的首腦人物，接著便要向高蔣二人下手，站起身來，說道：「謝前輩，據你所云，適才所殺的數人都是死有餘辜，罪有應得。但若你不分青紅皂白地濫施殺戮，與這些人又有什麼分別？」
>
> 謝遜冷笑道：「有什麼分別？我武功高，他們武功低，強者勝而弱者敗，便是分別。」
>
> 張翠山道：「人之異於禽獸，便是要分辨是非，倘若一味恃強欺弱，又與禽獸何異？」
>
> 謝遜哈哈大笑，說道：「難道世上當真有分辨是非之事？當今蒙古人做

皇帝，愛殺多少漢人便殺多少，他跟你講是非麼？蒙古人要漢人的子女玉帛，伸手便拿，漢人若是不服，他提刀便殺，他跟你講是非麼？」

張翠山默然半晌，說道：「蒙古人暴虐殘惡，行如禽獸，凡有志之士，無不切齒痛恨，日夜盼望逐出韃子，還我河山。」

謝遜道：「從前漢人自己做皇帝，難道便講是非了？岳飛是大忠臣，為什麼宋高宗殺了他？秦檜是大奸臣，為什麼身居高位，享盡了榮華富貴？」

張翠山道：「南宋諸帝任用奸佞，殺害忠良，罷斥名將，終至大好河山淪於異族之手，種了惡因，致收惡果，這也就是辨別是非啊。」

謝遜道：「昏庸無道的是南宋皇帝，但金人、蒙古人所殘殺虐待的卻是普天下的漢人。請問張五俠，這些老百姓又作了什麼惡，以致受此無窮災難？」張翠山默然。

殷素素突然接口道：「老百姓無拳無勇，自然受人宰割。所謂人為刀俎，我為魚肉，那也事屬尋常。」（**第五回**）

謝遜所說的雖是歪理，卻是事實。張翠山難以辯駁。殷素素所說的「人為刀俎，我為魚肉」確確實實是事屬平常。

所以，還是要以武功來決是非。

《倚天屠龍記》中寫了一個大場面，是少林、武當、華山、峨嵋、崑崙、崆峒等六大名門正派聯合剿滅明教（**被名門正派稱為魔教**），看起來是正克邪，以俠義對付罪惡，但實際上卻並非如此。書中寫道：

眾人只待殷天正在宗維俠一舉之下喪命，六派圍剿魔教的豪舉便即大功告成。

當此之際，明教和天鷹教教眾俱知今日大數已盡，眾教徒一齊掙扎爬起，除了身受重傷無法動彈者之外，各人盤膝而坐，雙手十指張開，舉在胸前，作火焰飛騰之狀，跟著楊逍念誦明教的經文：

「焚我殘軀，熊熊聖火。生亦何歡，死亦何苦？為善除惡，惟光明故，喜樂悲愁，皆歸塵土。憐我世人，憂患實多！憐我世人，憂患實多！」

明教自楊逍、韋一笑，說不得諸人以下，天鷹教自李天垣以下，亙至廚工扶伕役，個個神態莊嚴，絲毫不以身死教滅為懼。

空智合十道：「善哉！善哉！」

俞蓮舟心道：「這幾句經文，想是他魔教教眾每當身死之前所誦的了。他們不念自己身死，卻在憐憫眾人多憂多患，那實在是大仁大勇的胸襟啊。當年創設明教之人，真是個了不起的人物。只可惜傳到後世，反而變成了為非作歹的淵藪。」（**第二十回**）

倘若明教就此覆滅，那就是以正克邪了。因為正派中人認定了明教乃是「魔教」，是「為非作歹的淵藪」。是以，靠武力滅了明教，那是是而不是「非」了。

可是張無忌此時挺身而出，要「排難解紛當六強」。為的是不忍他義父、他外公、舅舅的教派被滅，當然他還瞭解了一些明教的內幕，特別是成昆一心剿滅明教的內幕。此時的張無忌，兼具九陽神功與乾坤大挪移心法，武功驚人，所以夠資格當「勸解人」。而所謂的「勸解」，便是將六大名門正派中的代表人物一一打敗！

張無忌勝了，明教得以保存，明教徒一致推舉這位武功蓋世而又有大恩於本教的年輕人為明教新教主。

試想，倘若張無忌武功不行，那便如何？又或者，張無忌武功高但人品更壞，那又如何？六大名門正派與明教之間的是與非，全寄託於雙方武功的強與弱及勝與敗上。這就是江湖慣例、武林常規。

物競天擇，強存弱亡，這倒符合「生物進化論」的規則。只是人類非一般的生物，其中花樣名堂極多。恃強而行，只是一種常規罷了。

《天龍八部》中所寫當然也不例外。倘若蕭峰沒戰勝游坦之，段譽沒戰勝慕容復，虛竹沒戰勝丁春秋，那麼江湖歷史就要重寫，蕭峰當然十分明白武功強弱的重要性。書中有這麼一段，寫蕭峰等人陪段譽去西夏選駙馬，忽然段譽、慕容復都不見了。慕容復不見了，是蕭峰發現的，書中寫道：

朱丹臣讚道：「蕭大俠思慮周全，竟去探查慕容公子的下落。」

蕭峰笑道：「我倒不是思慮周全，我想慕容公子人品俊雅，武藝高強，倒是木姑娘的勁敵，嘿嘿，嘿嘿！」

巴天石笑道：「原來蕭大俠是想去勸他今晚不必赴宴了。」

鍾靈睜大了眼睛，說道：「他千里迢迢的趕來，為的是要做駙馬，怎麼肯聽你勸告？蕭大俠，你和這位慕容公子交情很好麼？」

巴天石笑道：「蕭大俠和這人交情也不怎麼樣，只不過蕭大俠拳腳上的口才很好，他是非聽不可的。」

鍾靈這才明白，笑道：「出到拳腳去好言相勸，人家自須聽從了。」（第四十六回）

這裡表明的是江湖世界的一項基本的規則，或基本的事實，拳腳比口才更重要、更厲害、更起作用。其實鍾靈早在剛剛出道時便已懂得了，強存弱亡，就這麼簡單的道理，並不難解。

對敵時，是強存弱亡、勝是敗非，這已不用多說了。那麼自己人又如何呢？不用推測，便是強尊弱卑。最典型的例子，便是比武定掌門。

《飛狐外傳》中寫到過韋陀門的老掌門萬鶴聲逝世，他的三位弟子都想當掌門，且都請來了說客，各說各的道理，也確實各有各的道理。大家爭執不下，怎麼辦呢？

只有一個辦法似乎可行，便是比武定掌門，誰的武功最強，誰就當掌門人。當上掌門人，便是一門之主，自然就「怎麼說怎麼是」了。不料袁紫衣闖了來，分別以三招將韋陀門中的三位弟子打敗，又將不服氣的劉鶴真打敗，奪得了韋陀門掌門之位。這位袁紫衣有備而來，用心良苦，奪人家掌門，其實是為了救助武林。因而她一而再、再而三地與各派掌門人比武，奪人掌門之位，最後成了「十三家半掌門人」。

不管怎樣，我們對比武奪掌門這一風俗已有了深切的瞭解。需要稍作說明的是，這位武功不凡、居心頗善的袁紫衣要搶奪的大多是三、四流武術門派的掌門人，原因她對胡斐說起過，那就是「少林、武當這些大門派的掌門人，我是不敢去搶的」。（**第七章**）是不敢，而非不想，原因是對方武功更強。

這樣的例子，其他書中還有。例如《天龍八部》中的丁春秋乾脆規定一條星宿派的門規：誰的武功最好，誰就是大師兄，誰就可以處置其他的師兄弟，包括前大師兄的性命。眾弟子可以隨時向大師兄挑戰。《天龍八部》中的少林寺大決戰，起因就是丐幫新任幫主莊聚賢（**是聚賢莊主之子游坦之的化名**）在全冠清的策劃下憑武功奪得了丐幫幫主之位以後，還企圖與少林寺方丈玄慈比武決勝，確定誰當武林盟主。

而《天龍八部》一書的主要故事情節，也正是由於慕容博、慕容復、段延慶、鳩摩智、丁春秋、游坦之、全冠清等人的「王霸雄圖」加上由此而引的蕭遠山、蕭峰等人的「血海深恨」而造成的。

說起「王霸雄圖」的故事，當然沒有哪一部書比得上《笑傲江湖》。

本文是由中國歷史中的「王道」與「霸道」寫到金庸小說中江湖世界的強存弱亡及強薄弱卑。

而金庸的小說，則是由江湖世界的比武爭勝、強存弱亡的霸道邏輯，逐漸上升到整個中國歷史及其政治文化的思考和表現。

在《天龍八部》中，丁春秋、游坦之、全冠清等人只不過是爭一門掌門，或至多是江湖的霸主；而慕容氏父子、段延慶等人則要爭一國之王位。兩相比較，還是後者要厲害得多，影響也要大得多。

如果要探索金庸的思路，實際上在《射鵰英雄傳》中寫成吉思汗、在《神鵰俠侶》中寫忽必烈時，就已對王霸雄圖有所表現，只不過那時還被民族鬥爭及英雄豪傑這兩大主題牽制住了，沒能往深處想，更沒能往深處寫。

到了《倚天屠龍記》中就大不一樣了。因為這部書中不僅寫了明教中的楊逍、殷天正、韋一笑及五散人爭奪明教教主之位的事，更寫了朱元璋、陳友諒等幾位「爭奪天下」的歷史人物。在這部書中，作者對陳友諒絲毫也不客氣，將他寫成了一位野心家、陰謀家，基本上是一位反面人物。而對朱元璋則有所保留，寫了張無忌第一次見到他時，他和徐達等人救了張無忌，還偷了財主家的牛來殺了。這一場景表明了朱元璋義氣的一面，以及心機深刻的一面。後來又寫了朱元璋說起殺人不動聲色的一段，再就是小說最後寫朱元璋害死韓林兒而又逼使張無忌心灰意懶而退位的一筆傑作。塑造了朱元璋心機深、善權謀、性格殘忍的形象。但比陳友諒卻要好得多。這似乎還是受了「成則王侯敗則寇」的傳統意識形態的影響。因為朱元璋後來打敗了陳友諒，建立了明朝，所以陳友諒就被醜化，而朱元璋的形象雖不若《大明英烈傳》之類的書中那麼光彩照人，但比之陳友諒等人卻要好得多了。

只不過，《倚天屠龍記》的主人公是張無忌，朱元璋其時不過是明教中的五行旗下的一位將領而已，筆墨不多，也就難以深化。

《天龍八部》已經將「王霸雄圖」的描寫放到了更重要的位置，但仍沒能正面去寫，大多只是一些側記而已。

只有《笑傲江湖》才是真正的從正面寫、且專門寫「王霸雄圖」的。

有意思的是，作者在該書的「後記」中，將這部純粹寫「江湖爭霸」的書，說成是一部「寫三千年中國政治的書」。

不過這不難理解。三千年中國歷史，從某種意義上講，正是一種爭王爭霸、打天下坐天下的歷史，即是一部戰爭的歷史與政治的歷史，而戰爭與政治，或爭霸爭王，其手段無非有二，一是武力，一是陰謀。

這樣，我們再來看《笑傲江湖》這部書的時候，就更有意思了，也更明白了。

首先，這部小說一反金庸小說的常規，不是冷水泡茶慢慢濃地由引子、楔子寫起；而是開門見山地寫福州福威鏢局的「滅門」慘禍；殘酷恐怖令人髮指。這不僅造成了一種政治歷史的特有氛圍，同時也寫出了一根爭王爭霸的引線，福威鏢局的總鏢頭一向明白「拳頭熟不如人頭熟」的道理，對江湖豪傑大拍馬屁，卻不料這一次送禮拉關係反倒惹火燒身，慘遭滅門之禍。很快就明白了，既不是因為林平之殺了青城派掌門人余滄海的兒子，更不是因為余滄海的師父曾敗在林平之爺爺的手下，而是「匹夫無罪，懷璧其罪」，是因為林家祖傳下來的一套「辟邪劍譜」，據說威力無比，是余滄海等武林人士爭霸江湖不可缺少的東西。正如當今世界的核武器，有了它就有了威懾力，就會事半功倍，因而不少國家或是綁架核科學家，或是偷盜核科技資料。

余滄海滅了福威鏢局滿門，為的是「辟邪劍譜」，目的是爭霸武林。只可惜他有些自不量力，又所謂「笑在最後，才是好」，先登場的大多是小人物。余滄海也不例外。由他拉開慘酷的序幕，讓我們進入爭王爭霸的世界。

簡單地說，其時天下分為兩大派。一派為名門正派，包括少林、武當及嵩山、華山、恒山、泰山、衡山五嶽聯盟，再加青城等較小的門派。另一派為邪魔外道，即日月神教，又稱「魔教」。

按照讀武俠小說的慣例，這部書似乎是要寫武林中的正邪之爭，其實完全不是那麼回事。（這一點可以參考《倚天屠龍記》，其中所寫的少林、武當等六大門派與明教的爭端也沒有按尋常的正邪之爭的老套子發展，而是有出乎意料的方法與線索。這《笑傲江湖》中的日月神教，亦有明教的影子，日月，明也。這不難解。）《笑傲江湖》中的各色人物，大多是圍繞權位二字作文章，或保權護位，或爭權奪位；沒掌權的希望掌權，掌了權的希望維護其權位，更有甚者，是要爭霸江湖、權傾天下。

先說五嶽聯盟，盟主是嵩山派掌門人左冷禪。他的目標是將五嶽聯盟變為五嶽劍派，即將一個鬆散的聯盟變成一個嚴密的門派，這樣他由盟主變為掌門，其權威就更大、更實。他提出的理由是成立一個統一的劍派之後更能團結一心、令行禁止，以便對付日月神教。其實這只不過是他的第一個目標，這看起來是一個官冕堂皇的目標。其第二個目標是要消滅日月神教，第三個目標則是吞併少林、武當，成為江湖盟主即天下共主。

再說華山派及其掌門人岳不群。華山派是五嶽聯盟的成員之一，而且華山派自身還有麻煩，即「氣宗」與「劍宗」之爭。岳不群雖說是華山派的掌門人，實則只是華山派氣宗的掌門人。華山派劍宗的封不平等人非但不承認岳不群的掌門之位，反而要利用左冷禪的權威來逼迫岳不群退位讓賢。岳不群是一個非同小可的人物，他不僅要保住華山掌門之位，且還要當上五嶽劍派的掌門人，進而爭霸武林。思路與左冷禪一樣，但做法卻與左冷禪不同。此人號為「君子劍」，曾一度被江湖中推為第一正人君子，他的形象及號召力比左冷禪更好、更大。他的方法也比左冷禪更妙、心機更深。

再說日月神教。日月神教與江湖名門正派作對已非一日，名聲不好自屬當然。小說中的日月神教一開始顯得十分神秘，那是因為傳說武功天下第一的日月神教教主東方不敗（**正派中人稱之為「東方必敗」**）為了練「葵花寶典」（「**辟邪劍譜」之異名**）的武功，揮刀自宮，成了不男不女之人，從此匿影藏形，躲在深閨裡繡花。非但將稱霸武林的事拋諸腦後，連日月教前教主任我行越獄出逃，圖謀東山再起的事都不能引起他的注意，他只讓男寵楊蓮亭在教中做威做福，任意而行。不久任我行就在令狐冲、向問天等人的幫助下，上了黑木崖，殺了東方不敗、楊蓮亭，復辟成功。任我行雄心勃勃，一心要「千秋萬載，一統江湖」。楊蓮亭創此口號，本只是作為一種禮儀頌辭，而任我行卻要將它付諸實踐。

小說中的其他門派如少林、武當、衡山、泰山、恒山等，則一般地只求自保，因而參與正派聯盟的活動時，並無太大的野心。另一方面，卻也不願意自己的勢力被輕易的吞併。青城派的余滄海等人雖有野心，但力單勢孤，不成氣候。

《笑傲江湖》的大異常規之處，在於它不按傳統意識形態的正、邪觀念來簡單地劃分陣營、區別人物。

按常理，日月神教的現任教主東方不敗既是魔教最大的魔頭，當屬第一號壞人。那麼，被他陷害、關押十幾年的任我行就應該是好人了。這是其一。

其二，既然五嶽聯盟的盟主左冷禪是名門正派中的領袖人物，而且又帶頭與日月神教做對，更應該是正面人物中的英雄人物了。

其三，既然岳不群號稱君子劍，又與日月神教、華山劍宗、野心家左冷禪等人對立，就尤其應該是英雄人物中的主要英雄人物了。

也就是說，若按常規，東方不敗是反，任我行就應該是正；左冷禪則是正正，而岳不群當是正正正。

可是不然。《笑傲江湖》中幾乎與常規截然相反。被認為是「反」字第一號的人物東方不敗，實際上為惡為害反而較少，因為他的角色是在深閨中繡花。而繼之為教主的任我行反倒為害較大，因為他要爭霸江湖。

任我行爭霸江湖的方法，說起來很簡單，便是憑武力、霸道，硬來。而左冷禪與之相比則要高明又厲害得多，他是玩弄權術，試圖先將衡山、恒山、華山、泰山四派的內部搞亂，以便他從中漁利，建立霸權。具體的方法是，（1）不許衡山派劉正風金盆洗手，一方面削弱該派勢力、引起其內亂，一方面樹立自己的權威。（2）挑動華山劍宗的封不平等與岳不群爭奪掌門，既使華山派自相殘殺，又收買了封不平等人的人心。（3）挑動泰山派掌門人的幾位權慾薰心的師叔與掌門人做對。作用同上。（4）唆使恒山的定靜師太持掌門之位，不成，乾脆讓嵩山派的殺手扮做日月神教的人誅殺恒山派徒眾。……左冷禪的所做所為，實在比任我行的為惡更大。

但左冷禪與岳不群相比，又差了一大截。岳不群早知余滄海要搶福威鏢局的「辟邪劍譜」，卻不動聲色，坐收漁人之利。將林平之收為徒弟，又讓女兒岳靈珊與林平之親近，再以「避禍」為名到福州，找到了「辟邪劍譜」。其次，岳不群早知勞德諾是左冷禪派來華山派臥底的奸細，卻不揭破，反利用他傳遞假劍譜給左冷禪，以便最後出其不意地給左冷禪以致命的一擊。岳不群心機之深，連他的結髮妻子也瞭解不透。他一直運籌幃幄，坐山觀虎鬥，且陽奉陰違，狡計百出，認準時機，得漁人之利。讓左冷禪將道路鋪平，然後他順利地登上五嶽劍派的王座。

岳不群只做錯了一件事，那就是他看錯了他的大徒弟令狐冲，更處理錯了令狐冲。一方面他是以偽君子之心度假小人之腹，料得不對；另一方面他想借開除令狐冲造成政治影響，維護和深化他的「君子劍」的形象。可是人算不如天算，岳不群錯了一著，結果滿盤皆輸。而作者要這麼寫，只不過是因為武俠小說的老套，小說的最後要有一個皆大歡喜的大團圓結局而已。這實際上影響了這部「政治寓言小說」的深度。理由很簡單，令狐冲這樣一位胸無大志、隨遇而安的浪子在真正的政治鬥爭漩渦中怎能活得如此瀟灑，又怎能起得了那麼大的作用？小說的光明尾巴，使它只能算是一部半政治寓言、半武俠故事的小說而已，即半真實、半浪漫的武俠——政治寓言。

儘管如此，這部小說仍是一部震撼人心的作品。它至少使我們能看到以下幾點：

其一，是幾個野心家要爭霸江湖（**天下**），使得江湖中人不管願意不願意、自覺不自覺，都捲入其鬥爭（**陰謀與戰爭**）之中，是所謂「人在江湖（**天下**），身不由己」。這不僅使各門各派的（**政治**）勢力被迫捲入，更影響了江湖中人的每個個人的私生活，決定了個人的命運。例如與武林爭霸毫不相干的福威鏢局的總鏢頭林震南一家及整個鏢局，如一心想金盆洗手、退出武林的音樂家劉正風，為大志難伸而心灰意懶、只願寄情於琴棋書畫的梅莊四友，如並無野心惡意而只是嫁錯了人的寧中則和她的女兒岳靈珊……這是一個可惡而又可怕的世界。

其二，可怕的不僅僅是明目張膽的武力的征服和欺壓，例如任我行強迫人家在死亡與他的奴役（**吃了他的「三屍腦神丹」就只能終身當他的奴僕**）之間做出選擇。可怕的更在於一面用武力與權威進行強制性干預，一邊用陰謀與狡計進行暗中的操縱和顛覆，如左冷禪的所作所為。然而最可怕的還是徹頭徹尾的虛偽和欺騙。如岳不群就讓江湖中大部分好人都上了他的當。只有任我行、向問天這樣的真小人才知道岳不群是一位道道地地的「偽君子」。如果說任我行所行的強道，純粹的以力服人，這還不難看出；要看出武力加威力欺詐的左冷禪的霸道就不那麼容易了；而要看出岳不群的王道即仁義道德的虛偽及背後的陰謀，那簡直是難上加難。

其三，世俗之人當然對強道沒什麼好感，對霸道則只是無法可施，往往對王道心悅誠服，這樣就上了岳不群之類的偽君子的惡當。在這一江湖世界中，強道、霸道、王道，即武力、威力、陰謀欺騙，都只是些手段而已，目的相同，都是要一統江湖，而且希望能千秋萬載。也就是說，任我行、左冷禪、岳不群等人只是手段及意識形態的不同。而習慣於分辨忠奸、正邪、善惡的傳統的中國人可沒有《笑傲江湖》的讀者那麼幸運、明白，他們非上左冷禪、岳不群之流的惡當不可。在任我行橫行之時，人們可能將左冷禪及其領導的五嶽聯盟當成大救星，而當左冷禪的真面目暴露而且瞎了眼睛之後，人們勢必又將岳不群當成大救星，當成希望中的王道真君。就像明朝末年人們對張獻忠，更對李自成抱有極大的好感和希望，而後代的人們對太平天國的「有飯同吃，有衣同穿」更是滿懷夢想，以為是「王道之師」一樣。

其四，一次又一次的戰亂，使人們一次又一次地產生期望和夢想；而一次又一次地被欺壓和欺騙，一次又一次期待落空、夢想破滅，則只能使人們對歷史及其意識形態失去信心更失去信念。這才是左冷禪、岳不群之流的真正的罪惡所在。他們姦汙了民心，且使一個民族成為失去信念的民族。從而使歷史、社會、文化變成了一種上行下效、上瞞下騙、上陰謀下狡滑的遊戲或演戲的歷史、社會、文化。

在我們的民族意識中，向來有做戲或看戲兩種文化心理習慣，表面上看起來很容易「看戲掉淚，替古人擔憂」，實質上卻明白「演戲的是瘋子，看戲的是傻子」。這一點在《笑傲江湖》中也表現得相當充分，例如左冷禪一心吞併五嶽劍派，「並派」的武林大會，卻讓群豪到嵩山封禪台上去進行（**古代皇帝為了表彰自己的功德，往往有封禪泰山、封禪嵩山之舉，向上天呈表遞文，乃是國家盛事。封禪台就是舉行此等盛事的場所**），這表明左冷禪要將五嶽劍派並派之舉弄成天下歸一的象徵，自己以帝王自居。所以少林寺方證大師對左冷禪說：「我們兩個方外的昏庸老朽之徒，今日到來只是觀禮道賀，卻不用上台做戲，丟人現眼了。」（第三十二回）這就明白無誤地看出了，也說出了左冷禪之流是在做戲。至於看戲，書中有如下的描寫：

> 此次來到嵩山的群雄，除了五嶽劍派門下以及方證大師、沖虛道人這等有心之人外，大都是存著瞧熱鬧之心。此刻各人均知五派合併，已成定局，爭奪的鵠的，當在掌門人一席。這些江湖上好漢最怕的是長篇大論的爭執，適才桃谷六仙跟左冷禪瞎纏，只因說得有趣，倒不氣悶，但若個個是岳不群那麼滿口仁義道德，說到太陽落山，還是沒完沒了，那可悶死人了。是以眾人一聽到桃谷六仙說出「比劍奪帥」四字，頓時轟天價叫起好來。群豪上得山來，見到天門道人自戕斃敵，左冷禪劍斷三肢，這兩幕看得人驚心動魄，

可說此行已然不虛，但如五嶽派中眾高手為爭奪掌門人而大戰一場，好戲紛呈，那可更加過癮了。因此群雄鼓掌喝采，甚是真誠熱烈。

……群雄紛紛喝采：「令狐少俠快人快事，就在劍上比勝敗。」「勝者為掌門，敗者聽奉號令，公平交易，最妙不過。」「左先生，下場去比劍啊。有什麼顧忌，怕輸麼？」「說了這半天話，有什麼屁用？早就該動手打啦。」一時嵩山絕頂之上，群雄叫嚷聲越來越響，人數一多，人人跟著起哄，縱然平素為老成持重之輩，也忍不住大叫大吵。這些人只是左冷禪邀來的賓客，五嶽派由誰出任掌門，如何決定掌門席位，本來跟他們毫不相干，他們原也無由置喙，但比武奪帥，大有熱鬧可瞧，大家都盼能多看幾場好戲。這股聲勢一成，竟然喧賓奪主，變得若不比武，這掌門人便無法決定了。（第三十三回）

這一段將看戲的場景及看客的心理都寫了出來。魯迅先生曾憤慨於中國人喜歡當看客，大約就是由於他老人家見多了這樣的場景。所謂「事不關己，高高掛起」，此乃國人典型的心態。因為我們從未有社會一體的思維習慣。只有家族、門派、朝廷的傳統。

這一場景還表明，說一千、道一萬，最終還是要以武力決勝、比武奪帥。霸道也罷，王道也罷，若無強勁的武力，一切都是枉然。孫子言「上兵伐謀，其次伐交，其次伐兵，其下攻城」，固是兵法之精華，設若沒有「攻城」及「伐兵」的實力，則伐謀、伐交就都成了空話，說了也是白說，最現實的還是實力，最能讓人信服、恐懼、欽敬、崇拜的還是武功。由此可見，強力與霸道是基礎、是關鍵、是實質，而王道、仁義、陰謀、宣傳及其種種意識形態與方法手段只是一種表皮、是一種輔助，是一種包裝的方法與形式。

由是觀中國文化及中國歷史才能洞悉最深層的奧秘。而政治（**包括戰爭武力、權術陰謀、爭權奪位、黨派之爭**）乃是中國歷史與社會的核心因素，是歷史的綱。因為中國社會及其歷史是政治型的社會與歷史，政治鬥爭的智慧、方法及其形式，直接影響和決定了中國的道德、倫理、宗教、哲學、文學、藝術乃至科學、技術，即影響與決定整個文化的性質、特徵及其發展形式與規律。

金庸之所以要從江湖寫到朝廷，要從快意恩仇寫到政治鬥爭，其根本原因就在於此。武林的規矩及武林傳奇故事，只不過是政治鬥爭及其政治文化的一種延伸與交流而已。

《笑傲江湖》寫的是戰亂、紛爭時期的政治鬥爭，而《鹿鼎記》則寫了和平、統一時期的政治運作，互為補充。兩相對照，當能有更完整、更深刻和更透徹的把握。

第四章　功利

中國古稱文明禮儀之邦，中華古國，天下為公，令人景仰。可是到了孔子的時代，也就是中國文化最為發達的春秋時代，老子就發現了「天之道，損有餘以奉不足；人之道，損不足而奉有餘」，即天下不公了。孔子則更感到那是一個「禮崩樂壞」的時代，所以提出必須「克己復禮」，才能恢復古代的或想像中的天下為公。

想像中的天下為公是什麼樣的情形？是「百畝之田，樹之以桑，七十老者可以衣帛」；大家有飯吃，有衣穿，而且「老吾老，以及人之老；幼吾幼，以及人之幼」，是天下大同。

儒、道、墨諸家都提出了各自的道德理想，以與當時的社會現實相抗衡。儒家講「克己復禮歸仁焉」；道家講「絕聖絕智」的無為，才能實現天道；墨家講「兼愛」和「非攻」。

用今天的話說：是我們都在同一個地球、同一個天下，同一個社會，應該有共同的憂患和共同的理想，可不要紛爭不止，而宜克己又兼愛。

這些都是很感人的理想。古代先賢為實現這些理想而奮鬥的經歷，則更感人。

可是這並不等於中國文化的全部。它們只是中國文化的一面，即理想精神的一面。中國文化的另一面，即現實精神、功利精神的一面，亦即人之道、功利紛爭的一面。雖然被理想精神壓抑著，但卻形成了不可遏止的潮流。不然孔子怎麼會感歎「禮崩樂壞」呢？

中華文明是早熟的文明，從遊牧和漁獵較早地過渡到了農耕，而且較早地發展到了很高的水準。早熟的結果，或者說早熟的標誌，是它的世俗功利觀念的形成。

中國的歷史與文化精神中一直存在著這樣深刻的矛盾，即理想、道德、倫理、公心與現實、功利、世俗、私心的深刻矛盾。

一方面是忠、孝、節、義、禮、智、信、廉、恥；另一方面是榮、華、富、貴、酒、色、才、氣、爭。

一方面是「天下為公」，另一方面，卻是叫「天下熙熙，皆為利來；天下攘攘，皆為利往」。中國有一個著名的故事，是「一個和尚挑水吃，兩個和尚抬水吃，三個和尚沒水吃」。為什麼這樣？因為人心不公。

人心不公，歷史也就「不公」了。

問題是，再回過頭去，看看古代先賢的那些理想，其實也充滿了功利主義的色彩。損不足以奉有餘，這是由於人之功利心造成的不公；而損有餘而奉不足，這種「天之道」實質上還是一種功利心：無非是大家平均分配，利益均沾。

因此，我們的文化精神的實質，是一種以功利心為基礎的精神結構。

最典型的是對待宗教，我們亦以世俗功利的態度去應付。佛、道兩家原是出世之宗教，在中國歷史上卻產生了入世精神為主的儒家統制佛、道的「三教合一」。儒釋道莫名其妙地變成了一體。進而，黎民百姓的習慣是「逢佛即拜、遇廟磕頭」，求的是仙、佛、祖宗的保佑，並賜予榮華富貴、福祿長壽。再進一步，是「為什麼信教，為了錢八吊；為什麼受洗，為了半斗米」，中國人信奉基督教，也同樣不是為了精神的被救，而是求取世俗的利益。

為什麼要忠於君王？因為「普天之下，莫非王土；率土之濱，莫非王臣」，更因為君王能賜於臣、民以榮華富貴、顯親揚名、封妻蔭子。在倫理道德的包裝之下，其實是臣民的世俗功利心。

由此不難看到，功利之心，才是中國文化精神的核心，而道德、倫理及其理想精神只不過是它的包裝而已。歷史上當然會有清官，會有廉政、勤政的典範，可實際上更多的是「三年清知府，十萬雪花銀」。

進而，為什麼要講孝、講悌？是因為父母有養育之恩必須報答，更重要的是在社會現實中需要有「打虎兄弟輩，上陣父子兵」，如此而已。

為什麼要夫為妻綱？因為「嫁漢嫁漢，穿衣吃飯」。

在上一卷書中，我們寫到了食文化一章，但還沒有寫到吃之功利心在中國歷史文化中有何等驚人的表現：信教的，稱為「吃教」，這是中國人的宗教；當官的，稱為

「吃皇糧」，這是中國人的政治，而百行百業的人都有「吃××飯」之說。擁護李自成起義，所做「吃他娘，穿他娘，打開大門迎闖王，闖王來了不納糧」。太平天國的宣傳，第一句話便是「有飯同吃，有衣同穿……」

從歷史上的紛爭，我們知道，中國人一向有「不患寡，而患不均」的傳統。窮、少都沒關係，只要公平就行。平均分配，公平合理，乃是天道；否則就斷然免不了紛爭。其實，越窮、越少，紛爭越是激烈。

中華民族是愛和平的，但卻更愛公平，因而為了公平往往難以和平，因為只有「殺盡不平方太平」。同時也產生了「劫富濟貧，鋤強扶弱」的理想英雄，而這「劫」與「鋤」無疑都是暴力的行為，和平從哪兒來？

所謂歷史規律，是「天下大勢，分久必合，合久必分」。為什麼「合久必分」？因為天下不公；為什麼「分久必合」，因為天下歸公只是過一段時間，它又「不公」了。因為人之道就是不公，這是現實。之所以如此，無非是人的自私自利之心。

按理說，自私自利乃是人性的一種表現，並沒什麼善與惡的絕對性，但中國人卻視之為惡，因而在社會上既無適當的法律保障，在道德文化上更沒有它的地位，所以中國人的自私自利之心一方面被壓抑而到膨脹、畸型；同時，另一方面，它又利用形形色色的包裝，利用一切管道，混入公堂，化公為私、損公肥私、公私不分、以私為公……形成了惡劣的社會環境及文化傳統。有權有勢者巧取豪奪，無權無勢者奔波鑽營，造成了天下不公。可是改朝換代，過不多久，這一切又會重演。

於是，私固是私，公亦是私，私有制及其私欲心無限的膨脹。進而，功利固是功利，道德、理想、倫理、宗教亦是功利……在中國歷史與中國文化的研究中，如只看表面文章，那真是禮儀之邦、文明之國，看到的必是一片道貌岸然。如透破現象看本質呢，則會看到極端的自私、極端的世俗、極端的功利和極端的善於偽裝、善於拉大旗做虎皮。

說穿了，就是功利至上、自私至極、紛爭至多，這是我們的民族文化精神的本質特徵：自私、功利、爭鬥、一盤散沙。

金庸小說的與眾不同之處，在於它不僅講述俠客之夢，同時還通過紛爭之實，揭出我們民族文化及人性中的自私與功利的本質。因而在金庸的小說中，江湖的紛爭，並沒有被簡單地處理為那種童話般的好人與壞人的鬥爭，而是揭示了人性與文化秘密。

且說《雪山飛狐》。

這是金庸的第三部書，短短的十幾萬字，寫出了李自成的四大衛士胡、苗、范、田四大家族百年恩怨的歷史，讓人看了實在不知說什麼好。

胡、苗、范、田四家族的第一代，原是情同手足的結義兄弟。他們之間的矛盾，是由政治鬥爭中的誤會引起的。

胡衛士救了李自成之後，又找了一具假屍，詐降清軍，為的是更好地隱瞞李自成還活著的消息，並混入吳三桂手下撓動他再次造反，試圖讓其與清兵兩敗俱傷。這一舉動本為大義，卻引起了苗、范、田三人的雙重誤會（**一是殺李自成，二是護衛吳三**

桂），因而三人設計，不分青紅皂白地殺了胡衛士。

政治的鬥爭，引發了家族之間的鬥爭。胡衛士的兒子對苗、范、田三人講明了真相，使此三人惶愧地自殺了，而苗、范、田三家的後人則又找胡衛士的兒子報仇，如此輾轉反覆，相互仇殺，綿延百年之久。

這就表現了中國人的國民性，即家族的恩怨高於一切。胡衛士之子既知對方是出於誤會，就不該逼他們自殺；進而，苗、范、田三人既是明白了事實真相，且又是甘願自殺，就應該與家人說明，囑咐子孫不可報仇，可是苗、范、田三姓後代卻依舊是要為父報仇。如此仇恨越來越深。胡、苗、范、田當年的結義之情不存在了；李自成未竟的事業亦不存在了，存在的只是家族之間的仇恨。

繼而，家族之間的仇恨，其實已變成了經濟利益的矛盾：苗人鳳的父親與田歸農的父親一同赴關東找仇人報仇，無意間發現了李自成當年的藏寶之窟，苗、田這兩位同仇敵愾的兄弟，竟然為奪寶窟而相互毆鬥而死！這筆帳，卻又掛到了胡家的頭上，以為這定是胡家後代殺了苗、田兩人。

最讓人震驚的是以下幾點。

一是這四家族的仇恨，導致了大俠胡一刀與金面佛苗人鳳之間的一場惡戰。那是二十幾年前在滄州鄉下的一個小鎮上，兩人惡鬥了五日五夜。

問題是，胡、苗二人都是俠義之人，且又惺惺相惜，不想拚鬥至死，可是父仇不可不報，於是這兩位好人——也是四家族中最好的兩個人——之間不得不鬥得不死不休。

我曾說過，英雄難耐窩裡鬥，這是世間最荒誕的事。可是卻實實在在地發生了，而且眾人還對此津津樂道。連作者也寫得眉飛色舞。

進而，更荒誕的是小說的結尾，又讓苗人鳳與胡斐二人再進行一場不死不休的惡鬥。這一回作者徹底地冷靜下來了，將好人相鬥的全部的荒誕與殘酷都展示在讀者的面前。

二是，田家的後代掌門人田歸農主動去投向清朝官府，而范家的後代丐幫幫主也相繼做了清廷大內衛士的爪牙。於是家族鬥爭再次變為政治鬥爭，所不同的是范、田投向了真正的敵人的懷抱，借敵人的勢力來消滅仇人（**早年是兄弟家族**）！在田歸農，是私欲的表現，他見到清朝氣候已成，早已沒有了民族氣節，只希望自己能榮華富貴，並借機殺胡、苗二姓，是謂一箭雙雕。在范幫主，則是中了敵人的糖衣炮彈，進而出賣朋友兄弟，為虎作倀，無非是為了安身立命加上富貴榮華而已。

三是小說中還順便揭開了田家及天龍門的內幕：

（1）天龍門內南宗與北宗的權力之爭，陰謀用盡。

（2）天龍門北宗內大弟子、二弟子之間的權力之爭，喪盡天良。

（3）天龍門親家即田家與陶家的利益之爭，嫁禍於人，六親不認……這是一個骯髒到令人噁心的黑幕世界。表現出來的權欲、私欲、情欲的紛爭，無德無恥之尤。更讓人吃驚的是，所有的這些，又還都是他們之間狗咬狗「咬」出來的。

四是小說中的其他人物，如玉筆山莊莊主杜希孟，當年的鄉村跌打醫生如今的寶樹和尚，大內衛士劉元鶴……等人，是「天下熙熙，皆為利來」，見到李自成的藏寶之窟，誰都六親不認，一心要多得珠寶金銀，以至於瘋狂地毆鬥搶奪，紛爭不止。

短短的《雪山飛狐》將國民性、國民文化性格及國民文化心態揭露得入木三分。其中有政治鬥爭、民族鬥爭、家族鬥爭、權力鬥爭、利益鬥爭等不同形式，大夥兒鬥得不亦樂乎，令人齒冷。胡一刀與苗人鳳、苗人鳳與胡斐，兩次好人與好人之間的鬥爭更讓人心冷。可是沒有辦法，這是祖傳的仇恨，父仇不得不報，否則便是不孝。

如果說《雪山飛狐》是以家族之間的仇恨紛爭為主，小說《連城訣》則是赤裸裸的利益鬥爭。

鄉下小子狄雲陪他的師父戚長發、師妹戚芳到荊州城給師伯萬震山拜壽。萬震山的兒子萬圭看上了狄雲的師妹和情人戚芳，設計陷害，讓狄雲鑽入圈套，因小偷及誘拐萬震山的小妾桃紅的罪名送入死囚監獄。

萬圭等人不斷花錢去打點，為的是讓狄雲永世不得出獄，而狄雲與戚芳還感激不盡，戚芳終於嫁給萬圭為妻。

這個故事只不過是一個引子。真正的連城訣的故事是獄中丁典說的：萬震山、言達平、戚長發師兄弟三人為了一套「連城劍譜」，共同設計將他們的師父梅念笙殺了，其後師兄弟三人又相互反目，相互猜忌，用盡心機，為的是要查出失去的「連城劍譜」為何人所得。

師徒、師兄弟之間的情義，在這幾人之間已經蕩然無存，有的只是貪欲與殘忍，陰謀與欺詐。

進而，萬震山為了瞞住武功真相，教徒弟練武，居然故意不教真功夫，連同他的兒子在內的八個徒弟所學的武功，全是萬震山即興編造的，言達平乾脆一個徒弟也不收，裝成一個乞丐，到處跟蹤訪查師兄、師弟的秘密行蹤。戚長發則更是扮成一個忠厚老實的鄉下武師，將女兒與徒兒瞞得滴水不漏，將「唐詩劍法」說成是「躺屍劍法」，對女兒與徒兒的提防之心甚於對盜賊奸人。

仁、義、禮、信，蕩然無存，有的只是利慾薰心，無所不用其極。荊州知府凌退之，居然利用女兒的私情去誘騙丁典交出「連城訣」；又用威脅囚禁來逼迫丁典交出「連城訣」，女兒未死，便被他投入棺中，並在棺材上塗滿毒汁以便毒害丁典，逼他就範……

《連城訣》是一個讓人難以置信的故事：它讓人剝去了所有的倫理、道德的外衣，在金銀財寶面前暴露出赤裸裸的充滿私欲的靈魂。使我們文明古國道德倫理的臉面被撕得粉碎。所以，有很多人不喜歡這部書。覺得金庸將人寫得太醜惡了。

這樣，《連城訣》揭露了一種真實，而又觸及了另一種真實：即人性之秘不可揭，要維護人的臉面。真實大可不必，人們需要的只是隱惡揚善的臉面文章。

可是，面對金銀珠寶，實在是很少人能不貪，很少人能不搶。——「搶寶」成為武俠小說的一種重要的模式，就很能說明問題。雖說是傳奇小說，但它卻建立在一定的民族文化心態的基礎之上的。這種心理，簡單地說就是貪欲。由於貪財，而發展到搶，這就是特有的文化心理了。貪欲本是人類的共性，而見者人人有份並人人共搶之，恐怕只有那無法無天的綠林世界才會這樣。

孟子說「君子喻於義，小人喻於利」，可是俗話說「天下攘攘，皆為利往」。究竟哪一個對呢？

孟子之言，要將人分成兩類，恐怕更確切的說法，義只是理想，而利卻是現實。對很多人來說，義只是包裝，而利則是內心的隱秘。不然何以大家將劫富濟貧的行為——強制性的利益再分配——看成是俠義之舉，還說是「替天行道」呢?!

與《連城訣》相比，小說《碧血劍》、《雪山飛狐》、《鴛鴦刀》、《白馬嘯西風》等小說中的搶寶故事差不多只是小把戲。

如《碧血劍》中溫氏五老與金蛇郎君搶那張藏寶圖，山東直隸的強盜又來搶袁承志一行運送的財寶，手段都很簡單，不過是憑武力決勝負而已，這對人性的複雜及人之智的發達程度，尚只表現了初級階段。

《雪山飛狐》中的田歸農為了得寶，算是花了不少的功夫，包括誘騙苗人鳳的妻子等等，但那裡還包含了榮華富貴及報仇雪恨等因素。

《鴛鴦刀》中的「秘密」原來只是刀柄上的四個字「仁者無敵」；《白馬嘯西風》中的迷宮寶藏亦不過是些中原漢人司空見慣的文物典籍。似是作者有意要與書中貪婪之人開一個大玩笑。

深究下去，卻也有意思。寶有多種，「仁者無敵」這四個字未嘗不是無敵於天下的大秘密，而西域高昌古國迷宮之中的前代留下的文物典籍更是考古、歷史、文化的至寶，只是凡俗的貪財之輩有眼無珠罷了。

再則，重在過程，不管結局如何，這幾部書中的人物的紛爭行為已經足夠塑造出他們的形象，揭示人性及文化的某種奧秘了。

只不過，它們都沒有《連城訣》那麼讓人觸目驚心，毛骨悚然罷了。書中的大部分人到最後都瘋狂、變態了。

再說政治鬥爭。

這是中國人最熟悉，而又似乎最能擺上桌面的一種鬥爭形式。因為，在中國人看來，政治鬥爭之中，勢必包含了有道與無道、善與惡、革命與反動的激動人心的因素。實則不過是一種一廂情願、主觀武斷的道德判斷罷了，更不如說是一種無根無據的道德夢想。

在《王霸》一章中，我們重點分析了《笑傲江湖》中政治鬥爭的具體形勢，看到了其中的種種內幕，發現那只不過是一種權力之爭，即某些人權勢欲的膨脹，而發展成的權力爭鬥，為的是爭權奪位。其中種種漂亮的旗幟與口號，都不過是一些堂皇的藉口，以及虛偽的包裝。

日月神教的當權派與造反派（**實際上是復辟者**）之間的鬥爭，只不過是東方不敗與任我行二人的權力之爭，談不上有什麼正義與非正義之分。

同樣，泰山派內部的反對並派的勢力（**代表人物是天門道人**）與同意並派的勢力（**代表人物是玉璣子、玉音子等人**）之間的鬥爭，也不過是其代表人物之間的權力鬥爭。

華山派內部的「氣宗」與「劍宗」之爭，看來是兩種思想路線、兩種信念的鬥爭，其實是岳不群與封不平等人之間爭奪掌門人之位的鬥爭，而衡山派內部的不和，則更是與政治無涉，只是劉正風與莫大先生氣味不相投而已。

左冷禪為首的「霸道派」與岳不群為首的「王道派」之間的鬥爭，最終證明不過是左、岳二人的手段不同、口號不同、包裝不同，其目的是完全一樣的，其性質仍不過是權力鬥爭。

再擴大到「名門正派」與「邪魔外道」之間的鬥爭，即少林武當、五嶽聯盟與日月神教的鬥爭，實質上是爭霸江湖的鬥爭，是其中的少數領袖要一統江湖。邪派中人如是，正派中人亦如是。

再看《倚天屠龍記》，我們也曾提及過其中明教內部的權力之爭，使之元氣大傷，四分五裂，為外敵所乘。我們再來看看六大名門正派與明教的鬥爭。正派名門中人提出的口號，是「正邪不相立」。實際上，完全不是那麼回事。少林派要與明教為敵，是因為陽頂天打瞎過少林老僧渡厄的一隻眼睛；謝遜打死了少林方丈空見（**是空見主動要他打的，為的是化解仇怨**）；再加上成昆從中挑撥，所以少林派與明教有深仇大恨，不共戴天。

武當派要與明教做對，是因為天鷹教（**明教的一支**）主的女兒殷素素使俞岱巖殘廢、使張翠山自殺，從而結下深仇。

峨嵋派與明教為敵，是因為楊逍氣死了峨嵋派弟子孤鴻子，又誘姦了峨嵋派的女弟子紀曉芙。崆峒派是因為謝遜（**實際上是成昆**）打死過崆峒五老中的三老。華山派與明教為敵，則更是由於華山派掌門人鮮于通殺害了師兄白垣，卻賴在了明教的頭上……

我們不必一一再舉了。六大名門正派與明教為敵，打的是誅滅無道的旗號，實則無不是公報私仇。都是因為各派均與明教及明教中人有各式各樣的私怨。

更有人是衝著屠龍刀去的，因為江湖上傳言「武林至尊，寶刀屠龍。號令天下，莫敢不從」。

謝遜得了屠龍刀，而武林中人無不垂涎三尺，這才是他們聯合起來與明教為敵的真正的原因——「武林至尊」及「號令天下」。

為此，各大門派不僅與明教為敵，其實也相互爭鬥。

最突出的例子，是當張翠山、殷素素夫婦從海外歸來，使武當派與天鷹教暫時和好而又使少林、華山、崆峒、峨嵋各派又聯合起來與武當派敵對：要張翠山交出謝遜及屠龍刀的下落。小部分人是為了找謝遜報仇，大部分人是為了屠龍刀。如此門派之爭，有何正義與非正義可言？

一個最簡單的事實，一個最簡單的道理，擺在中原英雄們的面前，即蒙古人統治中國，殘暴肆虐，凡中國兒女、英雄豪傑當團結一心，共同對敵才是。

可是並不。

當六大名門正派中的首領及其主要部眾被蒙古人一網打盡，抓入北京城，囚禁於萬安寺的高塔之中，張無忌率領明教群雄將他們救出來之後，按理應該雙方握手修好、共同對敵了吧？然而還是沒有。終於演成了天下群雄齊集少林，參加「屠獅大會」、爭奪屠龍刀的局面。

這說明，各大武林門派將私怨看得遠比大局更重，將權力地位又看得比什麼都重。各派齊集少林，比武奪帥，看起來倒是轟轟烈烈，有趣得很，然而卻正是我們這個民族的私怨紛爭、人心不齊的弱點的大暴露。

直到蒙古兵馬攻到少室山，才忽然「想起」還有蒙古人這一大敵，才在張無忌的領導之下，拼湊起烏合之眾，與敵周旋了一場。而所謂「群雄歸心」，又並不是由於大義所在，甚至也不是因為大敵當前，而是因為張無忌的武功之強、明教的勢力之大，足以威服群雄。

進而張無忌又幫過丐幫渡過困厄，幫過武當派免於劫難，明教教眾又幫助少林寺方丈空聞免於一死，使少林寺的房舍免於火災，使成昆的陰謀未能得逞……這些足以使張無忌德服群雄，尤其是各大門派。

所謂威服，這不必說。所謂德服，說穿了就是有恩惠於各派，各派得了好處，便稱對方有德。——便是到了民族危亡之際，大敵當前之時，中原群雄並沒有真正的認識到什麼大義所在。——這就是典型的中國人及其典型的文化心理。

像這樣的事，在《鹿鼎記》中再次出現了，這真是無獨有偶。《鹿鼎記》的背景與《倚天屠龍記》大同小異，都是異族統治入主中原，一為蒙古人，一為滿清人（女真人），這兩次是中國歷史上有名的外族入侵，進而入主中原。在這樣的歷史背景下，我們更容易看清本民族的民族性。

大同是異族入主，小異是蒙古人以威服、行霸道；女真人（滿）以威服之餘再以德服。康熙之時，漸行王道。小說中的不同，是在《倚天屠龍記》中的江湖群雄並未齊心協力地幹抗元之大業，且宋亡已久，再無統一的領袖與旗號。而《鹿鼎記》中則明亡未久，天地會及沐王府，外加顧炎武等人都立志於反清復明。

可是問題也就恰恰出在這裡。反清是大家一致的，不用說，清只有一個；但是「復明」就不一樣了，「明」朝的宗室有好幾個人成立了流亡政府，要復哪一個明，就大大的成了問題。

李自成打進北京，崇禎自殺，明朝滅亡，滿清坐收漁人之利，乘虛而入。明朝滅亡之後，福王、唐王、桂王紛紛自立，都說是承繼明朝的大統。後福王被清兵所俘，唐王不幸殉國，桂王自稱永曆天子，唐王（隆武天子）之弟又在廣州自立，稱紹武天子。結果永曆天子出兵攻打紹武天子，為的是爭奪正統之位，自己人打了起來，反而將清兵及清朝丟在一邊。

兩位天子這麼一打，江湖上也就分為兩大派，擁護永曆天子的一派，即以雲南沐王府為代表的一派，簡稱「擁桂派」；另一派是擁護隆武天子——紹武天子一派，以台灣鄭成功部眾及其天地會為代表，簡稱「擁唐派」。

三水一戰，唐派大獲全勝，桂派全軍覆沒。擁唐派津津樂道，擁桂派義憤填膺。天地會青木堂中的徐天川與沐王府中的白寒松、白寒楓兄弟為此爭執起來，結果大打出手，一死一傷。雙方劍拔弩張、勢同水火。都以為這是大義之所在，原是非誓死力爭不可的。若不是韋小寶奉康熙之命將沐王府手下入宮行刺被俘的幾位武士放了，沐王府與天地會的一場火併就很難免。

即便如此，天地會與沐王府之間的「政治路線」的分歧與鬥爭卻未消除。其實，說得好聽一點，是政治路線，是大義所在，說得不好聽一點，便是爭權奪位，雙方各有私利之心。這種私利之心導致了反清這一真正的大義目標的落空。

再加上歸辛樹夫婦等武林豪強（**歸辛樹夫婦是《碧血劍》中華山派穆人清的弟子，以埋頭練功、不明世事、縱徒行兇、恃強傲物著名，到得老來，更是變本加厲**）不明大義，盲目施為，武林之中更是亂七八糟，有如一盤散沙。

進而，天地會總舵主陳近南又捲入了台灣鄭成功家族內部的權力鬥爭之中。鄭成功之子鄭經有兩個兒子，長子鄭克臧，次子鄭克塽，兄弟爭權，又使唐王部下、鄭成功家族、天地會等等都出現了深刻的危機。

簡而言之，是陳近南支援鄭克塽、馮錫範支持鄭克臧，雙方勢同水火。陳近南在野的勢力較大，有天地會全力支持；馮錫範在「朝」的勢力大，有老「太夫人」全力支持。最後發展到雙方火併的程度，馮錫範與鄭克塽公然想要武力解決內部紛爭。陳近南一讓再讓，忍而又忍，最後還是被鄭克塽殺了。天地會從此群龍無首，擁唐大事、反清大業也就變成了一場春秋大夢。

《鹿鼎記》的作者是站在陳近南及其天地會這一立場的，可是又不得不看著它煙消火滅，分崩離析。其實，歷史上陳近南（永華）是鄭克臧的岳父，而馮錫範則是鄭克塽的岳父，這兩人、兩派的鬥爭，純屬家庭矛盾或家族矛盾，屬於私心私欲的鬥爭，硬要站在哪一面，評出一個正義與非正義來，實在較難。

而中國漢人的窩裡鬥則是問題的根本所在。我們說了唐王與桂王、擁唐派與擁桂派、鄭家長子一黨與次子一黨的鬥爭，再來看更低一級的基層組織的鬥爭，即天地會青木堂的香主之位的爭奪。那就能更清楚地看出其中的奧妙來了。

書中有一段寫道：

那高瘦老者道：「這兩年來，本堂無主，大夥兒推兄弟暫代執掌香主的職司。現下尹香主的大仇已報，兄弟將令牌交在尹香主靈前，請眾兄弟另選賢能。」說著在靈座前跪倒，雙手拿著一塊木牌，拜了幾拜，站起身來，將令牌放在靈位之前。

一人說道：「李大哥，這兩年之中，你將會務處理得井井有條，這香主之位，除了你之外，又有誰能配當？你也不用客氣啦。趁早將令牌收起來吧。」

眾人默然半晌。另一人道：「這香主之職，可不是憑著咱們自己的意思，要誰來當就由誰當，那是總舵委派下來的。」

先一人道：「規矩雖是如此，但歷來慣例，每一堂商定之後報了上去，上頭從來沒駁回過，所謂委派，也不過是例行公事而已。」

另一人道：「據兄弟所知，各堂的新香主，向來都是由舊香主推薦……可就從來沒有自行推選的規矩。」

先一人道：「尹香主不幸為鰲拜所害，哪有什麼遺言留下？賈老六，這件事你又不是不知，又幹什麼在這裡挑眼了？我明白你的用意，你反對李大哥當本堂香主，乃是心懷不軌，另有圖謀。」

那賈老六道：「我又心懷什麼不軌，另有什麼圖謀了？崔瞎子，你話說得清楚些，可別含血噴人。」

那姓崔之人少了一隻左目，大聲道：「哼，打開天窗說亮話，青木堂中，又有誰不知你想捧你姊夫關夫子做香主。關夫子做了香主，你便是國舅老爺，那還不是大權在手，要風得風、要雨得雨嗎？」（**第七回**）

原來如此。天地會青木堂分為「李派」與「關派」，賈老六與崔瞎子是兩個小人物，卻也各為其主。其中賈老六是關夫子的內弟，自然是關黨的幹將，而據崔瞎子說，賈老六推關夫子為香主，自己便是「國舅老爺」；並且「大權在握，要風得風，要雨得雨」。

青木堂的香主是多大的官兒？香主的內弟居然成了「國舅老爺」?!這崔瞎子想必不敢在會中無中生有、胡說八道，多少總有一些因由。至少表明了他以及眾人，對香主之位及香主之權，看得很重。那麼，賈老六假公濟私，想要推舉自己的姊夫當香主，就不難理解了。

後來陳近南怕傷了李黨、關黨的本會兄弟的和氣，玩了一點小小的權術，讓韋小寶這位小太監當了青木堂的香主。理由是韋小寶殺了鰲拜，而青木堂中兄弟曾經發過誓願，誰殺了鰲拜就讓誰當香主，韋小寶雖不是本會中人，但可以突擊入會，突擊提拔。陳近南還怕這靠不住，乾脆收韋小寶為徒，這樣，變成了總舵主的徒弟當香主，誰也沒有話說。陳近南解釋說，是因為要韋小寶當香主，才收他為徒的，而不是收他為徒再決定讓他當香主的。其實這一解釋有些多餘，反正是任人唯親，眾人倒容易理解。難道這小小的權術，還是什麼任人唯賢麼？韋小寶又是什麼賢了？他只不過用下三濫的手段，誤打誤撞，加上奉旨殺了鰲拜罷了。

從青木堂看到天地會，再看到鄭成功部再看到擁唐派及擁桂派，上上下下，從王位到小小的香主之位，都會引起激烈的內部紛爭。而所有的紛爭，無不包含著個人的私心私願。而大義、大局，卻被放到了一邊。

這樣的派該滅，這樣的會非亡不可，這樣的民族當然只能讓異族入侵並統治。

中國歷史上一共有這麼兩次被異族統治，而且都是近幾百年間之事。中國的文明已經過了輝煌的頂點，宋朝就是由頂點的輝煌走向腐敗沒落的開端。這以後的歷史，實在值得我們認真的研究。

金庸的武俠小說截取了宋至清這一段而沒有像梁羽生那樣上溯至唐（如《大唐遊俠傳》、《女帝奇英錄》等），一開始並不是要深究這一段歷史，更不是要表現中華文明的衰敗氣象。一開始可能是要借外族入侵的歷史背景，來表現漢族兒女精忠報國、殺敵戍邊的愛國主義精神及民族主義的英雄氣慨。在頭幾部書中，他也確實是那麼寫的。陳家洛、袁承志、胡斐、郭靖、楊過，這些主人公不論有怎樣的經歷及怎樣的個性，在反對異族統治、盡其愛國之責這一方面都是一致的。

寫到《倚天屠龍記》之後，不能不面對一個問題：真正的俠客屬於江湖、屬於民間，因而不大可能具有政治家的氣質與才略，如張無忌，就是一大典型。那麼，真正的政治家又是什麼樣的？又該是什麼樣的？

在金庸的筆下，沒有像張丹楓那樣的具有真正的政治遠見、政治素質及政治理想的人物。寫到張無忌，差異就更是十分明顯了。金庸的思路，引向了面對蒙古人的元朝、面對滿族人的清朝，這兩個特殊的歷史時期的民族性、國民性真相的探索。

由面對既成的歷史事實，深入到面對造成這一事實的原因，使我們進入了一個憂憤深廣的藝術世界。雖然仍借了武俠小說的英雄主義及理想主義的包裝，卻事實上走到了英雄氣短、理想黯淡、有武無俠的畸型歷史之中。

我們看到了：私欲氾濫、紛爭不息、內哄內亂、一盤散沙。

《倚天屠龍記》之後的小說中的中原武林給人的印象，就是如此。這些雖是傳奇故事，似不足為憑，但卻仍然折射了中華民族文明的若干本質的特徵。

爭權、爭利、報恩、報仇，這些都是人類的共性，何以成了中華文明的特有現象？

原因是多方面的。其中最主要的方面，是中國歷史上的建立於農業文明（小農經濟）基礎上的社會體制造成的。

歷史上的中國，國家概念，及社會制度都是與眾不同的，或者說，是不健全的。秦以前的封疆土、建諸侯時代——封建一詞原意如此——君王所領的是天下，諸侯所領的是國，大夫所領的是家。而秦以後中央集權，仍稱天下，而其下則是官場，再往下是家族。看起來是天下郡國，一統江山，但實質上卻是集權之下的小農經濟，自給自足，各自封閉，成了一盤散沙。國沒有了，家則不斷地繁衍、生殖、發展、分裂再繁衍，成了中國社會唯一不變的單位或細胞。

而歷代君王都「以孝治天下」，鼓勵家的興旺和發展，以維護社會的安定與和平。而這家及與之相聯繫的家族、宗法體系，實質上是自私、自利的溫床。所謂「打虎親兄弟，上陣父子兵」，天下是穩定了，但社會及其社會意識等等也長久地被忽視、淡漠了。民族、集體、社會、國家全部置之度外了，而且不是哪一個人如此，而是大家如此，且歷來如此。

且不說宗法家族及小農經濟的保守、封閉造成了文明的停滯、歷史的循環、文化的腐朽，只一個損公肥私或私而忘公的家庭私有制的傳統觀念，就造成了中華文明進入現代化、社會化的巨大障礙，且至今仍是我們遠未克服的難題。私心膨脹而又無社會體制制約，豈能不紛爭不止，又怎能不成一盤散沙？

再一個原因，是傳統學術文化的道德化造成的。如對人性的研究，僅限於人性善及人性惡的道德判斷，再加上君子喻於義，小人喻於利之類的想當然的、或理想化的道德要求，使中國文化中的人欲與人性始終處於一個極為尷尬的地位。極端之時則乾脆說要「存天理、滅人欲」。這種偏執與狂妄、野蠻加愚昧的道德幻想，當然無足以真正改變人性、消滅人欲。只是使人性與人欲在社會生活中成了一種見不得人、人不得見的陰私，只能把它藏起來、掩起來、壓抑著、克制著。

儒釋道合流之後，義利之辨更是走向極端，道家講究無欲、無為，佛家更說貪、嗔、癡是「三毒」，愛、欲、情為「惡源」。

這只能造成兩種結果。

其一是道德的虛偽，以及整個以道德為核心的文化的虛偽，即「滿嘴仁義道德，滿肚子男盜女娼」。

其二是人的私欲受到克制和壓抑，只要有機會就表現為畸型的膨脹與變態的宣洩。因為社會上沒有恰當的地位、及恰當的管道實現個人的私欲，反而使這種私欲私心變得無孔不入；朝廷、官場、江湖、綠林的紛爭大都由此而起。而所有這些紛爭，及紛爭背後的私心私欲，又常常以忠、義、禮、俠等等美名出現，讓人啼笑皆非。

小農經濟、宗法社會、中央集權、陰私心理，是中華文明不能進步並走向衰敗腐朽的四大因素。而自私自利、一盤散沙，只是它的兩個典型的特徵。二者合一，又是紛爭不息的原因。這是歷史和文化的真相。

第五章 人神

中國歷史上沒有一個明確的神話時代，中國文化中也沒有一個完整的神話體系，中華民族，尤其是漢民族，是一個早熟的民族。這一早熟的民族發明了一種奇特的哲學：天人合一，從而在我們的民族文化意識中經常人神不分。

人也是神，神也是人，統一華夏的黃帝、治水的大禹、嘗百草的神農、蓋房子的有巢氏，乃至著名的木匠魯班，都成了半人半神。

世間的皇帝，被說成天子，這當然也是半人半神。西方的基督教中只有一位耶穌是上帝之子，降臨世間為了指引人類自救的道路。而中國卻有無數的天子，一會兒姓劉，一會兒姓司馬，一會兒姓李，一會兒姓趙……直至姓愛新覺羅，以及太平天國的領袖洪秀全這位耶穌的弟弟：天之次子。

更為奇妙的是，中華文化中有一種封神的傳統，可以不斷地由人創造出神來，由人事演變出神話來。所以有《封神榜》問世，有關帝廟建成，有八仙過海的傳說產生……世間之人，一不小心就變成了神。

有的是由皇帝封位，所謂聖裁是也；有的則是由民間的推舉，所謂街談是也。皇帝既然可以封松、石為神，山、海之神，民間的街談巷語，加上和尚道士，至少有傳奇的自由，和封土地神的權力。

當然，在一個秩序井然的社會中，一切權力歸於皇帝，他是天下的至尊，是上天和人間唯一合法的正式聯絡員。再加上人間的「君君臣臣父父子子」以及與之有關的忠孝節義的道德、法律規範，其他人的「人權」是相當有限的。在一個以國家（**朝廷**）和家族為本位的社會中，個人是受到重重限制、約束和壓抑的。這是人所共知的。

這種壓抑會有幾種結果，其一是哪裡有壓迫，哪裡就有反抗。或者說，有壓抑必然需要宣洩，那就是像《水滸傳》開頭所寫的魔瓶一般，一旦打開，就會放出三十六天罡，七十二地煞來攪亂人間（**梁山好漢又被封魔了**）。對此我們已不陌生，武俠小說便是由此而產生的。

而另一種結果，即由壓抑而解放之後的膨脹，由壓抑而自由後的失重，我們也許就不那麼熟悉了。其實這也不難理解：帝王將相，寧有種乎？人家可以當皇帝、做至尊，我為什麼不能？千載壓抑之下，積澱成了許許多多的皇帝夢、至尊夢外加自大狂。

皇帝夢什麼的暫且不說，先來說自大狂。當然，皇帝至尊夢和自我膨脹狂這二者是攪和在一起的。

金庸小說為我們提供了這一類人——自以為半人半神——的靈魂形象。

首先讓我們來認識一下《俠客行》中的凌霄城主、雪山派掌門人白自在。

凌霄城是西士雪域的一座封閉式的孤城，以「凌霄」為名，以「雪山」為派，可見其高高在上，加上一封閉，少與中原武林接觸，很容易使人產生一種自滿自足、自大自在的感覺和心態，而掌門人偏偏取名白自在，又是城中至尊，說一不二。再加上他有過一段奇遇，吃了異果，致使內力超人，比自己的師弟高出甚多。久而久之，便自大成狂了。

《俠客行》的第十七章，便是以《自大成狂》為名。白自在一開始是問自己的弟子「普天之下，誰的武功最高？」弟子說「自然是咱們雪山派掌門人的武功最高」。繼而白自在又問：「我的武功怎樣高法？」大夥兒總說：「掌門人內力既獨步天下，劍法更是當世無敵，其實掌門人根本不必用劍，便已打遍天下無敵手了。」

如此一來二去，白自在逐漸進入角色，真的以為自己武功天下無敵。有一位弟子說雪山派武功和少林派武功各有千秋，意思是白自在武功與少林寺普法大師不相上下，白自在聞之大怒，將那人一掌打死，並宣佈「我威德先生白自在不但武功天下無雙，而且上下五千年，縱橫數萬里，古往今來，沒一個及得上我。」

如此，白自在的自大又進了一步。開始還只是以為當世武功最高，現在已認為「上下五千年，縱橫數萬里」沒人能及了。

再進一步，有一位弟子說：「師父的武功深不可測，古往今來，唯師父一人而已。本派的武功全在師父一人手中發揚光大。」白自在仍是大發雷霆，喝道：「依你這麼說，我的功夫都是從前人手中學來的了？你錯了，壓根兒錯了。雪山派功夫，是我自己獨創的。什麼祖師爺爺開創雪山派，都是騙人的鬼話，祖師爺傳下來的劍譜、掌譜，有沒有我的武功高明？」

再進一步，是「非少林、貶武當」。白自在對兩位前來給他治病、不會武功的大夫說：少林創派祖師達摩算不得武功第一，「那達摩是西域天竺之人，乃是蠻夷戎狄之類，你把一個胡人說得如此厲害，豈不是滅了我堂堂中華的威風？」武當派的張三丰麼？「你說張三丰所創的內家拳掌了不起？在我眼中瞧來，卻也稀鬆平常。以他的武當長拳而論，這一招虛中有實，我只須這麼拆，這麼打，便即破了。又如太極拳的『野馬分鬃』，我只須這裡一勾，那裡一腳踢去，立時便叫他倒在地下。他武當派的太極劍，更怎是我雪山派劍法的對手？」

最後的結論，是「雪山派掌門人威德先生白自在，是古往今來劍法第一、拳腳第一、內功第一、暗器第一的大英雄、大豪傑、大俠士、大宗師！」

白自在這麼幹，看起來匪夷所思，而且人神共憤：他為給自己上這個封號，打死、打傷弟子多人，且還打死了兩名不會武功的大夫。但仔細一想，卻又是可能的，並且是可信的。書中寫到他的自大成狂，已經到了一種病態。

他的病因是由來已久。羅列起來，大約有以下幾條：一是他的武功確實還不錯，超出同門；二是他在江湖上確實未逢敵手；三是他已有數年未離開過凌霄城，成了封閉環境中的井底之蛙；四是他在凌霄城中的地位至高無上，無形中滋長了他的自高自大的病態心理。五是他自青少年時期開始，便已是自高自大，此種心理由來已久，只是未到病態的程度。

以上幾點，再加上一個誘因，即丁不三、丁不四兄弟來雪山派挑戰，說白自在的夫人史小翠到過丁不四的碧螺山。白自在雖然打敗了丁不四，激發了他的「武功超人」的念頭；同時又擔心、疑慮自己的結髮妻子當真與丁不四有過交往。如此丟人現眼之事，他是既不能想，又不能不想，壓抑在心，只能尋找另外的宣洩孔道，於是便加倍地發洩為「老子天下第一」的狂態病況。

說起丁不四對他的刺激，以及史小翠離開凌霄城，不僅是白自在病況惡化的誘因，也是他與史小翠夫妻生活中的一個病灶。——史小翠年輕時貌美如花，武林中青年弟子對之傾心者大有人在，白自在和丁不四尤為其中的傑出人物。白自在向來傲慢自大，史小翠本來對他不喜，但她父母看中了白自在的名望武功，終於將她許配了這個雪山派的掌門人。

成婚之初，史小翠便常和丈夫拌嘴，一拌嘴便埋怨自己父母，說道當年若是嫁了丁不四，也不致受這無窮的苦惱。其實丁不四行事怪僻，為人只有比白自在更差，但隔河景色，看來總比眼前的為美，何況史小翠為了激得丈夫生氣，故意將自己愛慕丁不四之情加油添醬地誇張，本來只有半分，卻將之說到十分。白自在空自暴跳，卻也無可奈何。好在兩人成婚之後，不久便生了白萬劍，史小翠養育愛子，一步也不出凌霄城，數十年來從不和丁不四見上一面。白自在縱然心中喝醋，卻也不疑有他。不料這對夫妻到得晚年，卻出了石中玉和阿繡這一樁事。史小翠給丈夫打了個耳光，一怒出城，在崖下雪谷中救了阿繡，但怒火不熄，攜著孫女前赴中原散心，好教丈夫著急一番，卻碰上了丁不四。丁不四苦苦糾纏，並未使史小翠怎樣，但丁氏兄弟到凌霄城來捏造謊言，使「白自在又擔心、又氣惱，一肚皮怨氣無處可出，竟至瘋瘋癲癲，亂殺無辜，釀成了凌霄城中偌大的風波」。（第十八回）

白自在雖說是病態，才會這樣自大成狂，但這種病態並非空穴來風，而是他平日的心理潛意識的顯現。一個人高高在上，又自我封閉，難免會夜郎自大。

中國歷史上許多帝王，當上了孤家寡人之後，不免被權力、地位所異化，覺得自己果真是天上地下唯我獨尊；進而古往今來，空前絕後，於是給自己不斷地加封這樣或那樣的神、聖、哲、仁之類的封號，也正是如此而來。

中國自古稱中央之國，也似白自在的凌霄城差不多。連凌霄城中的雪山派弟子，在未下雪山之前，都不免以為雪山派武功天下無敵，一旦面對江湖高手，才知道山外有山，天外有天。白自在本人遇到了石破天，感到石破天的內力比他強得多，這才明白自己不過是自我膨脹而已，因而對石破天說：「我白自在狂妄自大，罪孽深重，要在裡面面壁思過。」又說：「快去，快去！你強過我，我是你孫子，你是我爺爺！」進而，白自在到了俠客島，看到了真正的武功高手之後，才將自己的封號一項又一項的摘去，這表明他還是可以醫治的。醫治的方法，就是讓他看到山外之山、天外之天、人外之人。讓凌霄城的城門打開，讓夜郎之國對外開放。

白自在的故事，實在是發人深省。

無獨有偶，白自在還有一個同類，是任我行。那是《笑傲江湖》中的人物，是日月神教的教主。他被東方不敗篡位並將他囚禁。復辟之後，發覺教中兄弟人事全非，最突出的變化，是下屬見了教主，滿口諛詞，口號三呼。一開始，任我行頗不習慣，書中寫道：

上官雲一見任我行，便即躬身行禮，說道：「屬下上官雲，參見教主，教主千秋萬載，一統江湖。」任我行笑道：「上官兄弟，向來聽說你是個不愛說話的硬漢子，怎地今日初次見面，卻說這等話？」上官雲一愣，道：「屬下不明，請教主指點。」

盈盈道：「爹爹，你聽上官叔叔說『教主千秋萬載，一統江湖』，覺得這句話很突兀，是不是？」

任我行道：「什麼千秋萬載，一統江湖，當我是秦始皇嗎？」

盈盈微笑道：「這是東方不敗想出來的玩意兒，他要下屬眾人見到他時都說這句話，就是他不在跟前，教中兄弟互相見面之時，也須這麼說，那還是不久之前搞的花樣。上官叔叔說慣了，對你也這麼說了。」

任我行點頭道：「原來如此。千秋萬載，一統江湖，倒想得挺美！但又不是神仙，哪裡有千秋萬載之事？上官兄弟，聽說東方不敗下令要捉拿童老，料想黑木崖上甚是混亂，咱們今晚便上崖去，你說如何？」

上官雲道：「教主令旨英明，算無遺策，燭照天下，造福萬民，戰無不勝，攻無不克。屬下謹奉令旨，忠心為主，萬死不辭。」

任我行心下暗自嘀咕：「江湖上多說『鵰俠』上官雲武功既高，為人又極耿直，怎地說起話來滿口諛詞，陳腔爛調，直是個不知廉恥的小人？難道江湖上傳聞多誤，他只是浪得虛名？」不由得皺起了眉頭。

盈盈笑道：「爹爹，咱們要混上黑木崖去，第一須易容改裝，別人認不出來。可是更要緊的，卻得學會一套黑木崖上的切口，否則你開口便錯。」

任我行道：「什麼叫做黑木崖上的切口？」

盈盈道：「上官叔叔說的什麼『教主令旨英明，算無遺策』，什麼『屬下謹奉令旨，忠心為主，萬死不辭』等等，便是近年來在黑木崖上流行的切口。這一套都是楊蓮亭那廝想出來奉承東方不敗的。他越聽越喜歡，到得後來，只要有人不這麼說，便是大逆不道的罪行，說得稍有不敬，立時便有殺身之禍。」

任我行道：「你見到東方不敗時，也說這些狗屁嗎？」盈盈道：「身在黑木崖上，不說又有什麼法子？女兒所以常在洛陽城中住，便是聽不得叫人生氣的言語。」

任我行道：「上官兄弟，咱們之間，今後這一套全都免了。」

上官雲道：「是。教主指示聖明，歷百年而常新，垂萬世而不替，如日月之光，布於天下，屬下自當稟遵。」

盈盈抿著嘴，不敢笑出聲來。……（第三十回）

任我行初聽到這些話，十分不習慣。那時他還在野，沒有推翻東方不敗的政權，所以還十分清醒，覺得說這些很是無聊，所以對上官雲說：「咱們之間，今後這一套全都免了。」

可是上官雲卻不敢免了，依然如故地說了一大通。盈盈想笑。這位上官雲原非無恥之人，在江湖上名聲極響，武功既高，為人又極耿直，是一條響噹噹的硬漢子。之所以變成了現在這個樣子，原因乃是適者生存，身不由己，口中當然要熟練這麼一套。按說新任教主讓他免了，他就應該免了才是。他之所以依然如故，一是因為他已經說慣了，一時還免不了；二是覺得這樣的話人人喜歡，新老教主不應例外，任我行讓免了，那是教主的謙虛，屬下豈可當真？是以照說不誤。

上官雲做對了。

因為不久之後，任我行就由不習慣變為習慣，由不喜歡變得喜歡了。當然那是他攻上黑木崖，推翻了東方不敗的統治，奪取了日月教教主之位之後的事。任我行得誅大仇，重奪日月神教教主之位，卻由此而失去了一隻眼睛，一時喜怒交加，仰天大笑，聲震屋瓦。笑聲之中，卻也充滿了憤怒之意。書中寫道：

上官雲道：「恭喜教主，今日誅卻大逆。從此我教在教主庇蔭之下，揚威四海。教主千秋萬載，一統江湖。」

任我行笑罵：「胡說八道！什麼千秋萬載？」忽然覺得倘若真能千秋萬載，一統江湖，確是人生至樂，忍不住又哈哈大笑，這一次大笑，那才是真的稱心暢懷，志得意滿。（第三十一回）

瞧，任我行剛剛誅滅了東方不敗，心理上就有了這種微妙的變化，上官雲若是免了，豈能討得任我行的歡心？

這還僅僅只是開始，接下來任我行就更不會再說「免了」了：

正說到這裡，殿外有十餘人朗聲說道：「玄武堂屬下長老、堂主、副堂主，五枝香香主、副香主參見文成武德、仁義英明聖教主。教主中興聖教，澤被蒼生，千秋萬載，一統江湖。」

任我行喝道：「進殿！」只見十餘條漢子走進殿來，一排跪下。

任我行以前當日月神教教主，與教中部屬兄弟相稱，相見時只是抱拳拱手而已，突見眾人跪下，當即站起，將手一擺，道：「不必……」心下忽想：「無威不足以服眾。當年我教主之位為奸人篡奪，便因待人太過仁慈之故。

這跪拜之禮既是東方不敗定下的，我也不必取消」。當下將「多禮」二字縮住了不說，跟著坐了下來。

不多時，又有一批人入殿參見，向他跪拜時，任我行便不再站起，只點了點頭。

令狐冲這時已退到殿口，與教主的座位相距已遙，燈光又暗，遠遠望去，任我行的容貌已頗為朦朧，心下忽想：「坐在這位子上的，是任我行還是東方不敗，卻有什麼分別？」

只聽得各堂堂主和香主讚頌之辭越說越響，顯然眾人心懷極大恐懼，自知過去十餘年來為東方不敗盡力，言語之中，更不免有得罪前教主之處……更有一干新進，從來不知任我行是何等人，只知努力奉承東方不敗和楊蓮亭便可升職免禍，料想到換了教主仍是如此，是以人人大聲頌揚。

令狐冲站在殿口，太陽光從背後射來，殿外一片明朗，陰暗的長殿之中卻是近百人伏在地下，口吐頌辭。他心下說不出的厭惡，尋思：「……可是要我學這些人的樣，豈不是枉自為人？我日後娶盈盈為妻，任教主是我岳父，向他磕頭跪拜，那是應有之義，可是什麼『中興聖教，澤被蒼生──』，什麼『文成武德，仁義英明』，男子漢大丈夫整日價說這些無恥的言語，當真玷污了英雄豪傑的清白！我當初只道這些無聊的玩意兒，只是東方不敗與楊蓮亭所想出來折磨人的手段，但瞧這情形，任教主聽著這些諛詞，竟也欣然自得，絲毫

不覺得肉麻！」……（第三十一回）

令狐冲覺得不習慣，覺得肉麻，那是當然的，否則他就不是令狐冲了。可是任我行自從坐在了東方不敗的那個位置上，觀念和心態已然在不知不覺之間異化了、改變了，不覺得這些是可笑、是肉麻了。在他看來，這肉麻正是一種有趣，正是一種權威的體現，若非如此，怎能顯得出他高高在上？又怎能夠以威望服眾、維護他的統治？

一般的讀者，以為這是一種權力的異化或權力的腐蝕，固然不錯。正如令狐冲所感到的那樣「坐在這位子上的，是任我行或東方不敗又有什麼分別」？然而這只是其一，還有其二，那就是這樣的儀式，其實是一種文化的腐蝕。

在任我行以前當教主的時候可沒有這一套，在東方不敗剛當教主的時候，也還沒有這一套，是楊蓮亭創造了這一套禮儀文化，果然能使東方不敗龍顏大悅，以至於成了一種制度，而被任我行的新政權完整地繼承下來了。

在任我行，對這套禮儀制度的認同，首先覺得是一種權威的標誌，是統治的需要，進而又發展成為一種心理的需要。

在日月神教中人，一來覺得這是一項傳統，已經習慣成自然，有了慣性；二來老部下覺得這是贖罪的表示，建立在一種對新權威的極端恐懼的心理基礎上；三來是新部下都覺得在東方不敗、楊蓮亭的手下憑此能夠升官、免禍，那麼以此類推，在新政權、新教主面前亦勢必可行。

如此，上下一心，這一傳統儀禮便被繼承下來了，且前後連貫，而又發揚光大了。這其實是中國歷史的一種寫照。

嚴格地考證起來，這一套儀式的創作，並非楊蓮亭首制，而是在《禮記》、《周禮》、《儀禮》之中，早已奉為儒家經典，在「十三經」之列。而中國歷史雖不斷地改朝換代，且有不少次異族入主中原，近代以來更有許多次名目各異的革命，推翻了帝制王權，但中國的文化、制度卻並沒有因此而中斷、而改變。其理也正在這禮儀之中。道理與小說中所寫一般。

若僅僅如此，那也沒什麼。無非是揭示一種禮儀文化的可笑而又根深蒂固而已。但金庸在小說中卻並未到此為止，而是將這一儀禮的真正作用與意義進一步發掘了出來。那是在小說的最後，有下面的場景：

上官雲大聲說道：「聖教主智珠在握，天下大事，都早在他老人家的算計之中。他老人家說什麼，大夥兒就幹什麼，再也沒有錯的。」鮑大楚道：「聖教主只要小指頭兒抬一抬，咱們水裡水去，火裡火去，萬死不辭。」秦偉邦道：「為聖教主辦事，就算死十萬次，也比糊裡糊塗的活著快活得多。」又一人道：「眾兄弟都說一生之中，最有意思的就是這幾天了，咱們每天都能見到聖教主。見聖教主一次，渾身有勁，心頭火熱，勝於苦練內功十年。」另一人道：「聖教主光照天下，猶似我日月神教澤被蒼生，又如大旱天降下的甘霖，人人見了歡喜，心中感恩不盡。」又有一人道：「古往今來的大英雄、大豪傑、大聖賢中，沒一個能及得上聖教主的。孔夫子的武功哪有聖教主高強？關王爺是匹夫之勇，哪有聖教主的智謀？諸葛亮計策雖高，叫他提一把劍來，跟咱們聖教主比比劍法看？」

諸教眾齊聲喝采，叫道：「孔夫子、關王爺、諸葛亮，誰都比不上我們聖教主！」

鮑大楚道：「咱們神教一統江湖之後，把天下文廟中的孔夫子神像搬出來，又把天下武廟中關王爺的神像請出來，請他們兩位讓讓位，供上咱們聖教主的長生祿位！」

上官雲道：「聖教主活一千歲，一萬歲！咱們的子子孫孫，都在聖教主麾下聽他老人家驅策。」

眾人齊聲高叫道：「聖教主千秋萬載，一統江湖！千秋萬載，一統江湖！」

任我行聽著屬下教眾諛詞如潮，雖然有些言語未免荒誕不經，但聽在耳中，著實受用，心想：「這些話其實也沒錯。諸葛亮武功固然非我敵手，他六出祁山，未建尺寸之功，說到智謀，難道又及得上我了？關雲長過五關、斬六將，固是神勇，可是若和我單打獨鬥，又怎能勝得我的『吸星大法』？孔夫子弟子不過三千，我屬下教眾何止三萬？他率領三千弟子，棲棲遑遑的東奔西走，絕糧在陳，束手無策。我率數萬之眾，橫行天下，從心所欲，一無阻難。孔夫子的才智和我任我行相比，卻又差得遠了。」

但聽到「千秋萬載，一統江湖！千秋萬載，一統江湖」之聲震天動地，站在峰腰的江湖豪士跟著齊聲吶喊，四周群山均有回聲。任我行躊躇滿志，站起身來。

教眾見他站起，一齊拜伏在地。霎時之間，朝陽峰上一片寂靜，更無半點聲息。

陽光照射在任我行臉上、身上，這日月神教教主威風凜凜，宛若天神。

（第三十九回）

神誕生了。神話誕生了。這是一個民族文化最典型的創造。

本來只是兩句口號、一種儀式，供掌權者賞心悅耳、偶然一樂，但久而久之，由技進乎藝，又由藝進乎道，反過來，又道生一，一生二，二生三，三生萬……再由量變到質變，經千萬徒眾喧染，在那特定的場合下，居然真的有了神話般的意境。

這一次大吹大擂的起因，原是任我行讓令狐冲加入日月神教，而令狐冲拒不加入，並且與日月教中的舊友新朋乾杯告別。日月神教中的不少人都與令狐冲碰杯喝酒，任我行暗暗氣惱，並且發恨「眼前用人之際，暫且隱忍不發，待得少林、武當、恒山三派齊滅之後，今日向令狐冲敬酒之人，一個個都沒好下場」。

向問天追隨任我行多年，深知他的為人，自己一時激於義氣，向令狐冲敬酒，此事定為他所不喜，自己倒還罷了，其餘的人也跟著敬酒，勢不免有殺身之禍，當即編了一番言語出來，說「武林中唯有少林、武當兩派是本教的心腹之患；聖教主正是要著落在令狐冲身上，安排巧計，掃蕩少林、誅滅武當。聖教主算無遺策，成竹在胸。他老人家算定令狐冲不肯入教，果然是不肯入教。大家向令狐冲敬酒，便是出於聖教主事先囑咐！」

這一番話說得眾人信以為真，都道「原來如此」，同時全了任我行的顏面，也盼憑著這幾句話，能救得老頭子、計無施等人的性命。這麼一說，眾人敬酒這事非但於任我行的威嚴一無所損，反而更顯得他高瞻遠矚，料事如神。

任我行聽得向問天這麼說，果然心下甚喜，暗想：「畢竟向左使隨我多年，明白我的心意。然而他雖知我要掃蕩少林，誅滅武當。如何滅法，他終究猜想不到了。這個大方略此後一步步的行將出來，事先連他也不讓知曉。」

——知任我行者，向問天也。這麼一來，任我行不光彩之事也變成了光彩之事，而內心不但轉移了思路，還覺得自己畢竟比向問天高明幾籌，當然要由怒而轉喜、殺人之念被此喜氣冲得一乾二淨了。

其他人呢，在上官雲——好一個上官雲！每次訣潮，多由他發起，他的名字也起得好，叫上官雲，即「上官」之「云」——發動下，眾人眼見、耳聞「上官」已「云」，豈有不幫腔之理？於是你一句我一句、你一段我一段，越說越激動、越說越神奇，越神奇就越激動，越激動便越神奇……於是，在集體無意識支配之下，神話誕生，幻覺出來了：任我行由教主——聖教主——宛若天神。

當然，關鍵還在於任我行本身。第一次聽了上官雲的話，覺得肉麻、不習慣，說要「免了」；第二階段再聽上官雲等人的話，覺得若真能那樣倒也不錯，於是不免，但也還不太信；第三階段在此華山朝陽峰頂再聽上官雲等人的話，慢慢的就信了：覺得自己果真是很了不起，果真比孔夫子、關王爺、諸葛亮更了不起，更有資格取代他們在文廟、武廟中的至尊地位，更接近真正的神……

這就是文化的腐蝕性。它能夠創造出奇蹟，能使人由不慣而慣，由不信而信，由被動請入而主動進入，由有口無心乃至口是心非而至心口一致、心往神馳。

上述任我行的心理變化三階段，完整地層現了文化創造人——或文化創造神——的過程，既是一種心理過程，也是一種眾口鑠金的集體創造過程。

世間許許多多的宗教神話、宗教盛情、宗教情境就是這麼創造出來的。而這種造神運動，其實就是中國人的宗教。也是中國歷史、中國文化最突出的特徵。

現代人對此當然會不以為然。金庸在小說中也開了一個半大不小的玩笑：寫任我行宛若天神、志得意滿之時，說了一句話，是「但願千秋萬載，永如今……」說到「今」字突然啞了，他一運氣，要將下面那個「日」字說出來，只覺胸口抽搐，那「日」字無論如何說不出口。他左手按胸，要將一股湧上喉頭的熱血壓將下去，只覺頭腦暈眩，陽光耀眼——這是任我行在小說中的最後一個鏡頭。那「日」字永遠再無法說出口了，他死了。

作為一個人，結束了生命之後或可為神；而作為一個人，結束了生命之後又將成為什麼？任我行這一死，他的神話不僅結束了，而且也被破除了，即要「千秋萬載」，何以有「今」而無「日」？既成了神，何以又死？他太激動了、太自大了，以為自己真成了神，卻忘了人總是要死的，真正的死神便來懲罰他，讓他死，同時也讓他還原為一個人，一個內傷嚴重、不可救藥的老人；他死之後，朝陽峰上陽光耀眼，人們的生活變得更好了些。

白自在——任我行。

這兩個人的名字是一副很好的對聯。而且兩個人的名字連在一起，成一種典型的文化心態——中國人的文化心態——白自在的心態與任我行的心態，亦即隨心所欲、任意而為、天上地下，唯我獨尊，古往今來，英雄第一。說穿了，這是一種君王的心態，更不如說是一種獨夫的心態。其本質，是無視任何道德準則、法律規範乃至理性良知地自由自在，我行我素。

然而，白自在自在了，別人就不自在。

同樣，任我行我行時，別人就難行了。

進而，這兩個人的故事，有明顯的互補性，白自在是自己自大成狂，且只不過是在——欲在，以為在——武術界、武術史上稱王稱霸、獨佔鰲頭、空前絕後。而任我行則是眾口鑠金，慢慢地將人變為聖再變為神，且文成武德、仁義禮智、澤被蒼生，光照人寰。

相比之下，白自在簡直有些小巫見大巫。更何況白自在一遇石破天，「內功第一」便自覺取消了；而到俠客島之後，其「拳腳第一」、「輕功第一」、「劍法第一」以及「大英雄」、「大豪傑」、「大宗師」等一應封號都非相繼取消不可。他由神變回了人。當然是由病態變回了常態。自己不再多想，別人也就不再提起了。

而任我行則不同，他是環境、地位、禮儀、文化、心理的共同產物。而且他之自比神聖、較孔夫子、關王爺、諸葛亮更英雄、更智慧、更聖明、更威風……的理論，並未被推翻。他死了，陰魂還在。人們對「千秋萬載，一統江湖」以及「一千歲、一萬歲」即「萬歲，萬歲、萬萬歲！」的口號、故事尚記憶猶新，不能忘懷。有日月在，亦自有日月神在，免不了還有日月神教，進而自有日月神教教主及聖教主，自會有楊蓮亭、上官雲之流又想起歷史故事、儀禮周禮、傳統文化，再創類似的東西，創造新的神。

在我們的傳統文化中，人與神本來就沒什麼界線啊！

第六章 名教

中國文化有名教的傳統，以名教為核心，故又可以稱為名教文化。

「名教」原為中國古代社會的等級名份及其相關的禮教，如仁義禮智信、忠孝節悌貞，三綱五常，以及君要臣死臣不得不死、父要子亡子不得不亡等等。

「名教」其實就是「名份之禮教」，要大家各安其位，各遵其禮，各循其教。詩曰子云，先賢怎麼說就怎麼說；忠臣孝子，君父讓怎麼幹就怎麼幹。由此保持社會的安定，人心的平和。既不存非份之想，當然也就不至於有什麼失禮之事，乃至有非禮之行為。人人都應該「非禮勿視，非禮勿聽，非禮勿信，非禮勿行」。

「名教」的引伸，便不僅是乾巴巴的道德規範，隨著歷史的發展，也會及時補充新鮮的、合適的材料。如劉備之忠，這是符合名教的正面例子，曹操之奸則是反面教材；關羽之義以至於成了立廟祭祀的武士之聖、將帥之神，世稱關公而又「關帝」；諸葛亮之智倒沒什麼，但他赤膽忠心「鞠躬盡瘁，死而後已」便堪稱後世臣相之典範。宋有岳飛，便有背上刺字「精忠報國」的故事，這也是名教的好材料。

「名教」的再度引伸或分化，那就不僅是對名份、禮教的重視，也發展為對「名」的重視，希望能「青史垂名，流芳百世」。文天祥臨死吟詩，說「人生自古誰無死，留取丹心照汗青」（汗青是竹簡之名，即史書之別名），便是一種典型的態度。儘管明知杜甫說過「千秋萬歲名，寂寞身後事」，人死了什麼也不知道了，但仍忍不住要為青史留名而努力奮鬥，這當然並不是什麼壞事。

但物極必反，為了求名，有人竟提出了一個口號，說「大丈夫若不能流芳百世，亦不妨遺臭萬年」。就是說，非出名不可，哪怕臭名遠揚，那也不錯，總比默默無聞為好。由此，不但有沽名釣譽之人，甚至有求惡名之人。

金庸小說《天龍八部》中就有幾位追求惡名之人。即段延慶、葉二娘、南海鱷神岳老三、及雲中鶴這「四大惡人」。

這四個人不僅以惡成名，而且以惡排名。老大段延慶號為「惡貫滿盈」，其惡字排在第一；老二葉二娘號為「無惡不作」，其惡字排在第二；老三南海鱷神號為「兇神惡煞」，其惡字排在第三；老四雲中鶴號為「窮凶極惡」，其惡字排在第四，也是最後。

「四大惡人」當真是罪惡滔天，各有各的惡行，這裡不必一一細述。只說他們為了惡名而苦苦奮爭，可謂花樣百出、醜態惡行兼而有之。首先是這四個人之間隔一段時間就要打上一架，以武功強弱分出名份、地位、排名先後。其中岳老三為了想成為

「岳老二」，真是煞費苦心。與那葉二娘明爭暗鬥了一生。打不過她，口頭上卻不服輸，仍要讓岳老三變成岳老二。

——在書中，他還沒露面，作惡的消息就已傳來。萬劫谷谷主鍾萬仇請四大惡人來助拳，岳老三卻將鍾萬仇家的僕人進喜打死！原因不過是進喜上前恭恭敬敬地叫一聲「三老爺」，其後又說了「二老爺是個大大的好人，一點兒也不惡」這句話，沒想到這兩句恭敬有加的話，卻恰恰犯了岳老三的兩項大忌：一是稱他為「三老爺」而不稱「二老爺」；二是說他是個「大大的好人」而不說他是「大大的惡人」。他一想當岳老二，二想做「大大的惡人」。

岳老三這樣不可理喻的大惡人，按說與正統的道德禮儀、名教綱常半點也沾不上邊。可是，他仍是一位不折不扣的「名教中人」。

岳老三確是兇神惡煞，動不動就將人的脖子扭斷。但他這樣做的一個重要目的，正是為了在「四大惡人」的排名榜上晉升一級，在名份上變成岳老二。

不過，岳老三成不了岳老二的原因，又恰恰在於他做不到「無惡不做」的程度。例如，他有一項規矩，是「不殺無力還手之人」，那就說到做到，說不殺就不殺，不僅沒殺木婉清，也沒殺段譽。

岳老三還有一個特點，是說話算數，「面子是萬萬不能丟的」。所以不僅有自己的禁忌，而且有自己的罩門。儘管如此，他打不過段延慶，那就老老實實的承認。即使是背後，也不敢自稱為「岳老大」，功夫不及人家，名份上自然也就不敢作非份之想。

進而，他一心想要收段譽為徒，而段譽卻一萬個不同意。最後陰差陽錯，段譽反倒逼得岳老三不得不認輸，不得不拜段譽為師。雖然明知段譽是偷奸耍賴，但這一拜師之禮行過之後，便是「名份」已定，此後終身都不敢違背誓言、逾越名份。最後，當段延慶要他殺了段譽時，他居然還前所未有地頂撞了段延慶，決不殺他的名份上的師父段譽，如此段延慶將他殺了。這位岳老三算是為名份、禮教犧牲了自己的性命。

這就是名教的厲害之處。像岳老三這樣以惡求名之人也同樣是它的犧牲品。

如此，我們就不難理解《射鵰英雄傳》中的西毒歐陽鋒雖然不以玩毒、作惡為恥，且公開以此為榮，但作為一代武學宗師，卻一直堅持說話算數，不能做到時，便深以為恥。他曾與郭靖擊掌打賭，只要郭靖饒他三次，他就不再與黃蓉為難。後來他終於還是找到黃蓉，逼她解釋《九陰真經》，但一聽到郭靖的聲音，這位武學宗師居然「不由得面紅過耳，料想他定會質問自己為何棄信背約，當下袍袖一拂，遮住臉面，從郭靖身旁疾閃而過，出洞急竄，頃刻間人影不見」。（第三十九回）他雖然公開以惡人自居，與名教為敵，殺過專講禮法的腐儒，但名份、地位及其應有的信用、規則，卻不敢違背。這其實正是名教的作用。

《笑傲江湖》中的採花大盜田伯光，號稱「萬里獨行」，姦淫婦女，作惡多端，不齒於江湖正義。他也不將江湖正道放在心上，可是在與令狐冲打賭輸了，不僅從此不再對儀琳打歪主意，而且還真的稱之為「小師父」。如此以全其信，這也是名教的一種特殊的作用。當然對他而言，其作用在當時也僅此一點而已。

所謂「人過留名，雁過留聲」，又所謂「人死留名，豹死留皮」，都是同一個意思，對自己名聲、榮譽的重視、愛惜。

如前所述，重視名聲、愛惜榮譽，這本沒什麼不好，但古之名教，綱常等級十分苛嚴，以至於成名韁份鎖，壓抑人性，乃至成了「吃人」與「殺人」的工具或羅網，就成了罪惡的象徵。「五四」以後，對此有過猛烈的抨擊，這裡不必多說。而古老大地上的各式各樣的牌坊，也提供了充分的物證。不用說，名教體系有其不合理的、虛偽的成份。

那麼，「反名教」又將如何呢？

金庸在其《天龍八部》一書中，就塑造了一位特殊的「反名教」人物，那就是星宿海派掌門人丁春秋。此人原是逍遙派的弟子，無崖子的徒弟、蘇星河的師弟。但他心懷不軌，極欲當上逍遙派的掌門人，學到逍遙派的高深武功。為此他不惜幹出欺師滅祖、大逆不道的行徑，將自己的師父無崖子打傷，要逼他交出本門武學秘笈及掌門之位。又逼他的師兄裝聾作啞幾十年，若非他師父無崖子善九宮陣法，而蘇星河又對師父忠心耿耿，那麼丁春秋無疑會殺師、殺師兄。

這等大逆不道之人，當然不會給人、尤其是中國人留下好印象。因為殺師是武林的大罪，如同弒君、殺父一般，是綱常所定的大逆行為。殺師兄當然也如殺兄一樣惡劣。《笑傲江湖》中的令狐冲雖然瀟洒，且一慣不遵門規，而他的師父又是一位武林共知的偽君子、真小人，對他恩斷義絕，但令狐冲仍不敢、不願、不忍、不能對岳不群下殺手。原因正是綱常名教的影響。對此，讀者自必能理解。或許會罵他太傻，但他之不殺師，卻仍然獲得我們的尊敬。丁春秋對他的師父如此殘忍不道，不可能成為傳統觀念中的正面形象。

此人果然倒行逆施。他門下的弟子排行，不是按進入師門的先後來定長幼先後，而是按武功的高低來定尊卑秩序。誰的武功高，就可以隨時向大師兄挑戰，打敗了大師兄就可以取而代之。大師兄權力極大，做師弟的只有任打任殺，但不服氣者亦隨時可以武力反抗。新升上來的大師兄可以將原來的大師兄處死。如此星宿派門人半點也不敢偷懶，永遠勤練不休。做大師兄的固然提心吊膽，怕每個師弟向自己挑戰；而做師弟的，也老在擔心大師兄找到自己頭上來，只有把功夫練得強了，大師兄沒有必勝把握，才不會輕易啟釁。如此，功夫是一個比一個好，一代比一代強，但師兄弟之間的同門之誼卻是半點也說不上了。相反，同門之間，往往明爭暗鬥、相互提防，有如生死仇敵一般。

按說丁春秋如此與名教做對，該當對名份禮教徹底否定才是。可是不然。丁春秋本人卻又極喜歡讓弟子吹捧，幾乎要捧到天上去。掌門人的威嚴與名聲，丁春秋極為重視，甚至不惜欺世盜名，以滿足他那特有的虛榮心。且看書中的一段奇文：

猛聽得鏜鏜兩響，跟著咚咚兩聲，鑼鼓之聲敲起，原來星宿派弟子懷中藏了鑼鼓鐃鈸、嗩吶喇叭，這時取了出來吹吹打打，宣揚師父威風，更有人搖起青旗、黃旗、紅旗、紫旗，大聲吶喊。武林中兩人比拚內功，居然有人在旁以鑼鼓助威，實是開天闢地以來從所未有之奇。鳩摩智哈哈大笑，說道：「星宿老怪臉皮之厚，當真是前無古人！」

鑼鼓聲中，一名星宿弟子取出一張紙來，高聲誦讀，駢四驪六，卻是一篇《恭頌星宿老仙揚威中原讚》。不知此人請了哪一個腐儒撰此歌功頌德之辭，但聽得高帽與馬屁齊飛，法螺共鑼鼓同響。

別小看了這些無恥歌頌之聲，於星宿老怪的內力，確然也大有推波助瀾之功。鑼鼓和頌揚聲中，火柱更旺，又向前推進了半尺。（第三十二回）

再看一段：

呼喝之聲，隨風飄上山來：「星宿老仙今日親自督戰，自然百戰百勝！」「你們幾個妖魔小丑，竟敢頑抗老仙，當真大膽之極！」「快快拋下兵刃，哀求星宿老仙饒命！」「星宿老仙駕臨少室山，小指頭兒一點，少林寺立即塌倒。」

新入星宿派的門人，未學本領，先學諂諛師父之術，千餘人頌聲盈耳，少室山上一片歌功頌德。少林寺建剎千載，歷代群僧所念的「南無阿彌陀佛」之聲，千年總和，說不定還不及此刻星宿派眾門人對師父的頌聲洋洋如沸。

丁春秋捋著白鬚，瞇著眼睛，熏熏然，飄飄然，有如飽醉醇酒。……（第四十一回）

丁春秋自己殺師，但卻要弟子尊師。不但要尊師，而且還要吹師、捧師、讚師、頌師。因為師父好名好譽好高帽好馬屁，就好的這一口。

上面兩段，形成了一種我們耳熟能詳的文化現象。那不僅是大唱讚歌、大拍馬屁，而且也是一種精神勝利、口號崇拜。沒見到在眾人的讚頌聲中，丁春秋內功大漲、精神徒增嗎？沒見到他捋著白鬚、瞇起眼睛，熏熏然、飄飄然，有如飽醉醇酒嗎？那是一種精神享受，同時——對他而言——也是一種「內力」的「滋養」。而對於門下弟子，則又是藉口號來壯聲威，同時兼壯自己的膽子。

中國人崇拜口號。

這說起來似乎難以置信，但這正是「咒語迷信」的一種形式。

因而深信口號也是特殊的「咒語」，有其特有的威力與作用。是否能夠「寒敵膽」且不說，但「壯己膽」卻是確然無疑的。

這其實也是中國「名教」的一種特殊的表現形式。

因為師父好名，眾弟子又要尊師，自然而然地出現了這一現象。可以說是名教禮節及綱常體系的衍生物。

對於這種現象，作者是深知根底的，而且又是明顯厭惡的。所以在丁春秋及星宿派出現不久，書中就有如下一段：

他出口一讚，星宿群弟子頓時競相稱頌，說得丁春秋的武功當世固然無人能比，而且自古以來的武學大師，什麼達摩老祖等等，也都大為不及，諂諛之烈，眾人聞所未聞。

包不同道：「眾位老兄，星宿派的功夫，當真是前無古人，後無來者。」眾弟子大喜。一人問道：「依你之見，我派最厲害的功夫是哪一項？」包不同道：「豈止一項，至少也有三項。」眾弟子更加高興，齊問：「是哪三項？」包不同道：「第一項是馬屁功。這一項功夫如不練精，只怕在貴門之中，活不上一天半日。第二項是法螺功，若不將貴門的武功德行大加吹噓，不但師父瞧你不起，在同門之間也必大受排擠，無法立足。這第三項功夫呢，那便是厚顏功了。若不抹煞良心，厚顏無恥，又如何練得成馬屁與法螺這兩大奇功。」

他說了這番話，料想星宿派群弟子必定人人大怒，一齊向他拳腳交加，只是這幾句話猶似骨鯁在喉，不吐不快。豈知星宿派弟子聽了這番話後，一個個默默點頭。一人道：「老兄聰明得緊，對本派的奇功倒也知之甚深。不過這馬屁、法螺、厚顏三門神功，那也是很難修習的。尋常人於世俗之見沾染甚深，總覺得有些事是好的，有些事是壞的。只要心中存有這種無聊的善惡之念、是非之分，要修習厚顏功便事倍功半，往往在要緊關頭，功虧一簣。」

包不同本是出言譏刺，萬萬料不到這些人安之若素，居之不疑，不由得大奇，笑道：「貴派神功深奧無比，小子心存仰慕，還要請大仙再加開導。」

那人聽包不同稱他為「大仙」，頓時飄飄然起來，說道：「你不是本門中人，這些神功的奧秘，自不能向你傳授。不過有些粗淺的道理，跟你說說倒也不妨。最重要的秘訣，自然是將師父奉若神明，他老人家便放一個屁……」

包不同搶著道：「當然也是香的。更須大聲呼吸，衷心讚頌……」那人道：「你這話大處甚是，小處略有缺陷，不是『大聲呼吸』，而是『大聲吸，小聲呼』。」包不同道：「對對，大仙指點得是，倘若大聲呼氣，不免似嫌師父之屁……這個並不太香。」

那人點頭道：「不錯，你天資很好，倘若投入本門，該有相當造詣，只可惜誤入歧途，進了旁門左道的門下。本門的功夫雖然變化萬狀，但基本功訣，也不繁複，只須牢記『抹殺良心』四字，大致上也差不多了。」……（第三十一回）

這一段話寫得明白淺顯，或令人覺得含蓄不夠，也有人反覺匪夷所思，但對於中國傳統名教文化，卻有諸多深刻披露。所謂「抹殺良心」，看起來過於露骨，但只要想中國人從未有「吾愛吾師，吾更愛真理」之習慣，而只有一種「皇帝金口玉言」、

「世上無不是的父母」的傳統。君、父、師——完整的說法，是「天、地、君、親、師」——乃是「正確」的別名。晚生後輩、臣民弟子若不以「天地君親師」為然，那才是大逆不道！

至於修練所謂馬屁、法螺、厚顏三功，妙諦在於「適者生存」四個字。你練得好，便是「適者」（**因為師長上輩喜歡這個**），自能生存，而且能免禍又高升，何樂而不為？

《笑傲江湖》中的上官雲等日月教弟子所以開展造神運動，起因就是如此。而《鹿鼎記》中主人公韋小寶於馬屁、法螺、厚顏三功更是獨有心得，功力深厚，是以上得君王歡心，下得臣民推愛，四通八達，左右逢源。它的根本奧妙，其實不僅是「抹殺良心」而已，還要有「假作真時真亦假，無為有處有還無」的創造性，必須獨出心裁、與眾不同。韋小寶的奧秘全在於此，而《天龍八部》中的阿紫小姑娘之所以小小年紀就獲得乃師丁春秋的格外寵愛，其原因就在於她的馬屁功夫自成一家，為眾師兄同門所不及。

名教雖然規定「忠君孝父」，但其影響所及卻是讓人唯上是尊、唯命是從，而且必須見風使舵。改朝換代之際，另投「明主」，忠於新君，不也是「忠君」，乃至認賊做父亦是「孝父」。否則就難以生存，並非「適者」，須知「識時務者為俊傑」。

理解了這一點，就不難明白，當丁春秋被虛竹打敗之時，星宿派門人中頓時有數百名爭先恐後的奔出，跪在虛竹面前，懇請收錄。有的說：「靈鷲宮主人英雄無敵，小人忠誠歸附，死心塌地，願為主人效犬馬之勞。」有的說：「這天下武林盟主一席，非主人莫屬。只須主人下令動手，小人赴湯蹈火，萬死不辭。」更有許多人顯得赤膽忠心，指著丁春秋痛罵不已，罵他「燈燭之火，居然也敢和日月爭光」，說他「心懷叵測，邪惡不堪」。又有人要求虛竹速速將丁春秋處死，為世間除此醜類。——

只聽得絲竹鑼鼓響起，眾門人大聲唱了起來：「靈鷲主人，德配天地，威震當世，古今無比。」除了將「星宿老仙」四字改為「靈鷲主人」之外，其餘曲調詞句，便和《星宿老仙頌》一模一樣。

虛竹雖為人質樸，但聽星宿派門人如此讚頌，卻也不自禁的有些飄飄然起來。

蘭劍喝道：「你們這些卑鄙小人，怎麼將吹拍星宿老怪的陳腔爛調、無恥言語，轉而稱頌我主人？當真無禮之極。」星宿門人頓時大為惶恐，有的道：「是，是！小人立即另出機杼，花樣翻新，包管讓仙姑滿意便是。」有的道：「四位仙姑，花容月貌，勝過西施，遠超貴妃。」星宿派眾門人向虛竹叩拜之後，自行站到諸洞主、島主身後，一個個得意洋洋，自覺光彩體面，頓時又將中原群豪、丐幫幫眾、少林僧侶盡數不放在眼裡了。（第四十二回）

這一段確實很妙。值得注意的是：（1）連虛竹也情不自禁地在馬屁功面前飄飄然起來；（2）這些星宿派門人倒真是「另投明主」了，只不過如此見風使舵，未免太快了，太無情無義無綱無常無恥無良了。這真是「名教」的悲哀；（3）星宿門人自投到虛竹門下，居然立即就不將中原群豪、丐幫幫眾、少林僧侶放在眼裡，而自覺體面、得意洋洋，這使我不禁想到魯迅先生關於中國的「國民性」的幾段話。一是「支那人的重要的國民性所成的複合關鍵，便是這：體面」。我們試來博觀和內省，便可以知道這話並不過於刻毒。」[3]另一段是「中國人向來有點自大。──只可惜沒有『個人的自大』，都是『合群的愛國的自大』。這就是文化競爭失敗以後，不能再見振拔改進的原因。……勝了，我是一群中的人，自然也勝了；若敗了時，一群中有許多人，未必是我受虧。大凡聚眾滋事時，多具這種心理。他們的舉動，看似猛烈，其實卻很卑怯」。[4]

這丁春秋到底是「名教罪人」呢，還是另一種形式的「名教中人」？要回答這個問題，只怕不易。有許多「反傳統」的人，其實正是傳統的另一種形式的畸型之果。反了這一傳統，卻迎合了另一傳統。甚至，反了傳統的這一面，卻大大擴張了它的另一面，這就是我們不斷地「反傳統」，而又不斷地眼見傳統沉渣泛起的原因。

有趣的是，這位丁春秋雖是西域星宿海一派武功的掌門人，卻不僅是逍遙派道家

3 魯迅：《馬上支日記》，見《魯迅全集》第三卷。
4 魯迅：《熱風．隨感錄之三十八》。見《魯迅全集》第一卷。

武功的傳人（當然有些旁門左道），同時又是山東曲阜人氏，是儒家大成至聖先師孔子的同鄉，他以「春秋」為名，那正是儒家的一部史書、經典。可見他是反名教之人、名教罪人，同時又恰恰是正宗的名教中人。由是可知「名教」的兩面性，以及「反名教」的兩面性。

《鹿鼎記》中也有一個奇人，名叫洪安通，他創立了一個奇教，叫神龍教。

神龍教之名讓許多武林人士聞風喪膽。據陶紅英介紹：神龍教所傳的武功千變萬化，固然厲害之極。更加難當的，是他們教裡有許多咒語，臨敵之時念將起來，能令對手心驚膽戰，他們自己卻越戰越勇。陶紅英的太師父在鑲藍旗旗主府中盜經，和幾個神龍教弟子激戰，明明已占上風，其中一人口中念念有辭，太師父擊出去的拳風掌力便越來越弱，終於小腹中掌身受重傷。據說聽了咒語之後，全身酸軟，只想跪下來投降，竟然全無鬥志。（第十五回）

韋小寶聽了，將信將疑。但後來親眼所見、親身所歷，不由得他不信：

……只見那老者右手舉起判官筆，高聲叫道：「洪教主萬年不老，永享仙福！壽與天齊，壽與天齊！」那十餘名漢子一齊舉起兵刃，大呼：「洪教主壽與天齊，壽與天齊！」聲震屋瓦，狀若顛狂。

徐天川心下駭然，不知他們在搗什麼鬼。韋小寶聽了「洪教主」三字，驀地裡記起陶紅英懼怕已極的神色與言語，脫口而出：「神龍教！他們是神龍教的！」

那老者臉上變色，說道：「你也知道神龍教的名頭！」高舉右手，又呼：「洪教主神通廣大。我教戰無不勝，攻無不克，無堅不摧，無敵不破。敵人望風披靡，逃之夭夭。」

徐天川聽得他們每念一句，心中就是一凜，但覺這些人的行為稀奇古怪，從所未有，臨敵之際，居然大聲念起書來。

韋小寶叫道：「這些人會念咒，別上了他們當！大夥兒上前殺啊！」卻聽那老者和眾人越念越快，已不再是那老者念一句，眾人跟一句，而是十餘人齊聲念誦：「洪教主神通護佑，眾弟子勇氣百倍，以一當百，以百當萬。洪教主神目如電，燭照四方。我弟子殺敵護教，洪教主親加提拔，升任聖職。我教弟子護教而死，同升天堂！」突然間縱聲大呼，疾衝而出。

吳立身、徐天川等挺兵刃相迎，可是這些人在頃刻之間，竟然武功大進，鋼刀砍來，短槍刺到，都比先前勁力加了數倍，如癡如狂，兵刃亂砍亂殺。不數合間，敖彪和劉一舟已被砍倒，跟著韋小寶、方怡、沐劍屏也都給一一打倒……過不多時，吳立身和徐天川也先後受傷。那老者接連出指，點了各人身上要穴。

眾漢子齊呼：「洪教主神通廣大，壽與天齊，壽與天齊！」呼喊完畢，突然一齊坐倒，各人額頭汗水有如泉湧，呼呼喘氣，顯得疲累不堪。這一戰不到一盞茶時分便分勝敗，這些人卻如激鬥了好幾個時辰一般。

韋小寶心中連珠價叫苦，尋思：「這些人原來都會妖法！無怪陶姑姑一提到神龍教，便嚇得什麼似的，果然是神通廣大。」（第十六回）

這一段寫得神乎其神，讓人不能不信神龍教之「神通廣大」，至少韋小寶是心悅誠服，不敢不信了。

令人疑惑之處也正在這裡：金庸小說中的武功描寫雖然千奇百怪，但卻從未有巫術迷信、妖法仙丹一類的東西，何以寫這神龍教又出此奇文？而且對其中的原因奧秘，作者在書中始終沒有作出揭秘與解釋。那麼，神龍教果真有什麼「妖法」不成？那些「咒語」當真有什麼神奇的妙用？

仔細想來，覺得並非如此。之所以有以上一段，無非是要寫出傳統文化背景下的人們相信「咒語」的功能，亦即相信「口號」的威力，如此而已。實際上，這些口號、咒語的神奇威力並不難破解。

之所以能夠念此咒語、呼此口號便體力大增、武功陡進，原因是心理上的。——在念咒呼口號的一方而言，（1）他們或許真的相信這個，那就是說他們自己首先是被催眠了。但是，（2）提起「洪教主神通廣大，戰無不勝……」等等，無非是壯自己的膽子、鼓自己的勇氣、嚇唬敵人，當然對雙方都有威懾與催眠作用；（3）提起「我弟子殺敵護教，洪教主親加提拔，升任聖職」，更加暴露了個中秘密，仍不過是以升官發財作為誘餌，使自己人奮勇向前而已。（4）從書中的情節可知，洪教主不僅神通廣大，而且殘忍之極，若不奮勇殺敵，那是犯了大罪，回去非重重受罰不可，不如奮勇殺敵，勝了自會升官提拔，死了便是「護教而死，同升天堂」！（5）念了口號，眾人齊心協力，一同向前，且一鼓作氣，威力自然大增。

而從接受者方面看，也有幾點奧妙：（1）聽到對方臨陣念書、呼口號，必會大惑不解，精力分散；（2）敵方既然「戰無不勝」而又確實力量大增、齊心協力，那麼己方若非心下先怯，也會措手不及，而一旦精神煥散或措手不及，那就必敗無疑。

值得注意的是，在韋小寶親歷的場景中，他這一方的人並沒有像陶紅英所介紹的那樣，只要聽到咒語就「全身酸軟，只想跪下來投降，竟然全無鬥志」。而陶紅英的師父、太師父之所以如此，一是因為她們都是女性；二是都少有與人鬥殺的經驗；三是在她們偷盜經書之時被人發現，對方大聲呼喝，不管是呼什麼、喝什麼，都會使他們「全身酸軟，全無鬥志」的。因為她們心理上本身就不佔優勢，反而有「作賊心虛」的弱點，加上經驗不足，膽氣不壯，自會中了對方的「咒語」魔法。

這使我們想到了《連城訣》中的花鐵幹，當他面對血刀老僧之時，被對方威風殺氣、武功殘忍所懾，於是意志崩潰，再無鬥志，對方並未念咒，只說了幾句嚇唬人的話，就使他放下了武器。倘若是一位心智正常、意志堅定的人，就決不會這樣。再如《射鵰英雄傳》中所寫的丐幫長老的「攝魂大法」，碰到黃蓉不注意時固然將她催眠了，但郭靖、黃蓉一旦明白關竅，且內力、意志又強過對方時，遭殃的就是對方了。

陶紅英的師父、太師父自己膽怯了，而不明真相，就這樣告訴了陶紅英；陶紅英又原封不動地告訴了韋小寶；韋小寶原本信神怕鬼，膽小心怯，聽了陶紅英的話，又遇到了這樣的情形，自是不明真相，非信不可。而韋小寶當時大呼「這些人會念咒」非但說得自己膽先怯了，也使同伴們膽怯了，以至於最終有那樣不妙的結局。

不明真相者，真以為口號——咒語有那樣神奇的魔力。

在這一點上，中國堪稱「口號之國」，中國文化堪稱是「口號文化」。說是「宣傳」固無不可，說是「催眠」亦無不可。說是口號崇拜、咒語迷信更加合適。至今仍有這種現象大量、普遍存在著。

這種大約只有中國才有的意識形態，造成了特有的「口號文化」的現象。原始宗教信仰中的咒語（**道教中也有各式各樣的咒語**），以及佛教的（**妙法蓮華經觀世音普門品**）中所謂「若有無量百千萬億眾生，受諸苦惱，聞是觀世音菩薩，一心稱名，觀世音菩薩即時觀其音聲，皆得解脫。若有持是觀世音菩薩名者，設入大火，火不能燒，由是菩薩神威力故。若為大水所漂，稱其名號，即得淺處……」等等「稱其名」、「持是名」如何如何的影響。再加上儒家名教儀禮、俗世朝廷的呼號如「吾皇萬歲，萬歲，萬萬歲！」的傳統，便綜合而成傳統的中國人對「名號」的迷信。

實際上，韋小寶來到神龍島，領教了神龍教的儀式，就應該明白神龍教的「妖法」是怎樣產生、又有怎樣的作用：

……又過了好一會，鐘聲鏜的一聲大響，跟著數百隻銀鈴齊奏。廳上眾人一齊跪倒，齊聲說道：「教主永享仙福，壽與天齊。」胖頭陀一扯韋小寶衣襟，命他跪下。

韋小寶只得也跪了下來，偷眼看時，見有一男一女從內堂出來，坐入椅中，鈴聲又響，眾人慢慢站起。

左首一名青衣漢子踏上兩步，手捧青紙，高聲誦道：「恭讀慈恩普照、威臨四方洪教主寶訓：『眾志齊心可成城，威震天下無比倫！』」

廳上眾人齊聲念道：「眾志齊心可成城，威震天下無比倫！」

韋小寶一雙眼珠正骨碌碌的瞧著那麗人，眾人這麼齊聲念了出來，將他嚇了一跳。

那青衣漢子繼續念道：「教主仙福齊天高，教眾忠字當頭照。教主駛穩萬年船，乘風破浪逞英豪！神龍飛天齊仰望，教主聲威蓋八方。個個生為教主生，人人死為教主死，教主令旨盡遵從，教主如同日月光！」

那漢子念一句，眾人跟著讀一句，韋小寶心道：「什麼洪教主寶訓？大吹牛皮。我天地會的切口詩比他好聽得多了。」

眾人念畢，齊聲叫道：「教主寶訓，時刻在心，建功克敵，無事不成！」

那些少年少女叫得尤其起勁。

洪教主一張醜臉上神情漠然，他身旁那麗人卻笑吟吟地跟著念誦。（第十

九回）

原來這不過是神龍教眾參見教主時的一種儀式，大約摹仿了朝臣參見君主的儀式，只是口號詩有些粗俗少文，所以連韋小寶也以為不如天地會的切口，同時更知道這只不過是「大吹牛皮」而已。

自從韋小寶加入了神龍教，不僅對教中的這些「咒語」毫無新鮮感、神秘感，而且他本人畢竟是經過世俗市井妓院，又經過朝廷廟堂的培訓，因而對「大吹牛皮」這一套已達爐火純青之境，所以運用起來舉重若輕，遠比其他人更加奇妙。只是，韋小寶會這一套，卻不相信這一套，只當它是一些大吹牛皮的頌辭、口號而已，再也沒什麼神秘感加神聖感了。因而，自此以後，小說中再也沒有類似前面的「妖法顯神威」的描寫了。這一套「咒語」被揭開了秘密，自是再無神威可言。

另一方面，儘管韋小寶並不真心的相信這些，但知「好話人人願聽」，「千穿萬穿，馬屁不穿」的道理。如此口號、頌辭，還是非呼不可、非說不可，而且還要說得更加別出心裁、與眾不同，才能夠討人喜歡、飛黃騰達、化險為夷。

由此不難想到，名教又是「造神」及「製造神話」的一種手段。「天、地、君、親、師」的排列，便是有意將世俗的君、親、師與神話的天、地等同起來，偷換概念的一種手段。君是「天子」，其神性自不必說，而親、師為「祖」，祖亦是能夠「升天」之人，因而也有神性，即使尚未升天，其神性卻是無可懷疑的。那麼對世俗的、活著的君、親、師的儀禮，或多或少地帶一點造神的性質，那就不是不可理解的。絕大部分人都會誠心誠意，因而被催眠，只有像韋小寶這樣的人才能明白這只不過是大吹牛皮，因為他什麼都不相信。

就這一點而言，韋小寶倒比其他人更加清醒，不是名教中人。

因為他本就是一個妓女的兒子，不知道父親是誰，想要孝也無從孝起。而他的忠與義又都是半心半意、半真半假，當二者相互衝突之時，他便「老子不幹了」。

第七章 忠孝

論及中國文化，不能不涉及「忠孝」。因為這是中國道德倫理的核心、綱常禮法的要點。

所謂「忠孝」，指的是忠君、孝父，傳統中國文化以此為最重要的倫理道德，是仁與不仁，甚至是人與非人的分水嶺。

在本世紀，自「打倒孔家店」以來，忠君孝父的倫理道德似乎不那麼吃香了，甚至有人將此作為「吃人的禮教」來批判。因為「君要臣死，臣不得不死；父要子亡，子不得不亡」這樣的倫理禮法，實在太不人道了。又有人比較中西文化，認為西方文化是「殺父文化」，例子是「俄狄蒲斯王殺父娶母」；而中國的文化則是「殺子文化」，例子是「二十四孝」中的「郭臣埋兒」（**埋掉兒子，省下口糧來孝敬父母**）。於是，忠君孝父的傳統非但不值得提倡，反而要徹底掃除滅絕才好。忠君孝父的德行不再被人讚頌，反而會被當成諷刺挖苦的對象。

由此可見現代的中國人對傳統文化的痛恨，對忠孝倫理及其禮法綱常的痛恨。因此就從一個極端，走向另一個極端。過去不忠不孝是大逆不道，而現代社會的某一時期的某些人則將言忠言孝當成大逆不道，不僅落伍，甚而「反動」。

當然並不是所有的人都是那樣。新世紀及其現代社會的主流意識形態非但沒有、也不可能統懾全社會、全民族的人心，而且其本身也有模糊不清及自相矛盾之處。原因之一，是很少有現代中國人將「忠孝」當成一個學術問題來研究，要麼全部否定，要麼全部肯定，雙方各執一詞，互不相讓，爭執不休，當然很難真正地解決問題。

公民與民族、國家、國家元首之關係，以及子女及父母之關係，仍然客觀存在。是否廢除「忠孝」是一回事，而如何處理這種人生的現實關係則是另一回事。

也就是說，這還是一個問題。

不僅是一個學術問題，更是一個新道德、新倫理的觀念及行為規範問題。這一問題，是現代中國社會及現代中國人難以迴避的。

中國現代革命的先驅孫中山先生對「忠孝」問題曾有過專門的論述。他說：「講到中國固有的道德，中國人至今不能忘記的，首先是忠孝，次是仁愛，其次是信義，其次是和平。這些舊道德，中國人至今還是常講的。但是現在受外來民族的壓迫，侵入了新文化。那些新文化的勢力此刻橫行中國。一般醉心新文化的人，便排斥舊道德，以為有了新文化，便可以不要舊道德。不知道我們固有的東西，如果是好的，當然是要保存，不好的才可以放棄。

「此刻正是新舊潮流相衝突的時候，一般國民都無所適從。……由此便可見現在一般人民的思想，以為到了民國，便可以不講忠字，以為從前講忠字，是對於君的，所謂忠君；現在民國沒有君主，忠字便可以不用，所以硬把它拆去。這種理論，實在是誤解。因為在國家之內，君主可以不要，忠字是不能不要的。如果說忠字可以不要，試問我們有沒有國呢？我們的忠字可不可以用之於國呢？我們到現在說忠於君，固然是不可以，說忠於民是可不可呢？忠於事又可不可呢？……

「現在人人都說，到了民國什麼道德都破壞了，根本原因就在於此。我們在民國之內，照道理上說，還是要盡忠，不忠於君，要忠於國，要為四萬萬人去效忠。為四萬萬人效忠，比較為一人效忠，自然是高尚得多。故忠字的好道德還是要保存。講到孝字，我們中國尤為特長，尤其比各國進步得多。《孝經》所講孝字，幾乎無所不包，無所不至。現在世界中最文明的國家講到孝字，還沒有像中國講的這麼完全。所以孝字更是不能不要的。國民在民國之內，要能夠把忠孝二字講到極點，國家自然可以強盛。」（《民族主義・第六講》，《孫中山選集》第一卷）

有意思的是，孫中山先生對「忠」作出了分析，並進行了觀念更新，而對「孝」卻沒做分析，似主張全盤照舊。這大約能夠代表很多現代中國人的思想。

中國傳統倫理的核心，確實是一個「孝」字，所謂「百善孝為先」，「孝為德之本」，以及「忠臣必出於孝悌之門」。可見「忠」也是要以「孝」為根本、為基礎的。

「孝」的產生，源於中國傳統的農業文明的宗法制度，即以家庭、家族為本位、為核心。家庭既是物質生產及其生活的基本單位，也是人類自我生產（生育）繁衍的基本單位，作為「兩種生產」的基本單位，其內部關係自然十分重要，非處理好不可。之所以要「孝」，是因為父母（祖宗）不僅提供了我們物質生活的條件，更有一件大恩是生育我們的生命，所以孝敬父母，是謂天倫，即「天之倫常」。

實際上，中國傳統禮法道德中的「五倫」，即君臣、父子、夫妻、兄弟、朋友的關係的建立，正是以家庭為本位而推衍出來的。父子、夫妻、兄弟三者都是同一家庭的成員，自不必說。而君臣的關係，是由父子的關係推衍出來的，所謂「君臣如父子」，又縣官、府官如同「民之父母」即「父母官」（此說延用至今）。朋友的關係，則又是由兄弟的關係推衍而來，朋友即兄弟，異姓朋友必需結拜兄弟才能「情同手足」。

這種以家庭為本位的倫常禮法，其優點——對古人而言——是確定的、切實的、自然的、明白的，人人都有，人人都懂，且容易理解，更容易接受。不僅是「禮」所應當，而且還是「理」所當然應該遵守。

在現代人看來，這種倫常關係的缺陷與弊病就多了。（1）上下尊卑，人不能平等以待，更限制了人的個性發展；（2）君臣與父子關係的互換，多少是偷換概念，因而有虛假的成份；（3）君臣、父子的關係的倫理化，有利於家庭，卻不利於社會。即舊式的君臣父子很難成為社會化的「公民」，更多的是自私自利的私德。因為沒有平等、自由的個體，當然就不可能有平等、自由的社會。

所以這種倫理關係及相關的道德觀念，一旦進入現代社會就會面臨深刻的危機。

全盤否定家庭及其倫理關係，固然不妥；而全盤繼承古代文明及社會遺存下來的倫理綱常當然更是不妥。

東西文化的衝突，掩蓋的是新舊文明的交替，因而我們又一次面臨「禮崩樂壞」的歷史局面，屬勢所難免，這是不以人的意志為轉移的。

一方面，只要文明基礎及社會體制不變，古禮古法隨時會死灰復燃。另一方面，只要新的文明發展，新的社會體制（包括家庭關係）的產生，新的倫理、道理及相關的行為規範與價值準則又會不斷地產生和完善。

在此變革之際，人為的、觀念上的冒進與保守，最終只能被證明是一場又一場歷史的鬧劇和笑柄。

金庸的武俠小說是現代人寫古人古事，又是以傳奇的形式及想像與誇張的手段去言古人古事，所以對於中國文化及其價值觀念的表現，自有復古與創新的矛盾，以及想像的傳奇與追求真實性之間的矛盾。

金庸小說中的「忠孝觀」很值得研究。

最得注意的是金庸在小說中將「忠」和「孝」進行了改裝，並區別對待。

突出的例子，是我們在前文中曾提及的小說《射鵰英雄傳》中的黃藥師，此人號為「東邪」，自然非正宗禮法之徒。

他一向非湯武、薄周孔，對聖賢禮法非但不遵，反而挖空心思地駁斥嘲諷，如說「乞丐何曾有二妻？鄰家焉得許多雞？當時尚有周天子，何事紛紛說魏齊？」以諷刺孟子學說及為人等等。世人當然以「狂徒」視之。當然，他的這些思想在現代人而言並沒有什麼，在「五四」運動及「文化大革命」中只能算是一般性的新潮而已。可是，出人意料的是，當西毒歐陽鋒將他當成知己，並獻給他一顆「專講忠孝禮法的腐儒」之頭顱的時候，黃藥師卻說「我平生最敬的是忠臣孝子。」又說「忠孝乃大節所在，並非禮法！」（第三十四回）

這就頗值得分析了。黃藥師這麼說、這麼做，固然有意要與歐陽鋒唱對台戲，不當他為知己和同路人；同時也的確表明了他內心深處的一種矛盾。就他本人的性格而言，至少對君王說不上「忠」，甚至沒什麼好感，反而要挖苦、諷刺，要到皇宮中去偷盜名貴字畫及文物。可是他對忠臣孝子卻又不敢不敬、或不能不敬。比如對著名的大忠臣岳飛他就欽佩得很，以至於影響了黃蓉。對於孝子如何，書中沒寫，想必也是如此。這種自我行為與心理的矛盾，在一定的程度上表現了這一人物及其作者的價值判斷的矛盾與理想的衝突。

還有一個例子，也是我們曾提起過的，是《天龍八部》中的蕭峰之死。蕭峰逼迫遼皇耶律洪基退兵並發誓有生之年不許遼軍一兵一卒犯界，救了遼、宋兩國的無數生靈，是一個光輝的形象、壯美的行為。可是他卻在遼帝退兵發誓之後自殺了，並且說：「陛下，蕭峰是契丹人，今日威迫陛下，成為契丹的大罪人，此後有何面目立於天地之間？」他死之後，群雄議論紛紛，大家都猜不透他為何要這樣做，做了又為何要自殺？其實這也是一種矛盾抉擇和理想的衝突：他逼迫遼帝退兵是理智的選擇，是為救天下百姓性命的理想和心願迫使他這樣做，他非做不可；但做了以後，又使他成了契丹的「大罪人」，因為對皇帝不忠，甚至冒犯皇帝、逼迫皇帝。如此，做是非做不可，死也是非死不可，不然「有何面目立於天地之間」？所以，他寧死也不願做「不忠不義」之人。

其實，歷史上的耶律洪基並非英明之主，不是什麼好皇帝，這位遼道宗在位四十六年並未做什麼了不得的大好事，任用權奸，殺死皇后蕭氏及太子耶律浚，朝綱不振，以至遼朝由盛轉衰。即便如此，蕭峰是契丹人，又是他的臣子兼結義兄弟，做了「犯上」的「大逆」之事，依照古禮，是「罪該萬死」。蕭峰在中原長大，當然更知禮法綱常。他之死，固是自己覺得對結義兄長「不義」，恐怕也是覺得對皇帝「不忠」。這一矛盾，是連作者也難以調解的。對現代人而言，蕭峰所為是「國際主義」及「和平主義」之壯舉，消弭戰禍，何罪之有？而對古人而言，不免有「犯上」及「不忠」之嫌，奈何？

這樣的矛盾，作者在開始武俠小說創作之初便作出了自己的抉擇和分別。在他的第一部書（**書劍恩仇錄**）中，乾隆與陳家洛兩人就有一場有關「忠孝」的爭論。先是乾隆說陳家洛「不忠不孝」，理由是陳家洛當紅花會的首腦，反叛朝廷及乾隆本人，當是「不忠」；而陳家洛之父陳世倌明明曾是朝廷大官，而陳家洛則反其道而行之，當是「不孝」。按照乾隆的觀點，這種說法是成立的。可是，陳家洛又提出了自己的一套理由，反過來說乾隆「不忠不孝」。理由是：「你明明是漢人，卻降了胡虜，這是忠嗎？父母在世之日，你沒好好侍奉，父親在朝廷之上，反而日日向你跪拜，你於心何安，這是孝麼？」（第十一回）這話說得「乾隆頭上汗珠一粒一粒的滲了出來」，顯然打中了乾隆的要害。

乾隆與陳家洛兩人都不敢、也不願做「不忠不孝」之人。問題是，兩人對「忠孝」有著不同的理解。

作者是站在陳家洛一邊的。這倒不僅是說——假說——乾隆是漢人，而是作者認為，這個「忠」字，應該對民族、對國家而言，而非傳統的「忠君」之禮法。

實際上，武俠小說作者，對「忠」的內容及觀點，非改不可。按照常規與常識，「俠以武犯禁」是不可避免的，而犯禁，便不免是「目無王法」，既然目無王法，那就有「不忠」之嫌。更何況仗劍江湖雖說是「替天行道」，卻又是「犯上做亂」，這也是「大逆不道」，當然更是「不忠」了。

昔日古典小說《水滸傳》為了解決這一矛盾，弄出了一個「只反貪官，不反皇帝」的折衷方案。說是「官逼民反，不得不反」；只要皇帝招安，那就立即效忠皇上。宋江等人的觀念、行為便是如此，不敢不忠。

現代人看來，這未免有些不痛快。最好是既反貪官、又反皇帝，是謂「捨得一身剮，敢把皇帝拉下馬」。推翻帝制之後，人們對忠與不忠再沒有什麼顧忌，更沒有什麼敏感了。對皇帝的地位威嚴，照樣嘻笑怒罵。再加上現代的鬥爭哲學，主題是「造反有理」，當然是以「不忠」乃至「反忠」為時尚，「忠」是落後，保守、保皇黨、反動派的別名。

金庸當然也受到新思潮的洗禮，對於「忠君」這一古代社會的第一倫理，雖非切齒痛恨，至少可以不屑一顧。因為他對「忠」的對象、內容、形式有了新的理解、新的創造，對「君」亦有了新的認識、新的態度。

簡單地說來，金庸小說中的「忠」，已改為對民族、國家的熱愛、忠誠、護衛。而對「君」的態度卻要看具體是什麼。

所以，陳家洛是「忠」的形象，而乾隆乃是「不忠」的形象。進而，乾隆這位「君」還成了諷刺、挖苦、批判的對象。

《碧血劍》中的袁承志要為父報仇，對象分別是明帝與清酋，這使從海外渤泥國來的張朝唐嚇得一哆嗦。但袁承志及其作者金庸沒有絲毫的顧忌，明帝崇禎昏庸無道，誅之討之，殺之復仇，有何不可？至於清酋皇太極，那是異族首腦，敵中魁元，殺之更是大快人心，為本民族做了大好事。進而，小說中對扯旗造反的闖王李自成這一「反賊」進行了正面的描寫。據說這曾使當時的台灣當局很不以為然，以為這是受了「共匪亂黨」的意識形態的影響，而違背了古之傳統、宣揚了「不忠」。有趣的是金庸對李自成的結局及性格命運的另一面的描寫，又惹得大陸上許多人的不痛快，以為寫李自成逼死李岩及縱兵搶劫是「有損於這一革命英雄的光輝形象」。

看來金庸是「兩面不討好」。可是他的現代人的理智要求他這樣做。當李自成當成正面人物而又寫出他的弱點，這沒什麼。

金庸的「忠於民族、忠於國家」的思想在《射鵰英雄傳》、《神鵰俠侶》、《倚天屠龍記》等書中表現得更加充分。

郭靖、楊過、張無忌的「俠行」的重要表現，是「國家興亡，匹夫有責」（**雖然顧炎武說這話時，他們應早已做古了。但他們的形象卻是現代人創造出來的**）。所以他們救邊難、舉義旗、與入侵之敵誓死周旋，讓人心中由衷地充滿敬意。這是一面，另一面，在上述幾部書中，人們對「君」的態度卻很有意思，非但不「忠」，反而大恨、大罵。如《射鵰英雄傳》的一開頭就大罵昏君奸臣，《神鵰俠侶》中的「風陵夜話」也對南宋君臣一點不客氣。

《倚天屠龍記》中，張無忌在閱讀《明教流傳中土記》時，曾說：「只有朝廷官府不去欺壓良民，土豪惡霸不敢橫行不法，到那時候，本教方能真正的興旺」。（**第二十五回**）言中之意，對朝廷君王亦沒有好感，更無「忠君」的跡象。張無忌雖然無為隨和，但「民族大義」卻不敢不存，與趙敏傾心相愛，卻並未影響他反元抗蒙古人到底的決心。而《倚天屠龍記》這一書名及其主題，則更清楚地表明了作者對「忠」的理解及對「君」的要求，那是小說的最後，張無忌發現了屠龍刀中所藏的《武穆遺書》、倚天劍中所藏的《九陰真經》之後，決定將《武穆遺書》贈給徐達時所說的話：

張無忌卻不接過，說道：「『武林至尊，寶刀屠龍，號令天下，莫敢不從』，這十六個字的真義，我今日方知。所謂『武林至尊』，不在寶刀本身，而在刀中所藏的遺書。以此兵法臨敵，定能戰必勝、攻必克，最終自是『號令天下，莫敢不從』了。否則單憑一柄寶刀，又豈真能號令天下？徐大哥，這部兵書轉贈於你，望你克承岳武穆遺志，還我河山，直搗黃龍。」

……張無忌道：「武林傳言之中，尚有兩句言道：『倚天不出，誰與爭鋒？』倚天劍眼下斷為兩截，但日後終能接上。劍中所藏，乃是一部厲害之極的武功秘笈。我體會這幾句話的真義，兵書是驅趕韃子之用，但若有人一旦手掌大權，竟然作威作福，以暴易暴，世間百姓受其荼毒，那麼終有一位英雄手執倚天長劍，來取暴君首級。統領百萬雄兵之人縱然權傾天下，也未必能當倚天劍之一擊。徐大哥，這番話請你記下了。」（**第四十回**）

這番話說得實在明確得很，對於民族、國家，那是人人都要忠的，而對於君王領袖，那卻未必。若是手掌大權、作威作福、以暴易暴（**幾個手掌大權的君王不這樣？**），就要拿劍來割取「暴君」的首級，此劍名為「倚天」，可不管什麼「忠君」之禮法。

這樣看來，前面提到的黃藥師所說「忠孝乃人之大節所在，並非禮法」，就並不難理解，「忠君」是「禮法」，黃老邪可以不理不睬，甚至要諷刺挖苦；但「忠於民族，忠於國家」卻是「人之大節所在」，黃藥師雖號稱東邪，卻也不敢有違，所以這一世外高人，到了《神鵰俠侶》中也為國為民大擺其「二十八宿大陣」以抗擊蒙古侵略軍。也就是說，要把「忠君」二字拆開，「君」可以扔在一旁不管；而「忠」卻要保留，此乃「大節」。

寫到蕭峰，作者的思想境界其實已提高了一個層次，至少是忠於民族、忠於國家已不再是狹隘的民族（漢族或契丹族）及狹隘的國家（大遼或大宋），而是中華民族（**多民族的大家庭**）及中國（**多民族統一的國家**）。我們曾說蕭峰是「國際主義」與「和平主義」，固是相對於當時的歷史而言，即當時的民族國家在如今看來都是一個統一的中國及中華民族內部的暫時性分野及紛爭。若將蕭峰的行為及意義提高到當今世界範圍內的「國際主義」及「和平主義」的高度來認識，亦無不可。

實際上，蕭峰當時的所作所為，若在當今之世，足以獲得「諾貝爾和平獎」。這樣「忠」乃是「忠於人類」及「忠於和平的理想」。而蕭峰之所以要自殺，是因為他畢竟是古人，畢竟是當時的社會關係及其倫理關係中人。

金庸的這種思路並不難以理解。因為這是現代人應有的觀念，人要忠於自己的民族、國家，決不等於一定要忠於某一個君王，或是某一屆政府、某一種政權。若將「愛國主義」與「忠君」、「忠於政府」、「忠於政權」等同起來，那就是混淆是非、甚至是倒行逆施。

在金庸小說中，對傳統意義上的「忠君」進行了毫不留情的挖苦、諷刺。例如《書劍恩仇錄》中的那一首《西江月》：「鐵甲層層密佈，刀槍閃閃生光。忠心赤膽保君皇，護主平安上炕。湖上選歌徵色，帳中抱月眠香。刺嫖二客有誰防？屋頂金鉤鐵掌。」（第十回）——這就是忠君者的形象，及所「忠」之「君」的形象。這樣的挖苦，簡直是有些刻薄。

而《碧血劍》中的盲人所唱的歌謠：「無官方是一身輕，伴君伴虎自古云。歸家便是三生幸，鳥盡弓藏走狗烹……」則更是唱出了「忠君」者的不幸命運，唱出了中國歷史的大悲憤：「子胥功高吳王忌，文種滅吳身首分。可惜了淮陰命，空留下武穆名。大功誰及徐將軍？神機妙算劉伯溫，算不到大明天子坐龍廷，文武功臣命歸陰。……」（第十九回）這些人以外，還要加上忠於崇禎而被崇禎所殺的袁崇煥、忠於李自成而被李自成逼死的李岩。「今日的一縷英魂，昨日的萬里長城」，這樣的冤魂，自古至今不知有多少！所謂飛鳥盡、良弓藏，狡兔死、走狗烹。如此「忠君」，豈不荒謬？豈不讓人悲憤?!

精忠報國，固是值得崇仰，但為臣盡忠，卻要具體問題具體分析。君臣不平等，臣對君盡忠，而君對臣不忠不義不仁不愛，這樣的禮法當然應該破除。

實際上，依照人性，以及中國人所特有的功利心，「忠君」之禮法，造成了一些悲劇，更造成了做作、虛假、諂諛、奉承、心口不一、拍馬逢迎的惡劣的社會風氣，及惡劣的民族習性與文化心態。君對臣不仁不愛，臣必對君不誠不實。君主高高在上，臣必阿諛奉承才能使龍顏大悅，這能有真正的「忠君」麼？

我們曾說起過《天龍八部》中的丁春秋，他一心想做「天下第一人」，而廣收拍馬逢迎之徒，大勢吹捧之。在他處於優勢、占上風之時，徒眾固然紛紛效忠、極盡吹牛捧拍之能事。一旦他處於劣勢、甚而被打敗之時，徒眾又去投奔新主，向另一個人（**虛竹**）表示「效忠」去了。《笑傲江湖》中的楊蓮亭創造了一套儀式，要日月神教的徒眾進入黑木崖殿堂時猛呼口號、叩拜教主，表示忠誠不二，可是一旦任我行復辟成功，殺死了東方不敗和楊蓮亭，除童百熊等極少數的例外，其他人無不表示效忠新主。又對任我行敬獻忠心。若是任我行再被其他人所取代，勢必還是如此。

《鹿鼎記》中的神龍教主洪安通喜歡聽吹捧之言，教中年輕徒眾自是阿諛成風，似乎人人忠心赤膽。可是到最後，神龍教一敗塗地，洪安通身邊已只有許雪亭等少數幾位老部下，這是一批真正的忠誠之人，反倒得不到他的信任。書中有這麼一段：

……許雪亭道：「屬下等向來忠於本教和教主，但教主卻始終信不過眾兄弟，未免令人心灰。第一件事，懇請教主恩賜豹胎易筋丸解藥，好讓眾兄弟心無牽掛，全心全意為教主效勞。」

洪教主冷冷的道：「假如我不給解藥，你們辦事就不全心全意了？」

許雪亭道：「屬下不敢。第二件事，那些少年男女成事不足，敗事有餘，一遇上大事，個個逃得乾乾淨淨。本教此時遭逢劫難，自始至終追隨在教主與夫人身邊的，只是我們幾個老兄弟。那些少年弟子平日滿嘴忠心不二，什麼赴湯蹈火，萬死不辭，事到臨頭，有哪一個真能出力的？屬下愚見，咱們重與本教，該當招羅有擔當、有骨氣的男子漢大丈夫。那些口是心非、胡說八道的少年男女，就像叛徒韋小寶這類小賊，也不用再招了。」他說一句，洪教主臉上的黑氣便深一層。許雪亭心中慄慄危懼，還是硬著頭皮將這番話說完。（**第四十四回**）

許雪亭等說他忠心，韋小寶等年輕人更說他們忠心。前者是「心」，後者是「口」。真正忠心是看不見的，而口頭的忠心卻聽得到、讓人感覺舒服、飄飄欲仙。兩種忠心讓洪安通來判斷，洪安通偏偏更喜歡聽得見的「忠心」，對許雪亭等人的真正的忠心及其「逆耳忠言」卻大感惱火。不僅不信任許雪亭等人，反而要將他們處死。神龍教最後滅亡，也因此而起。這一段故事，簡直可以當成一種寓言來看。

《鹿鼎記》中的韋小寶是一個大滑頭，他居然也講忠心，可見「忠心」之不值了。康熙對他不錯，他也對康熙不錯。可是要他身臨險境，真正的為國分憂，他就要準備隨時腳底抹油。康熙要他去滅天地會，他就躲到通吃島上去做富貴閒人。實在不行，最終便「告老還鄉」隱姓埋名、歸於民間。他最瞭解朝廷是怎麼回事，也最瞭解忠君的成色。因而他對康熙說，對皇上叩頭，有時是出於真心，有時則是敷衍了事，有時甚至一邊叩頭一邊心裡嘀咕（**這最後一句當然不會對康熙說的。但康熙卻知道這一點**）。康熙能從韋小寶的話中推測出他沒完全講出來的話。康熙還知道，只有韋小寶這樣不學無術的傢伙、這樣自小摔跤摔出來的朋友，才有可能偶爾對自己說幾句真話。但那也只偶爾而非經常；只有幾句，而非全部真話。

這也難怪，皇帝是上天之子，孤家寡人，要群臣、萬民的忠心，又要人句句講真話，這是魚與熊掌，二者如何能夠兼得？「表忠效忠」作為一種儀式固然很好看、很讓人感動，可是要當真，那可就複雜了。

這也是中國的一大文化特色。是一種值得注意的文化現象，中國人能做到「口中呼『萬歲』，肚子裡罵娘」。心口不一，是「忠君」的一種常見的人文景觀。

「忠孝乃人之大節所在」，「忠」已經被金庸改良革新了，「孝」卻無法偷樑換柱。不忠於君，尚可以忠於民族、忠於國家、忠於某種信念。若不孝於父母，又去孝誰？孝只能是對父母、對祖宗，不能更改。又不能拋棄，只能全盤繼承。

在金庸的小說中，我們很容易看到「為人之子，當盡孝道」的例子。

《書劍恩仇錄》中的乾隆雖是被作者諷刺挖苦和批判的「反面人物」，他不僅不願意「反滿復漢」，冒點風險，反而設法將同胞兄弟陳家洛及其紅花會中英豪一網打盡。此人不守諾言，不踐誓願，荒淫好色，好大喜功，但卻有一點，那就是不敢不守孝道。他本不知自己是漢人陳世倌的兒子，聽了于萬亭說起才知，並仍舊將信將疑，可是他對陳家洛說：「不過為人子的，寧可信其有，不可信其無。信錯了不過是愚，否則可是不孝。因此我到海寧來祭墓。」（第十一回）他不僅這麼說，而且這麼做。這麼做無疑也是冒些風險（比如有人向皇太后及其他皇親國戚通風報信），但他還是做了，祭墓、修墓、題匾、樹碑，他都幹了。這就是孝道。

金庸小說中有一句名言，可看成是江湖、世間通用的規則，是「父母之仇，不共戴天」。這也是孝道的表現。

《碧血劍》中袁承志為報父仇，敢於與明帝、清酋做對，在當時是大逆不道，可是他要報父仇，誰也沒以為有什麼不妥。若不是考慮到「天下大勢」及「民族大義」，他早就將崇禎皇帝殺了。卻沒想到，對於乃父及其古禮，他報父仇雖是盡孝，對朝廷卻是不「忠」。當然，崇禎乃是「昏君」，而皇太極又是「異族」，誅殺他們，似又可商量。總之報父仇，盡孝道，是江湖中人（**世間之人，當然是中國人**）的第一等的大事。

《雪山飛狐》、《飛狐外傳》中的胡斐，也在到處尋訪殺父仇人，不能報復父仇，始終是心中的一塊心病。

《笑傲江湖》中的任盈盈，當她的父親最後一次勸令狐冲加入日月教，而令狐冲再一次拒絕，並要率領恒山派徒眾與日月教周旋時，真是傷心欲絕。雖然令狐冲公開向任我行求婚，任我行也許了婚，但她怎能嫁給令狐冲？書中寫道：

令狐冲向盈盈道：「盈盈，你是不能隨我去的了？」

盈盈早已珠淚盈眶，這時再也不能忍耐，淚水從面頰上直流下來，說道：「我若隨你而去恒山，乃是不孝；倘若負你，乃是不義。孝義難以兩全，冲哥，冲哥，自今而後，勿再以我為念。反正你……」

令狐冲道：「怎樣？」

盈盈道：「反正你已命不久長，我也決不會比你多活一天。」（第三十九回）

「孝義難以兩全」，任盈盈選擇了「孝」，留在了父親任我行身邊。儘管她對父親的所作所為並不以為然，但為了不能不孝，所以她不能隨心所欲地跟令狐冲下山去。而令狐冲也理解她這樣做的苦衷。因為令狐冲實際上也是一位至孝之人，他隨風清揚練劍，風清揚罵他的師父岳不群，他寧可不學這個劍法，也不願聽人「指斥師父的不是」。令狐冲是孤兒，他理所當然地將師父當成父親。

在金庸的小說中，不僅好人、主人公克盡孝道、為父報仇之類的事得到了作者的稱許，即便是不那麼好的人要報殺父、殺夫之仇，也同樣獲得了作者的諒解。《碧血劍》中的金蛇郎君夏雪宜對溫家的所作所為實在令人髮指，但一說出是為報殺母、姦姐、毀家之仇，似乎就沒什麼可說的了。最典型的當然就是《飛狐外傳》中的商老太、商寶震母子要向胡一刀、苗人鳳報復殺夫、殺父之仇，也獲得了作者的理解。作者還在小說的「後記」中專門寫了一筆：「武俠小說中，反面人物被正面人物殺死，通常的處理方法是認為『該死』，不再多加理會。本書中寫商老太這個人物，企圖表示：反面人物被殺，他的親人卻不認為他該死，仍然崇拜他，深深的愛他，至老不減，至死不變，對他的死亡永遠感到悲傷，對害死他的人永遠強烈憎恨。」這是給予反面人物復仇的一定的「合情」性，其中也包含了讓被殺者親人盡愛、盡孝的「合禮」性。

在金庸的小說中，也有反面的例子。

比較典型的，是《神鵰俠侶》中的楊過一心為父報仇，不僅將父親楊康想像成一個頂天立地的英雄人物，而且對父親之死因又多少有些主觀武斷，因而險些殺了郭靖，鑄成大錯！讓人為他捏了幾把冷汗。因為他若殺了郭靖，非但是恩將仇報、誤殺好人，而且是通敵賣國，助紂為虐，郭靖一身擔當襄陽抗敵的大任，這樣的人豈能殺得？楊過性格偏激，做起事來不管不顧，差一點兒就幹出來了。幸虧剛直不阿的柯鎮惡對他說了事情的真相，使他免於做出大逆不道之事，同時卻又使他陷入了另一種深刻的痛苦之中：自己一貫在心裡敬之愛之、塑之造之、孝之念之的父親楊康，原來是那麼一個卑鄙無恥、貪戀榮華、不忠不孝、叛國投敵的大壞蛋！

這一段故事給人出了一個難題：這樣的父親，當不當孝？理智的回答，當然是不應該，可是身當其境，只怕卻有些難以抉擇了。

報復父仇而不被作者肯定的，也有兩人。一是《天龍八部》中的游坦之（**《天龍八部》這部書對復仇的合理性產生了深刻的懷疑**）。書中倒也不是否定他的復仇心及其復仇行為，而是對他的人品及其人生道路深為痛惜。書中這樣寫道：「他幼年時好嬉不學，本質雖不純良，終究是個質樸少年。他父親死後，浪跡江湖，大受欺壓屈辱，從無一個聰明正直之士好好對他教誨指點，近年來和阿紫日夕相處，所謂近朱者赤、近墨者黑，何況他一心一意的崇敬阿紫，一脈相承，是非善惡之際的分別，學到的都是星宿派的那一套。星宿派武功沒有一件不是以陰狠毒辣取勝，再加上全冠清用心深刻，助他奪到丐幫幫主之位，教他所使的也盡是傷人不留餘地的手段，日積月累的浸潤下來，竟將一個系出中土俠士名門的弟子，變成了善惡不分、唯力是視的暴漢」。（第四十一回）

再一個例子，是《笑傲江湖》中的林平之。他的復仇，一開始大家無不同情，無不理解，無不支持，但他自修練了「辟邪劍譜」之後，就變得陰毒邪門，令人髮指。其報復手段無人不驚不駭、不毛骨悚然。

也許，作者筆下的游坦之、林平之雖說為父報仇是盡孝道，但他們的人生道路及人格品質卻入了歧途邪門，這才是真正的不肖之子，亦即不孝之子。因為依照古禮，不誠不信，敗壞家聲、敗壞祖宗名譽，就是大不孝。

同理，建德立功、揚名顯親、光宗耀祖，才是大孝。

提起大孝，我們不能不想起《鹿鼎記》中的韋小寶。韋小寶之不孝，使我們不能不笑。他不知父親是誰，想孝也無從孝起，而對他母親，小時候照罵其「婊子娼婦」不誤，長大後雖飛黃騰達，則又將當妓女的老娘忘得一乾二淨。即使想起來，也不能提，因為這等母親，有辱朝臣體面，甚至敗壞朝綱，要被人參革的。於是，最後，書中寫到韋小寶要開溜之時，有這麼一段奇文：

韋小寶道：「皇上，奴才向你求個恩典，請皇上准奴才的假，回揚州去瞧瞧我娘。」

康熙微笑道：「你有這番孝心，那是應該的。再說『富貴不歸故鄉，如衣錦夜行』。原該回去風光風光才是。你早去早回。把娘接到北京來住吧。我吩咐人寫旨，給你娘一品太夫人的誥封。你死了的老子叫什麼名字，去呈報了吏部，一併追贈官職。這件事上次你回揚州，就該辦了，剛好碰到吳三桂造反，耽擱了下來。」他想韋小寶多半不知父親的名字如何寫法，這時也不必查問。康熙雖然英明，這件事卻還是只知其一，不知其二，韋小寶固然不知父親的名字如何寫法，其實連父親是誰也不知道。

韋小寶謝了恩，出得宮門，回去府中取了一百五十萬兩銀票，到戶部鋁庫繳納；去兵部繳了「撫遠大將軍」的兵符印信；又請蘇荃替自己父親取了個名字，連祖宗三代，一併由小老婆取名，繕寫清楚，交了給吏部專管封贈、襲蔭、土司嗣職事務的「驗封司」郎中……（**第五十回**）

這簡直是一幕荒誕劇。韋小寶明明是想「老子不幹了」，要溜之大吉，卻詐說是要回揚州去看老娘，居然騙得一個「孝心」之名。而朝廷的誥封，則又是針對由韋小寶的小老婆所捏造的子虛烏有的人名，如此「顯親」、「封蔭」，當真是古今之大奇。而如此之「孝道」，不免讓人感到可笑之至。

這裡，金庸大大的「幽孝道一默」。

但也只能針對韋小寶這一不知父親是誰的奇人，且只能點到為止，否則可就過了，有違孝道，這樣的罪名金庸擔當不起，他也不敢當。

其實，對於孝道，及父子關係，金庸是有意無意地迴避了不少麻煩。

依照古禮，是「父母在，不遠遊」，否則就是不孝。更不必說如金庸小說中的人一樣不但遠遊四方，而且還以武犯禁，幹著動刀動劍的危險勾當、犯上做亂，恐怕更是不孝之至了。

金庸避開了這一麻煩，方法是將其小說的主人公大多都寫成孤兒。既是孤兒，就沒了父母在不遠遊的約束，幹什麼都不至於背上不孝之名。金庸這樣的設計，固是為了傳奇的方便，同時也免去了要寫家庭生活、父子關係等等具體的麻煩。

具體如何處理父子關係，父對子怎樣，子對父又當如何……這些全都免了，迴避了。剩下的，至多不過是「為父報仇」罷了。這一點點「孝道」，江湖中人不能不盡。而作者亦輕易地處理「孝道」的問題，如此簡單，自當遵守。具體地面對現實中的複雜的父母與子女間的關係，以及《孝經》中規定的「孝道」的種種複雜的難題、禮法，這些都被作者省略了。如何選擇，以及如何改良，自也不必去多費心機。

比如《天龍八部》中的段譽——他差不多可以說是金庸小說的主人公中唯一父母雙全的人（**虛竹也是父母雙全，但他一直不知，知道時父母雙雙自殺了，且他又是甘當和尚之人，又當別論**）——於父母健在之日，遠遊不斷，且父親要他練武，他不但不練，還與父親辯駁，繼而又從家裡逃了出來，如此等等，於「孝道」是否有違、有虧？書中都迴避了。小說的最後，又揭露段譽的身世之謎，說他是段延慶的兒子，而段譽對段延慶這位「天下第一惡人」自是始終厭惡，最後雖然沒有殺他，卻也不肯叫他一聲「父親」，這是孝，還是不孝？

當然，沒有人對此不滿。因為這是武俠小說、傳奇故事，誰會較真兒？至於作者避實就虛、避重就輕，謹守空洞的「忠孝大節」，那也只有好，沒有不好。因為這是言古人古事，所以「忠孝」之節不可不守；同時作者對此大節或改良變法、或避實就虛，叫現代的讀者也說不出什麼不是。誰也不會苛求一位武俠小說作家全面地反映忠孝文化，系統地研究忠孝文化。書中有那麼一些內容，點到為止，也就夠了。誰要對此問題深究，那是他自己的事。

第八章 男女

金庸的武俠小說雖然說是寫古人古事，但不是什麼紀實文學，而是浪漫傳奇，可以發揮想像，甚至可以加進現代人的觀念乃至西方人的觀念，如是，要談其小說情節內容與中國文化的關係比較難。因為我們不能信以為真。

例如金庸小說中的男女關係，我們在寫「情愛論」及「人性論」的時候，固然可以大談特談，但涉及文化的時候則要困難得多。因為小說中的男女關係至少主要不是按照中國文化傳統的觀念或者傳統習俗而創造的，而是按照現代人的觀念加上適合小說傳奇情節及其趣味想像創造出來的。

男女關係，除了天倫親情關係（父女、母子、祖孫、親戚等）外，狹義是專指男女之間的愛情、婚姻、性三種關係。傳統的男女關係觀念，則主要著重於婚姻（當然也包括了性）關係。所謂「男大當婚，女大當嫁」及「陰陽和合」、「鴛鴦白頭」等等即是。我們知道的傳統習俗是婚姻講究「門當戶對」，而且要有「父母之命，媒妁之言」，進而男子可以「三妻四妾」，而「不孝有三，無後為大」等等。

金庸的小說中，可不大講究這一套。原因有二。一是金庸小說中所寫的並非人們日常的世俗生活，而是傳奇的江湖生活，是以規矩與日常世俗有很大的不同；二是作者對傳統的習俗進行了一番掏洗，將那些不合現代人觀念意識的成份去掉了，比如三妻四妾等。

金庸小說中大量的篇幅都是寫男女愛情，而對婚姻和性則寫得較少（不是沒有）。主人公大多是年輕人，所以作者將重點放在愛情方面，這也合情合理，而且也符合讀者的欣賞趣味。金庸小說的愛情描寫又有兩個特點，一是戀愛自由，男女主人公相對處於一種禮教鬆馳的環境下，甚至是反對禮教的環境下，大約就像現代人差不多；二是選擇專一，古人明明可以多娶，但陳家洛、張無忌卻為選擇而困惑和苦惱，只因作者要讓他們或二中取一，或四中取一，一如現代人面臨的困難。

這麼一來，或許有人會認為金庸小說男女關係的描寫與中國文化、尤其是傳統文化沒有什麼關係，純屬虛構，且加入了現代化的成份。這恐怕又不完全對了。

按照古禮，是「男女授受不親」。嫂子只有掉下水去了，快要淹死的時候，當叔叔的才可以「援之以手」，拉她一把。這時接觸一下，不算違禮。極端的，是女性被不相干的男人拉了一下胳膊，都要把那隻被別的男人碰過的胳膊砍掉。這樣的古禮當然有人相信、有人遵守，但若以為古人全都是這樣，那就錯了。中國人有一句俗話，叫「盡信書不如無書」，擴大一下是「盡信禮不如無禮」。我們說過了，古代聖賢在規定禮節習俗時有些想當然，一廂情願，有時太過違背人性及生活實際，這樣的禮俗多半只能哄哄人、騙騙人罷了。不排除有人盡力去做，但做不到的也大有人在。還有兩個原因，使古之禮法實行起來有漏洞可鑽。一是「禮不下庶人」，即許多禮法是針對士大夫以上的人家而言的，最下層的一般老百姓不用去管它。這就是網開一面了，雖說是看不起庶人，卻反倒使他們得到一定程度的自由。另一個原因，是古之禮法，不一定如我們想像的那樣自先秦至民國都一以貫之，實際上不同的時候、不同的民族、不同的地域及不同的社會階層，執行起來都不完全一樣。異族習俗的傳入會衝擊，動亂時代會變更從權。再說中國一直也還有反傳統、反禮教的人們，也有其獨特的「反傳統的傳統」，使傳統並非鐵板一塊。而是大有漏洞可鑽。這叫上有政策、下有對策，這一傳統也是由來已久了。這就是古之禮法過於苛嚴而致虛偽。

人們對於古代男女關係的看法是愛情不自由、婚姻不自主。極端而言，是只講婚姻（**當然是不自主的婚姻**）而不講愛情，即包辦婚姻。這當然是有一定道理的。可是，也不全然如此。中國的文學史中，從《詩經》中的愛情詩章，到《西廂記》及其「願天下有情人皆成眷屬」；到《牡丹亭》中男女情愛的生死不渝；到小說《紅樓夢》的「厚地高天，堪歎古今情不盡；癡男怨女，自古風月債難償」。其中都有對愛情美好的歌詠、祈頌、期望、描寫。至少表明古人的意識，及他們的人之天性上，並非為古禮所拘囿的。也有另一面，另一種「傳統」在。

古禮講「三綱五常」，其中一條是「夫為妻綱」，與「君為臣綱」、「父為子綱」

並列。可是中國古代不僅有吃醋的故事，更有「河東獅吼」的故事。古禮對婦女十分不平等，要她們「三從四德」，即「在家從父，出嫁從夫，夫死從子」，再加上「德、容、言、工」。別的不說，「夫死從子」就不是合乎情理，更不是人人都遵守的，且與古之「孝道」又自相矛盾。《紅樓夢》中的賈府算是模範之家，賈母對賈政的態度，半點也沒有「夫死從子」的樣子，而只有兒子對母親的孝道。

所以說，古書上記載的禮法是一回事，古人的生活則又是一回事。二者當然有密切的關係，但不能等同起來。更不能以古書去套古人的生活。這也是「生活之樹常青，而理論是灰色的」，規律如此，不必多言。

當然，怎麼說，金庸的小說並非依古禮、亦非盡依古俗，這一點是肯定的。但我們仍可以從金庸小說中的男女關係描寫，看到中國文化的影響與淵源。

我們倒過來說，首先看金庸小說對性的描寫及作者的態度，就明顯是遵照中國文化的傳統觀念，即樂而不淫，情而不涉於濫汙，十分的含蓄、謹慎，講究溫柔敦厚。不像西方人，也不像現代某些中國作家那麼解放（**不少武俠小說以「拳頭加枕頭」來招徠讀者**）。金庸小說中的男女情愛關係十分的純潔，熱戀中的情人至多不過摟抱一下、親吻一下而已，很少再進一步，沒有寬衣解帶。這甚至沒有《紅樓夢》那麼開放，更不要說比《金瓶梅》之類的小說了。

就是直接地寫——不得不寫的——性關係，如《飛狐外傳》中寫田歸農與苗人鳳的妻子南蘭偷情、寫馬春花與福康安偷嘗禁果，卻寫得十分的含蓄、乾淨。如小說中寫馬春花與福公子的那一段：

福公子擱下了玉簫，伸手去摟她的纖腰。馬春花嬌羞地避開了，第二次微微讓了一讓，但當他第三次伸手過去時，她已陶醉在他身上散發出來的男子氣息之中。

夕陽將玫瑰花的枝葉照得撒在地下，變成長長的一條條影子。在花影旁邊，一對青年男女的影子漸漸地倚在一起，終於不再分得出是他的還是她的影子。太陽快落山了。影子變得很長，斜斜的很難看。

唉，青年男女的熱情，不一定是美麗的。

馬春花早已沉醉了，不再想到別的，沒想到那會有什麼後果，更沒想到有什麼人闖到花園裡來。福公子卻在進花園之前早就想到了。所以他派太極門的陳禹去陪馬行空說話，派王氏兄弟去和商氏母子談論，派少林派的古般若去穩住徐錚，派天龍門南宗的殷宗翔守在花園門口，誰也不許進來。

於是，誰也沒有進來。

百勝神拳馬行空的女兒，在父親將她終身許配給她師哥的第二天，做了別人的情婦。（**第三章**）

這是典型的中國式寫法。其他如《神鵰俠侶》中寫道士尹志平偷汙小龍女，《天龍八部》中虛竹和夢姑在黑暗冰窖中的性行為，都寫得十分含蓄。而寫到田伯光（《笑傲江湖》）這樣的採花大盜，寫到韋小寶這樣的「胡天胡帝」的傢伙，也都只是一筆帶過，絲毫不涉及淫穢。

金庸並不是道學先生，只是尊重中國人的審美傳統及審美習俗而已。黃藥師號稱「東邪」，但對已逝的妻子卻情有獨鍾，當歐陽鋒送他幾十名妖冶的西域美女時，他婉言謝絕。這恐怕不能用道學先生的標準來解釋。

金庸並沒有將男女性關係當成洪水猛獸，只是寫起來小心謹慎，注意分寸得當。《飛狐外傳》中所寫的袁紫衣之母袁銀姑受到鳳天南的強暴，又受到湯沛的凌辱，這當然是婦女不幸命運的寫照。而道士尹志平對小龍女的偷乘，卻是基於人性的弱點。

值得注意的是，《倚天屠龍記》中的峨嵋派姑娘紀曉芙雖然配給了武當派的殷梨亭，但受到明教的楊逍強迫而發生性關係之後，居然將他們的非婚生女取名為楊不悔。她不敢再與殷梨亭見面、談婚嫁，這很容易理解，她已失去了處女的貞潔，按照禮法是無顏再嫁了。對楊逍的依從，也包含了既已失身，就只得從一而終的意思，但將女兒取名楊不悔，卻表現了她的心理真實及自由意志，連張無忌也看出了楊逍的成熟男子漢風度遠比殷梨亭的軟弱性格更有魅力。因而紀曉芙與楊逍發生性關係時雖非自願，但愛上楊逍卻又是情不自禁。

虛竹與夢姑（西夏公主）並未見過面，甚至連對方的名字也不知道，但自從在冰窖裡不由自主的發生性關係以後，互相之間難以忘懷。西夏公主終於想出了公開招駙馬的計策，將虛竹認了出來，並結為夫婦。這樁先有性生活，後有愛情，再有婚姻的男女關係，也表明了性心理的複雜性，為金庸小說的性文化增加了一個生動的例子。

金庸並非道學先生，這可從其小說中的幾樁不幸的婚姻描寫中可以看出。

這幾樁不幸的婚姻都是傳統的包辦婚姻，即父母之命、媒妁之言的婚姻。第一樁是《書劍恩仇錄》中的徐潮生（**陳家洛的母親**），她愛的是于萬亭，家裡卻將她許配給了世家大族陳世倌。按照禮法習俗，她只能從命，嫁給陳世倌，生兒育女，克盡婦道。但她的內心痛苦卻格外深沉，因為不能與心上人亭哥成為眷屬，甚而不能再有逾禮的行為。她只能獨自品嘗這一痛苦，實在忍受不住，只得將幼子家洛送到于萬亭身邊去學藝，以寄相思，以慰其心。陳家洛在父母親及義父于萬亭死後才得知這樁不幸的愛情與婚姻的往事，但也只有知道了而已，不能改變什麼，甚至不能評說什麼。這就是禮法與人生的殘酷。

《俠客行》中的史小翠也是一樣，年輕時貌美如花，不乏追求（**提親**）之人。她的父母看上了地位高、武功高的雪山派掌門人白自在，將她許配給他。白自在向來傲慢自大，雖悅其妻容貌，卻並沒有情動其心。相反，白自在的狂妄傲慢造成了史小翠的心靈屈辱。最典型的例子有二，一是史小翠誇張丁不四對她的情意，以及她對於不四的懷念，以惹白自在生氣，實質上是要引起他的反省與對她的心靈、情感、人格的注意和尊重。二是史小翠會武功，但白自在不以為然，反而諷刺挖苦，致使史小翠從此不與丈夫談論武功，而暗自下決心要創出一套專門克制白自在的雪山派武功的刀法來。她最後終於真的創造出來了，那就是她挨了丈夫耳光、一氣下山，救了孫女阿繡、碰到丁不四、不屈投江、被石破天所救之後，教石破天的「金烏刀法」。「金烏」即太陽，「太陽一出，雪就化啦」。

從這一刀法、刀法名稱及創造者的行為，我們可以看出，史小翠的心中，對丈夫白自在的怨憤有多大。史小翠實在比徐潮生更為不幸，徐潮生還有一位傾心相愛的心上人于萬亭，而史小翠所說的對丁不四的愛意，實質上只是她虛構出來填補自己內心空虛並引起丈夫注意的鏡花水月而已。生下兒子白萬劍之後，她只能克盡婦道，從一而終，幾十年不下凌霄城一步。沒想進入老年時還要受丈夫的耳光之辱，所以她的「金烏刀法」非創不可，亦非與丈夫的劍法比一比不可。

只是，創了，比了，贏了，她又能如何呢？得到的不還是鏡花水月的自慰麼？進而，有個性、自尊心及武功本領的史小翠尚且如此不幸，那些沒有這些而只能「嫁雞隨雞，嫁狗隨狗，嫁根扁擔抱著走」的婦女又該不幸到什麼程度呢？

其實，傳統的包辦婚姻不僅造成女性的痛苦，同時也造成了男性的痛苦。《神鵰俠侶》中的武三通就是一例。他是大理王朝的將軍，又是南帝（一燈大師）的高徒，可是婚姻大事卻不能自主，只有聽了父母之命，娶了一位妻子，但他卻並不愛她。而依古禮，不管愛與不愛，都要與她成親、生子，武三通只能將自己的痛苦悶在心裡。後來不知不覺間愛上了養女何沅君，從某種程度上說，正是這種不幸的婚姻的一種結果。但養女卻又愛上了江南年輕人陸展元。武三通阻止不了，更增雙重憤懣，最後終於瘋癲！這一令人震驚的典型事例及其典型形象，不能說不是包辦婚姻間接造成的一種惡果。

其實，我們在前面提到的馬春花失身於福康安，固然是由於福康安的引誘、加上馬春花的無知與情不自禁所致，但馬春花之所以要這麼做，其中無疑也包含了對命運的反抗和挑戰，對「父母之言」的包辦婚姻的強烈憤懣與有意無意的報復心。她不愛師兄徐錚，而父親卻偏偏要將自己許配給他！

在受到福康安蕭聲引誘而發生商家花園的那一幕之前，她看到了徐錚因吃醋而與商寶震打架，哭了一場，傷心失望而憤慨：「難道我的終身，就算這麼許給了這蠻不講理的師兄麼？爹爹還在身邊，他就對我這麼凶狠，日後不知更要待我怎樣？」（**第三章**）想來想去，除了掉淚之外，別無他法。此時響起蕭聲，正是福康安在誘她入園，實是乘虛而入：「她驀地裡想到了徐錚，他是這麼的粗魯，這麼的會喝乾醋，和眼前這貴公子相比，真是一個在天上，一個在泥塗。」（**第三章**）所以說，馬春花的失身，是對包辦婚姻的不自覺的報復。

金庸小說中的男女之情寫得再浪漫，但談及婚嫁，卻又不能完全不顧禮法，以至浪漫過頭。例如《書劍恩仇錄》中的徐天宏與周綺曾一路結伴而行，由相知而相悅，但徐天宏顧及周綺的大姑娘的名聲，到後來自己一個人先走了，而且囑咐她不要提起與他同道之事。周綺憨直，還是透露了出來，周仲英知道後，即向陳家洛商議提親之事，要將周綺許配給徐天宏，以免人家閒話。陳家洛徵求徐天宏的意見，並勸他生第一個兒子須不姓徐而姓周，以使周仲英香火有續，徐天宏同意了，親事遂提成了。結婚之時，雖倉促簡陋，且江湖人不講那一套繁文俗套，但主婚、大媒、司儀，以及新婚酒席、新娘的鳳冠霞帔等等，仍是一件不少。從中即可看到古代婚姻禮俗的一些側面。其他的例子，也不必再舉了。

再說愛情。

前面說過，金庸小說中很多愛情故事，且自由浪漫，不少是依現代人的觀念來講述的。但這並不表明金庸小說的愛情故事與傳統中國文化沒有關係。

例如愛情與倫理的關係，就曾使金庸筆下的一些人物痛苦不堪。

最典型的例子是《書劍恩仇錄》中的金笛秀才余魚同愛上了美女駱冰，男歡女愛，本是人之常情，奈何駱冰已經做了他人之婦，而且還是紅花會中坐第四把交椅的文泰來的妻子。余魚同與文泰來乃是結義兄弟，他當然懂得江湖中一向有「朋友之妻不可戲」的傳統，也知道「男女授受不親」的古禮。他不應該愛她，卻又禁不住要愛她，這也是身不由己。余魚同飽受這一愛情與倫理之矛盾的折磨，不斷暗罵自己是「禽獸」，且將自己的胳膊刺得鮮血淋漓，疤痕累累，又千方百計地出差，不見伊人，以求心安。可是都還不行。到最後實在忍不住，在駱冰受傷、熟睡之際，抱了她，親了一口，換來了一耳光，外加一頓義正辭嚴的教訓。

余魚同這麼做，一方面實在是情不自禁，另一方面還自恃年輕俊貌，與駱冰相當，以為駱冰與他才相配，這才有了越禮的行為。可是駱冰並不愛他，而只一心一意愛文泰來一人。余魚同無地自容，乃至於絕望之下出家做了和尚。只不過他天性做不了和尚，才又還俗。那段愛情與倫理的衝突及越軌行為，始終是他心中一個解不開的情結。直到文泰來表示公開諒解，這才罷了。

前面提及的武三通的發瘋，一方面是因為對自己婚姻的不滿，更主要的則是因為愛上了養女何沅君，而何沅君又嫁給了陸展元。武三通心中鬱悶無法排解，才發了瘋。之所以無法排解，是因為他這種有身分、有地位的人愛上了自己的養女，如此有逆人倫、違背道德的情意豈能對別人說？不能說，就只好悶在心裡，何沅君不聽他的話，硬要嫁給陸展元，這一刺激，內外夾攻，武三通非瘋不可，而苦果只能獨嘗，他的妻子雖然隱隱約約地猜到了一些，但卻無論如何也幫不了他。

最重要的例子，當然還是楊過與小龍女。楊過要娶小龍女為妻，在當時而言，違背了禮教，因為小龍女是他的師父，年紀輩份都比他大，師徒之間豈能「逆倫」結為夫妻？所以郭靖聞之，大為不滿，黃蓉也從旁相勸小龍女。

宋代講究禮法，郭靖、黃蓉雖是武林中人，卻也不能不受時代的侷限。作為楊過的長輩，非出面阻止不可。但楊過是性格偏激之人，不聽勸告，非娶小龍女為妻不可。這一回作者站在楊過一邊，理由很明白，是師生不能結婚這一條「古禮」沒有道理。現代人看來，簡直有些荒唐。所以作者支持楊過和小龍女的真心相愛，使他們不失「正面人物」的光彩。看起來，這樣的處理方法有些浪漫過頭，但也不完全是將今人思想代入古人行為。像這樣的事，作為特例，恐怕也不是沒有。

再回過頭去看郭靖，他與黃蓉的戀愛與婚姻也不是一帆風順，其中有成吉思汗將其女華箏公主許配給他一節，是郭靖與黃蓉兩人情感發展中的一大障礙、這是一種道德障礙，郭靖既答應了華箏公主的婚事，豈可不遵諾言、失信於人，而與黃蓉相愛？這種障礙弄得黃蓉傷心欲絕，郭靖也是痛苦不堪。只因兩人真心相愛，藕斷絲連，忠誠不變，而成吉思汗又殺了郭靖之母，從親家變成了仇家，郭靖的道德包袱才得以徹底解除，與黃蓉結成俠侶。

在黃蓉方面，也曾有過一段險境，那是歐陽克對她一見傾心，而且讓歐陽鋒赴桃花島提親。黃藥師看兩家門當戶對，兩人年貌相當，差一點就答應了這門婚事。黃蓉雖然嬌寵異常，一貫任性，但在婚姻大事上，也難拗父親之命。幸虧洪七公明白兩個徒兒的心事，及時趕到，而郭靖又會背《九陰真經》，才使黃藥師改變主意，將黃蓉許給了郭靖。否則，黃蓉對一樁包辦婚姻，無論如何也難以抗命，勢必以大悲劇收場。

這些都表明金庸寫情，並沒有完全忘卻文化環境及時代背景的限制。即使是純粹的兩情相悅，其中也有傳統文化的意蘊在。

例如《雪山飛狐》中寫到胡斐與苗若蘭兩人談戀愛：

胡斐道：「只是我自幼沒爹沒娘，卻比你可憐得多了。」

苗若蘭道：「我爹爹若知你活在世上，就是拋盡一切，也要領你去撫養。那麼咱們早就可以相見啦。」

胡斐道：「我若住在你家裡，只怕會厭憎我。」

苗若蘭道：「不！不！那怎麼會？我一定待你很好很好，就當你是我親哥哥一般。」

胡斐怦怦心跳，問道：「現在相逢還不遲麼？」

苗若蘭不答，過了良久，輕輕說道：「不遲。」又過片刻，說道：「我很喜歡。」

古人男女風懷戀慕，只憑一言片語，便傳傾心之意。

胡斐聽了此言，心中狂喜，說道：「胡斐終身不敢有負。」

苗若蘭道：「我一定學你媽媽，不學我媽。」她這兩句話說得天真，可是語言之中，充滿了決心，那是把自己一生的命運，全盤交托給了他，不管是好是壞，不管將來是禍是福，總之是與他共同擔當。……（**第十回**）

只可惜好景不長。兩人私訂終身未久，苗人鳳找到了胡斐，要與他決戰。苗人鳳認定胡斐是輕薄之徒，胡斐有口難辯。苗人鳳碰到過南蘭那樣的妻子及田歸農那樣的情敵，對男女之事不免過於敏感而且不無偏激，對苗若蘭勢必更加苛嚴。此次決戰，勝負未分，小說就結束了，苗若蘭與胡斐的愛情命運不知如何結局。

胡斐命運不濟，在《飛狐外傳》中，又碰到了另一種情況：愛他之人他並不愛，他愛的人卻又不能愛他。袁紫衣與胡斐不打不相識，兩情相悅，但胡斐不知道，紫衣即是「緇衣」，袁紫衣原來是個尼姑。臨別之時不得不說出實情，念了一首佛偈：「一切恩愛會，無常最難久。生世多畏懼，命危於朝露。由愛故生憂，由愛故生怖。若離於愛者，無憂亦無怖。」這是勸慰胡斐，還是自我安慰？佛門之中的男女愛情觀及其「若離於愛者，無憂亦無怖」的佛偈，當然也是一種文化景觀。而袁紫衣之所以要當尼姑，則不僅與其母袁銀姑遭強暴有關，且與其師（霍青桐）的愛情悲劇有關，我們在下文中再說。

程靈素傾心於胡斐，連王鐵匠也看出來了。王鐵匠對程靈素感激不盡，臨別之時唱了一首洞庭湖畔的民歌，那是唱給胡斐聽的，要胡斐記住：「小妹妹對情郎——恩情深，你莫負了妹子——一段情……」這其實也是一種文化景觀。

《書劍恩仇錄》中陳家洛到回疆參加偎郎大會，聽任情動於衷的少婦將絲巾套在情郎的脖子上，那當然也是特有的愛情文化景觀。

這裡要特別說明的一點，是金庸小說中的許多愛情故事雖然表面上不合古之禮法，以及情感與婚姻的某些習俗，寫得有些出奇、出怪，但其骨子裡卻極是對人性及愛情心理的準確把握和深刻表現。同時，由於刻畫出了人物的文化性格與文化心態，因而他們的愛情故事中，自然就有了文化的寓意。

如我們對於「包辦婚姻」一向有極大的惡感，不免產生一種幻想，即一旦能夠婚姻自主似可萬事大吉，一旦有情人皆成眷屬，那不是美滿無瑕嗎？在金庸的小說中，我們看到，事情遠不那麼簡單。想當年司馬相如愛上了寡婦卓文君，以琴挑之，以情動之，終於使卓文君不顧家人的反對，衝破禮法習俗的羅網，與司馬相如私奔而去，並且當爐賣酒，以供夫妻生活不致於窮困潦倒，不致於「貧賤夫妻百事哀」，因而傳為千古佳話。可是待到卓文君年老顏衰之時，司馬相如卻又愛心日淡，乃至險些移情別戀，若非卓文君一首《白頭吟》，這樁傳誦千古的愛情故事就要變質。

在金庸的小說中，寫出了各式各樣的愛情故事，依據人性的特點，揭示了特殊的文化心態，刻畫了不同的性格，寫出了多種多樣的愛情現象。

例子之一，是《書劍恩仇錄》中的一對奇異的夫妻，即「天山雙鷹」夫婦。禿鷹陳正德與雪鵰關明梅的夫妻生活的不正常之處是成年累月的爭吵不休。原因是關明梅年輕時可以有另一種選擇，即嫁給袁士霄，只因袁士霄脾氣比較古怪，對關明梅的小性子不肯輕易容讓，大吵一頓之後，袁士霄遠走他鄉。關明梅失望之下嫁給了陳正德。而關明梅結婚之後，陳正德知道這段往事，自非喝醋不可。加上袁士霄後悔當初不該任性離開關明梅，致使她移情別戀，失去關明梅之後悔之無已，反而對關明梅愛之彌深。這樣一來，形成了一種奇異的三角關係。袁士霄固然是得不到愛情的幸福，而陳正德與關明梅亦很難享受夫妻生活的溫暖之情。

金庸的小說中人物與故事重複的並不多，而袁士霄、陳正德、關明梅三人的「痛苦大三角」在《天龍八部》一書中居然又重現了：這一次的主人公是譚公、譚婆及譚婆的師兄趙錢孫。人物性格及故事模式基本上相同。即譚婆與趙錢孫同門學藝，且互相愛慕，只是譚婆（那時當然不叫譚婆，而叫小娟）愛發小脾氣，並動不動就要伸手打人，趙錢孫（那時當然也不叫趙錢孫，而應該有一個不瘋不癲的名字）偏偏最受不了這個，小娟打人，他定要還手。於是小娟離開了他，而選擇了譚公，成了譚婆。那趙錢孫終身不娶，對小師妹愛情不渝，但卻一直不明白小娟為什麼會嫁給譚公？直至老年，他們都已白髮滿頭，一齊赴丐幫之約，趙錢孫才得知譚公之所以獲得譚婆的芳心，不過是有一樁「挨打不還手」的好處而已！趙錢孫悔之晚矣。譚公、譚婆活得也不是那麼輕鬆；這兩個故事如此的雷同，在金庸的小說中是較少見的。之所以一寫再寫，當然不是黔驢技窮，恐怕應是感慨至深的緣故。這樣的故事，像是一種寓言。

金庸創造了一種戀愛自由、婚姻自主、男女平等的「假定情境」。而袁、陳、關及趙錢孫與譚氏夫婦的故事，便是假定情境中的一種重要現象。女性能夠自主婚姻，那便如何？至少再也不至於出現類似白自在夫人史小翠受丈夫之欺壓的情況，而是相反需要丈夫讓著她、尊重她、愛惜她，乃至要其挨打不還手。一般看來，作者似乎從一個極端走向了另一個極端，搞起了「女權主義」，寫起了男子甘受女性欺壓，且只有甘心受欺才能獲得女性的青睞。這與中國的「男尊女卑」的傳統實在是背道而馳。似與中國的傳統文化扯不上半點關係，是過於新潮，或過於奇異了。

不過，認真地去品味，或許能想到其中的奧妙。一旦愛情自主、婚姻自主並不等於萬事大吉。愛情與婚姻尚有自身的奧妙和規律，若不懂得這些奧妙和規律，僅憑自由和自主是不能獲得真正美滿的婚姻或幸福的愛情的。袁士霄、趙錢孫就是因為不懂，才與心愛的人失之交臂的。關明梅、譚婆也未必懂得，所以只憑一時意氣，任性而為，造成了夫婦生活的緊張及自己心靈的某些空缺或失落。

二是從人性的角度，表現了男女的不同性格特徵。在男尊女卑的時代，對女性的個性及心理特徵一直是忽略不計，連孔子這樣的大聖人也不明究竟，只感歎「唯女子與小人為難養也」。其他的人就更是難以明白女性的心理特徵，假定男女平等了，則非明白不可。關明梅、譚婆年輕時的那點兒「小脾氣」，正是女性情緒波動的表現，是其心理特徵最明顯及最簡單的外在形式。袁士霄、趙錢孫，一是不懂，二是不讓。不懂則無話可說；不讓乃是仍有大男子主義的心理殘餘，如此怎能獲得女友的芳心？怎能獲得婚姻？

其三，真正（**男女平等的**）相愛，當然是將對方的一切看得極重，容忍對方的一切弱點和缺點，甚至甘當對方的臣僕，又何止是「挨打不還手」？袁士霄、趙錢孫不懂不讓，表明他的愛還沒有深到情不自禁的程度。而陳正德、譚公二人則顯然表現得更充分、更好，才會使關明梅、譚婆決定下嫁。相愛方式各不一樣，陳正德與關明梅、譚公與譚婆的關係，乃是其中的一種。所以關明梅最終明白過來了：「一個人天天在享福，卻不知道這就是福氣，總是想著天邊拿不著的東西，哪知道最珍貴的寶貝就在自己身邊。現今我是懂了。」（**《書劍恩仇錄》第十七回**）她明白了「什麼都講個緣法」，還是明白了「這就是命運，人應信命」？還是真的認為「這就是愛情」？這不知道，也不必知道。反正關明梅自己是「明白了」。譚婆如果不死，她也會明白。

其四，也是最重要的一點，乃是戀愛中的男人是軟弱的，而女性則有其剛烈的一面。不然何以有「英雄難過美人關」、「英雄無奈是多情」等感歎，何以有「紅顏禍水」、「色是刮骨鋼刀」之說（**這種說法當然有蔑視婦女的成份，但也表明了男子抵擋不住女性的魅力，而表現出其本質的虛弱和虛偽**）？因而，陳正德與關明梅、譚公與譚婆的故事表明了作者對男性與女性的新認識和新觀念。

在男尊女卑的時代，男性似乎生而養尊處優，似乎生而具有男子漢大丈夫的光環籠罩，若非如此，就使人奇怪了。實際上，這只不過是一種虛假的命題、虛假的結論及虛假的印象。男性的社會地位高於女性，男尊女卑，夫為妻綱，建功立業，光宗耀祖，似乎都是男性強大的注腳，實則不過是男女不平等時代的必然結果。在那樣的時代，男女壓根兒就沒有同等的權利與同等的機會，因而造成了男子強大而女子軟弱的虛假印象。

當今時代，誰也不敢這麼說了。長期處於那樣的時代，使中國的男性養成了一種自傲自大的壞脾氣。如白自在那樣的人真是無時不有，無處不在。外表的強大，掩飾了他內心的虛弱，甚至連自己也不知道、不承認、不相信自己的虛弱。而金庸小說的妙處，便是將這種虛弱揭露出來。

然而，袁士霄、陳正德、譚公、趙錢孫等人還不是最典型的，典型的是金庸筆下的一系列主人公。從陳家洛、余魚同開始，到袁承志、胡斐、郭靖、張無忌、段譽、狄雲、石破天等等，無不如此。他們都不是自己命運的真正主宰，至少在男女愛情方面是這樣。最突出的例子，當然是我們曾多次列舉過的陳家洛、石清等不敢愛「女強人」的故事。陳家洛不敢接受霍青桐，並非不愛她，也不是因為什麼誤會，而是因為他內心深處感到霍青桐太能幹了，與這位巾幗英雄相比，自己不免顯出「小丈夫氣」的原形。

《俠客行》中的石清乾脆明說，和梅芳姑在一起總感到自慚形穢，因而內心不平衡，怎能接納她的愛意？……對於這些故事，筆者在《陳墨情愛金庸》及《陳墨人物金庸》等書中都曾做過分析。

說穿了其實很簡單，因為他們都受了男尊女卑時代的影響，相信男人強大的神話，一旦發現自己內心並不堅強，甚而比不過女性，唯一的辦法，是將自己的內心掩蓋起來，將真相遮蔽起來，對女強人敬而遠之，專找香香公主喀絲麗這樣單純幼稚的姑娘或閔柔那樣溫柔如水的女性。

我們曾經說過，中國的男性受到兩種條件的制約，遠不如想像中那麼堅定和強大。一是受了農耕文明的制約，當然比不上遊牧民族那麼強健，也比不上漁獵民族那樣驃悍。二是受傳統禮法及社會習俗的制約，中國人自幼就受到嚴格的壓制性的訓導，要當忠臣孝子。「三綱五常」之類，不僅是壓在婦女頭上的大山，其實也是壓在男子頭上的大山。孝就是聽話，「忠」更是甘當臣妾。屈原這樣的忠臣義士自比「美人香草」，正是這種「臣妾文化」的典型心態。如是，男人又怎能是「純粹的男人」或「真正的男子漢大丈夫」？

只是中國人最重體面，內心如何？從來不說。這不僅養成了虛怯，同時還養成了虛偽。在金庸的筆下，尤其是在其愛情故事中，揭開了這種虛偽的體面，寫出了某種真相。

至於女性主人公的種種不幸，那就更不必說了。金庸小說中的大量變態的女性形象，不妨看成是數千年來受欺被壓所形成的怨憤氣悶的大宣洩、大爆發。

記得有一位現代人說過，中國人的婚姻像是西方人嫖妓；中國人嫖妓又頗像西方人求婚。這話不無道理，卻也不全對。

中國人嫖妓，當然不像西方人求婚那樣神聖真誠，而中國人結婚則主要是為了傳宗接代，與西方人嫖妓大不相同。

之所以想起這些，是因為我們要說到韋小寶及其男女關係。其中不難看出一些典型的中國文化心態。

韋小寶在妓院中長大，對於男女關係自是司空見慣，看到一種赤裸裸的兩性關係、買賣關係及其種種虛假的男歡女愛的包裝。這不能不影響到他的婦女觀、愛情觀、婚姻觀及性觀念。

韋小寶對妓女倒不歧視，這與他的出身有關，當然也談不上尊重。由於特殊的生活環境及其文化觀念的影響，使他對女性的貞節、綱常、德行等等並不看重，但反過來，他對男女之間的愛情亦不怎樣放在心上。他的典型特徵，是每見到一位美女，就想要她做自己的老婆，有時是口上說，有時是心裡想，有時則是真正的那麼做。

韋小寶對於阿珂是花了巨大的功夫和心血的，可以說是無所不用其極，但其出發點及其目的，卻不能說是通常意義上的愛情，倒不如說是一種好色的欲望。而且為達目的，不擇手段，軟磨硬泡，威脅利誘，賭咒發誓，乃至找人幫忙出情敵之醜、要情敵之命……這些都只有韋小寶才能做得出來，但代表的卻是中國男人的一種較為普遍的心態。

韋小寶的婚姻在許多方面確實都有一種普遍的象徵性及其文化意義。

在金庸的小說中，唯有韋小寶一人娶了七位夫人（**有趣的是，恰好是「三妻」加「四妾」之數，也許這只是一種巧合。因為韋小寶對他的七位夫人大致上一視同仁**），這是中國古代婚姻的一種典型形式。

進而，韋小寶的七位夫人，有的是人家送給他的丫頭（**雙兒**），有的是賭來的（**曾柔**），有的是強逼硬迫來的（**方怡**），有的是先發生了性關係而後由種種巧合得來（**建寧公主**），有的則是嫖來的——實際上是強姦，因為這些女性雖在妓院中被韋小寶「胡天胡帝」，卻並非妓女——如蘇荃、阿珂二人；剩下的一位沐劍屏，也是韋小寶半真半假地私訂終身，要她當「小老婆」，本是一句少年人的玩笑，奈何韋小寶既非太監，又已與之同床共枕，再加上韋小寶神通廣大，救過沐劍屏的命，還救過沐王府的其他許多人的命，沐劍屏也就不得不從。

韋小寶的這七位夫人之中，有公主，有郡主，有強盜之女，有神龍教主的夫人，也有丫鬟，韋小寶照單全收。更說明問題的是，其中固然有雙兒、曾柔、沐劍屏這樣尚不懂事的少女，也有與人訂下終身或兩情相悅的方怡、阿珂，還有已嫁作他人婦的建寧公主及蘇荃。這些雖然不無誇張離奇，但在妻妾成群的時代，卻有很明顯的代表性。

韋小寶的手段，更有一定的代表性。雙兒是人家送給他的丫鬟，韋小寶最看重的就是她，因為雙兒對他也是最忠誠，而他也唯獨對雙兒一人有些許優越感：他雖是妓女的兒子，而雙兒則是他的丫鬟。做丫鬟的命運，當然是古代婦女之不幸的一種體現，她們居然像物一樣地被當成禮品送人。其他幾位夫人，韋小寶利用了不同的手段，免不了要利用自己的身分、地位，也免不了強娶。這也是古代官吏婚姻的一種常見景觀吧。

七位夫人「從」了他，卻未見得「愛」他。至少方怡、阿珂這兩位曾經有過心上人，而又被韋小寶拆散的夫人，恐怕不會真心地愛上韋小寶，她們嫁給韋小寶，只有認命罷了。其中，蘇荃、阿珂、建寧公主是因為「失身」於他，且懷上了他的孩子，不管願意與否，卻非嫁他不可。這是古代女性不幸命運的最佳寫照：哪怕是被強姦的，既已失貞失節，也只得服從命運的安排。

妙的是蘇荃、阿珂還真的從內心感到非這麼辦不可，似乎再也沒有別的什麼念頭，只有「嫁雞隨雞，嫁狗隨狗」了。建寧公主雖性格強蠻，也拗不過自己的命運，她是自己投入韋小寶懷抱，並誘使韋小寶與她發生性關係的，以後韋小寶對她不太尊重，她也沒有什麼辦法，絲毫也不敢多耍公主脾氣。

方怡既沒有像蘇荃等人那樣失身，也不像沐劍屏等人那樣幼稚，七位夫人之中，她恰好居中，地位比較超然，但她對於自己的命運，也只有認了。對於與韋小寶的夫妻關係，她的態度實際上也最為漠然。因為她原先所愛的是劉一舟，而劉一舟的人品也不怎麼樣，居然出賣同黨而被處死。方怡再無其他念想，不嫁韋小寶又有什麼出路？她可不像沐劍屏那樣對韋小寶真心而又癡心。書中寫到了方怡幾次欺騙韋小寶，將韋小寶引入圈套的事，似乎是奉命行事，又似乎是真的對韋小寶無情無義。這樣寫倒是恰到好處，若說方怡對韋小寶感恩戴德、情深意長，那未免太虛假了。若說方怡對韋小寶切齒痛恨、不共戴天，那又未必，因為她也許韋小寶同床共枕，而且又是親口許諾，作為那一時代的女子，她不嫁給韋小寶又當如何？因而只有這樣忘卻自己的心願、漠然往事，認了命運，隨緣生存於七夫人之列罷了。

曾柔等人年輕幼稚，只覺韋小寶這位「花差花差將軍」平易近人，年輕有為，因而對他頗有好感，甚至也有幾分愛意。她成熟之後怎樣看韋小寶，則不得而知，書中沒有多寫。

書中甚至沒有寫七位夫人之間爭風吃醋的事——這是妻妾成群的家庭中通常都有的——也許是由於新婚燕爾，也許是因為韋小寶位高官大，也許是韋小寶運氣奇佳，當然也許是作者沒有功夫去細想與細寫。

韋小寶對七位夫人的愛意與態度如何，書中也沒有細寫。不過依據韋小寶的人品性格及心理觀念，我們不難推測到。總之，韋小寶的婚姻，是一種很有代表性的男女關係的文化景觀。

第九章　佛道

上一卷書中已有了佛、道兩章，何以這裡又要來說佛道？原因很簡單，上卷書中我們只談了佛經、道藏及金庸小說中有關的佛、道基本知識，而這一卷書中我們要談佛道宗教在世俗社會的地位和影響、世俗社會中的佛道觀、佛道對中國文化及金庸小說的影響。

有人說「中國無宗教」，或說「中國人無宗教意識」，這話不大容易讓人接受。佛教、道教明明都是宗教，何以說中國無宗教？且在漫長的中國歷史上，除佛、道二教外，還有明教、景教、伊斯蘭教、基督教等等傳入中國，在一定的區域、一段時期內有很大的影響。至於中國人無宗教意識，這話也不全對。

不過，要說「中國有宗教」或「中國人有宗教意識」，卻又很難說，至少要加許多解釋，要瞭解中國的國情，才能說得清。

這裡只說佛道。

佛道都是宗教，或者說，都是中國的宗教，中國式的宗教。它們都有自己的理論體系、組織體系及其傳統，這些都是沒什麼問題的。

最大的問題在於佛道等宗教與世俗社會的關係。

佛、道都是主張出世的，和尚、道士都要出家修行，所謂「出家人不認家」。這是其生存的特點，也是其生存的基礎。但中國的宗教面臨著一個極大的困境，就是無法與王權抗衡。在中國的歷史上，似乎從來沒有過宗教勢力與王權勢力分庭抗禮的歷史，更不要說教會勢力大於王權勢力了。

相反，王權勢力統治一切，也包括宗教。所謂「普天之下，莫非王土，率土之濱，莫非王臣」，這是中國歷史的傳統。

在這一傳統下，王權與宗教的關係，是領導與被領導、選擇與被選擇的關係。即王權未必將宗教當成宗教，而當作一種特殊的意識形態，當成一種文治與教化的工具。因而，宗教的傳播與發展，必須得到王權的支持，比如唐代高僧玄奘去西方取經，就得到了王權的支持，被封為「三藏法師」。

可是天威莫測，皇帝不高興了，便會對宗教大大的不利。唐代佛教盛極一時，可是到了唐武宗時，佛教便倒楣了。唐武宗發動了著名的「滅佛運動」，拆毀寺院，沒收寺院田產，勒令僧尼還俗為民，史稱「會昌滅佛」。

好在滅佛的第二年，唐武宗就死了。而繼位的唐宣宗又給佛教平反，大興佛教，下令靈山勝境、天下州府，凡會昌五年（八四五年）所廢寺院，一律重新修復。這才使佛教香煙不斷，與後世之「文化大革命」連同後來的平反相互輝映。這只是一個例子，表明世俗王權對宗教有絕對的領導權，而且形成了一項傳統。

這無疑會使佛、道兩教感到很尷尬，一方面他們的教理是要出世，另一方面卻又要受世俗的領導。與世俗王權的合作，固然有很多的好處，可以得到經濟資助，行政推廣，提高其級別，擴大其影響，但卻不免要影響到其宗教神聖、莊嚴、自主、獨立。

儒學並非宗教，但卻在中國文化史上成為「三教」之首，且是「三教合一」的基礎，而「儒釋道」不是三種東西（**一為世俗政治、道德哲學，一為崇佛之宗教，一為崇道之宗教**）卻變成了一種東西：教化萬民的工具。這也只有在中國才能產生，是中國獨特的國情。

這麼一來，儒生士子，所謂「達則兼濟天下，窮則獨善其身」，進則為官做宰，退則念佛求仙，倒也結合得很好。

在民間，則形成了「逢佛磕頭，遇廟就拜」的傳統，不管它是佛教、道教，還是牌坊、宗廟，凡有偶像，就可崇之；凡有宗教，就可求之。要說他們不信教，他們卻又有一點信；要說他們有信仰，他們卻又什麼都信，三教合一，不分彼此。常常是和尚念完經，道士又來念；或者道士做完道場，又有和尚做法事，大家相安無事。

佛道在王權統治之下既然變成了工具，老百姓自然也「忠君愛國」，一樣將佛道當成工具，將和尚、道士當成一種職業，當成世俗生活中不可缺少的一部分，有求於他們，自然也會尊敬他們；無求於他們，自然就會有拒斥、鄙棄、厭憎。

由是，佛、道之為宗教，便「名可名，非常名」了，說它是，自無不可；說它不是，也不無道理。因為它們在某種程度上被帝王將相當成了教化機構、宣傳系統。

所以，在民間文學——代表民間觀念、心理及其意識形態——中的和尚、道士的形象，常常是世俗化的形象。明人小說之中，常將蘇東坡居士諷刺和尚的話「不禿不毒，不毒不禿；轉禿轉毒，轉毒轉禿」當成了民謠來傳唱。

這樣，我們在武俠小說中看到和尚、道士與武士、盜賊、鏢師、護院、俠客一起組成一個共同的江湖社會，或武林世界，就一點也不稀奇了。《水滸傳》中的道士入雲龍公孫勝、和尚魯智深、行者武松等等，就與宋江、盧俊義、林沖、李逵等人一樣，是綠林世界的英雄好漢，花和尚魯智深喝酒打人，並沒有人覺得不妥。

在金庸的小說中，我們也看到了類似的情形。《書劍恩仇錄》中的紅花會群雄之中，無塵道長非但與其他人沒有什麼區別，反倒比其他人更加性烈如火，半點也沒有清淨無為的道家氣度。而金笛秀才余魚同，在失意之時也當過一段時間和尚，想斬斷一切情絲俗緣，到最後卻又不得不還俗。

由無塵道長、余魚同兩人的經歷，我們即可看出世俗中人對道士、和尚及道教、佛教的認識。他們倆之出家，不是因為信仰之故，而是將道教、佛教當成了一個避難之所，只有心灰意冷之人、心灰意冷之時才會出家去做道士、當和尚。這樣的道士、和尚又有什麼與眾不同之處？

在金庸小說中，佛家寺廟、道家觀宇，常常被寫成一種武術門派，而非宗教門派。除他們的服飾、戒律稍稍與俗不同外，其他多半都沒什麼兩樣。少林、武當、峨嵋、恒山，與其他的世俗武術門派一般無二。和尚、道士多半都具熱切的入世精神，甚至多為名韁利鎖所拘。

真正的和尚、道士當然不是這樣的。或者說，不該是這樣的。真正的道士、和尚應當出世、靜修、持戒、定慧、沖虛、無為、悟空、無塵。

武俠小說的這樣描寫，代表了一種世俗的佛道觀。

這種世俗的佛道觀當然有想像、虛構的成份。但在金庸的小說中，卻也有真實的描寫。例如《神鵰俠侶》中寫到全真教派的第三代道士趙志敬一心想當全真教的掌教，一方面抓住尹志平對小龍女有過不軌行為的把柄，威脅這位接班人；另一方面就是利用蒙古大汗的勢力，希望得到蒙古大汗的敕封。蒙古大汗果然封了，即「敕封全真教掌教為：特授神仙演道大宗師，玄門掌教，文粹開玄宏仁廣義大真人，掌管諸路道教所……」小說中的情節是虛構的，然而大汗敕封之事卻是真的。

例二是《鹿鼎記》中的韋小寶被康熙派到少林寺出家，取得一定的學歷，並希望他能在少林寺學得一點功夫，以便到五台山清涼寺去當住持，保護順治老皇帝時更為方便。少林寺方丈晦聰不得不接旨，剃度了韋小寶，取法號為晦明，任其在廟中遊蕩，期滿後又恭送他到五台山清涼寺去做住持……這表明康熙確實有權力調動佛教寺廟的領導（**方丈或住持**），並且對少林寺等天下寺廟有絕對的領導權威。小說中的情節當然也是虛構的，但皇帝能任命（**敕封**）宗教領袖之事卻是中國歷史上常有的事，這正是中國特有的國情。

儘管如此，佛道作為宗教，仍有其獨立的地位及其作用，對中國文化精神、學術與藝術、觀念與心理，都有明顯的深刻影響。

在金庸小說中，我們也能看到這種作用的影響。《書劍恩仇錄》中的余魚同雖是一個假和尚，但金庸小說中卻仍有不少真和尚，如《射鵰英雄傳》、《神鵰俠侶》中的一燈大師就是一位真正的和尚。余魚同是因尷尬和心灰而出家做和尚，故不能長久；而一燈大師則是因懺悔和悟道而出家做和尚，所以是真正的和尚。一燈大師原是大理國的皇帝，至尊至貴，能夠懺悔而悟道，這是一種非常人能達到的境界。

在《射鵰英雄傳》中我們看到，一燈大師出家前的罪過，乃是「見死不救」，原因有二，一是將死者乃是他的貴妃與老頑童偷情所生的孩兒；二是若救此孩兒，他的功力必將受損，固不能在第二次華山論劍時爭得天下第一的名頭，更重要的是不能克制西毒歐陽鋒，那樣歐陽鋒勢必為禍武林。這兩個原因，在常人看來，卻是能夠諒解的，而段智興作為皇帝，自己的情感和尊嚴受到了雙重傷害，不救情敵之子，似乎更可以諒解。他並沒有懲罰劉貴妃及周伯通，這已經夠寬宏大量了。

然而這對於段智興本人，卻是一個巨大的心理壓力、內疚和慚愧，使他由懺悔而悟道，終於落髮出家，當了和尚，號一燈。在黃蓉受傷需要救治之時，他沒想到功力受損、有礙華山論劍之事，毅然為黃蓉療傷；而劉瑛姑前來報仇之時，明明郭靖已代他受刺，他仍挺身而出，要親自化解這一場恩怨。

一燈大師最突出的功德，是啟發並感化鐵掌幫幫主裘千仞。裘千仞與金人勾結，賣國通敵，將鐵掌幫變成了藏汙納垢、為非作歹的盜窟邪藪。洪七公要鋤奸之時，裘千仞惶愧無已，想投崖自殺。一燈大師卻硬生生地將他拉了回來，說道：「善哉，善哉！苦海無邊，回頭是岸，你既已痛悔前非，重新為人尚自不遲。」一燈大師此次來到華山，並非為論劍爭雄而來，是要化解一場二十年的冤孽。感化了裘千仞之後，不等論劍之期到來，就下山去了。

裘千仞剃度之後，法號慈恩。此人修行一路坎坷。在《神鵰俠侶》中，我們看到，慈恩心頭的惡念不能斷絕，因而常常苦苦地自我掙扎。尤其是在《神鵰俠侶》的第三十回書中，慈恩心頭善意念和惡意念在不斷交戰，在雪地裡行走時胸間已萬分煩燥，待得受丐幫前長老彭某的「攝魂大法」的干擾，又誘騙他殺了兩名雪中之人，再也難以自制。眼中望將出來，一燈大師一時是救助自己的恩師，一時卻成為專跟自己作對的大仇人。終於按捺不住，出掌向一燈大師打去。一燈大師只說：「迷途未遠，猶可知返。慈恩，慈恩，你當真要沉淪於萬劫不復之境麼？」

慈恩的鐵掌早已揚名江湖，一燈大師若出一陽指與之全力周旋，或可勝得一招半式，掌上的功夫卻有所不及。而一燈大師竟只挨打不還手，抱著捨身度人的大願大勇，只盼對方能夠悔悟。這並非比拚武功內力，卻是善念與惡念之爭。慈恩劈到第十四掌時，一燈大師「哇」的一聲，一口鮮血噴了出來。慈恩要他還手，一燈大師柔聲道：「我何必還手？我打勝了你有什麼用？你打勝我有什麼用？須得勝過自己，克制自己！」……

在這一場景之中，一燈大師佛光普照，使楊過、小龍女深受感動。且終於使慈恩在最後克制了自己的惡念。

提起挨打不還手，我們還想到了《倚天屠龍記》中金毛獅王謝遜說過的少林寺老方丈空見的故事，為了使謝遜化解心頭的仇恨怨毒，這位少林寺的高僧甘願挨打不還手，一共挨了謝遜一十三記七傷拳，終於斃命，看起來似死得毫無價值，但他這種大仁大勇的精神，在謝遜的心靈深處種下了一顆善良的種子。

謝遜最後懺悔悟道，在少林寺散去武功，任人報復，大徹大悟，畢生冤孽一一化解，並終於成了一代大德高僧，其起因恐怕還是空見大師精神感化的潛移默化作用。

裘千仞作惡多端，謝遜雙手沾滿了鮮血，兩人都歸於佛門。這是佛家「放下屠刀，立地成佛」及「苦海無邊，回頭是岸」的宗旨體現。有的人對此或者不解，以為如此罪惡滔天之人都能歸於佛門，佛門豈不是成了罪惡之徒的避難所？這恐怕是只知其一，不知其二。佛門並非是罪惡之徒的避難所，卻是懺悔悟道者的一種歸宿之地。同時，佛家精神也是人類心靈的淨化劑。無論如何，勸人行善而避惡，乃至捨身度人，總是一種超凡的偉大精神。而真心誠意的懺悔，化解罪孽，總是一種值得慶幸的人生道路。

有人簡單地將宗教稱為人類的「精神鴉片」，恐怕只是一種片面之辭。宗教（**包括佛教與道教**）亦有療救人類精神傷痛，淨化人類心靈汙穢，鼓勵人類棄惡揚善的教化、推動作用。

在金庸的《天龍八部》中，我們當更能看到這一點。《天龍八部》借佛經之中的八種「非人」的神道精怪象徵現世的人物，暗喻由「非人」向「人」的超度與轉化，有佛旨禪意的點化。作者從「非人」寫起，亦並未拘泥於佛教概念的演繹，更不是簡單地將佛門弟子都寫成正面人物。相反，佛門弟子也是凡人，也有凡人之性，因而有凡人的弱點。

最典型的便是西域高僧大明輪王鳩摩智。此人貢高自慢，又貪戀俗世功名，全無真正的高僧氣度。直至最後，他的內力全部失去了，才大徹大悟。少林寺的方丈玄慈，居然曾違背戒律，與葉二娘勾搭成奸，最終為之而受辱並自殺。虛竹從小在少林寺長大，一心想成為高僧大德，向佛之心無可懷疑，但他仍未能抗拒「世間第一大誘惑」與夢姑即西夏銀川公主發生性關係，且一度自暴自棄……

乍看上去，《天龍八部》簡直像是揭露佛門之醜的小說。但到小說的第五卷書，我們才知道，這部書是真正弘揚佛家精神的作品。

其標誌之一，是書中出現了一位真正的大德高僧。有趣的是，這位僧人不是少林寺中的著名僧人，而是不列班輩，在少林寺中專事雜役的無名僧人。

這一情節本身就發人深省。世俗之人想像的高僧大德，一是著名，二是高位；而佛門之中真正的大德悟道者，往往未必如是，如著名——後來著名——的禪宗六祖慧能，在五祖弘忍的門下，原亦不過是一雜役，而非登堂入室的弟子。《天龍八部》中的這位無名的身穿青袍的枯瘦僧人，想必是受了禪宗六祖的啟發而創造出來的。其實在此之前，《神鵰俠侶》、《倚天屠龍記》中的覺遠和尚（張君寶即後來的張三丰的師父）就是一位默默無聞的高人。只不過，覺遠和尚內力高，佛學修為卻未必高；且覺遠雖仁厚慈悲，卻多少有些迂腐，與《天龍八部》中的這位無名老僧相比，大為不及。

自這位無名老僧出現，《天龍八部》一書才算有了「文眼」。他的形象，是寓神奇於平凡之中，不卑不亢，不迂不癡，吐屬高雅，見識超卓，武功深不可測，精神明見萬里，說話大含精義，道前人所未道，聞者莫不心悅誠服。

「慕容博見他目光遲鈍，直如視而不見其物，卻又似自己心中所隱藏的秘密，每一件都被他清清楚楚的看透了，不由得心中發毛，周身大不自在。」（第四十三回）

且聽他談武論佛：

那老僧續道：「本寺七十二項絕技，每一項功夫都能傷人要害，取人性命，凌厲狠辣，大干天和，是以每一項絕技，均須有相應的慈悲佛法為之化解。這道理本寺僧人倒也並非人人皆知，只是一人練到四五項絕技之後，在禪理上的領悟，自然而然的會受到障礙。在我少林派，那便叫做『武學障』，與別宗別派的『知見障』道理相同。須知佛法在求渡世，武功在求殺生，兩者背道而馳，相互克制。只有佛法越高，慈悲之念越盛，武功絕技才能練得越多，但修為上到了如此境界的高僧，卻又不屑去學各種厲害的殺人法門了。」……

那老僧又道：「本寺之中，自然也有人佛法修為不足，卻要強自多學上乘武功的，但練將下去，不是走火入魔，便是內傷難癒。本寺玄澄大師以一身超凡絕俗的武學修為，先輩高僧均許為本寺二百年來武功第一。但他在一夜之間，突然筋脈俱斷，成為廢人，那便是如此了。」

玄生、玄滅二人突然跪倒，說道：「大師，可有法子救得玄澄師兄一救？」

那老僧搖頭道：「太遲了，不能救了。當年玄澄大師來藏經閣揀取武學典籍，老衲曾三次提醒於他，他始終執迷不悟。現下筋脈既斷，又如何能夠再續？其實，五蘊皆空，色身受傷，從此不能練武，他勤修佛法，由此而得開悟，實是因禍得福。兩位大師所見，卻又不及玄澄大師了。」（**第四十三回**）

這位老僧不僅見識超卓，而且言行確實不凡。蕭峰求他救救其父蕭遠山，他固然是要救，慕容博、慕容復父子並未求救於他，他也同樣是要救。而且救人之法，又十分的奇特，先後將慕容博、蕭遠山打「死」，以至於換了蕭峰的一掌，斷了幾根肋骨，口中吐出鮮血。而後若無其事的將慕容博、蕭遠山二人的「屍體」抓起，邁開大步，竟如凌虛而行，出窗而去。

蕭峰等人始終追趕不上。來到空曠之地，老僧放下二人，說是「我提著他們奔走一會，活活血脈……」爾後又將二人轉將起來，面對著面，再將二屍四手拉成互握，老僧繞著二屍緩緩而行走，不住伸掌拍擊，有時在蕭遠山「大椎穴」上拍一記，有時在慕容博「玉枕穴」上打一下，待到二屍頂上白氣越來越濃，兩人先後睜開眼睛，活轉過來，才突然猛喝道：「咄！四手互握，內息相應，以陰濟陽，以陽化陰。王霸雄圖，血海深恨，盡歸塵土，消於無形！」

蕭遠山、慕容博兩人的內傷被治癒了，兩人精神的痼疾——即一為「血海深恨」，一為「王霸雄圖」——也同時被治癒了。這二人同時大徹大悟，皈依佛門。

《天龍八部》中的這一段故事寫得有些誇張神奇，然而於佛學精神原理卻表現得十分的透徹精闢。像是一段寓言故事，發人深思。

其實我們早已說過，《天龍八部》這部書整個兒就是一部弘揚佛學精神的大寓言。

一說「冤孽」，一說「超度」。

其中，「冤孽」有二，一是「冤冤相報，罪孽叢生」，人世間各式各樣的欲望與追求，因毫無克制而氾濫成災，成為人生苦痛的根源。

二是各人種得善因，得善緣而結善果；種惡因，得惡緣而結惡果。如段正淳到處留情，圖一時之快，但到最後卻為情而死，眾位仇怨糾葛的情侶、情敵亦同歸於盡。又如康敏，自幼涼薄，又自持聰明美貌，殺夫害人，作惡多端，最後終被阿紫所傷，臨死之前看到了自己醜陋的形象及更為醜陋的靈魂。

同樣，「超度」之法也有兩種途徑，一種是經人點化而徹悟人生，如慕容博、蕭遠山；另一種是自我反省而得自我超度，如最後的鳩摩智。

在此之外，還有兩個極端：一種是執迷不悟，癡戀自己個人的美夢，而至於癲狂，如慕容復；另一種是發揚人性之中的善念，提高人生的境界，培養高貴純淨的道德心靈。如蕭峰的獻身，虛竹、段譽的最終選擇。

蕭峰的犧牲，是一種大超度，不僅超度了自己，而且挽救了千千萬萬的生靈免遭戰禍。虛竹與段譽，一為靈鷲宮主人兼逍遙派掌門人，一為大理國皇帝，雖未必要將靈鷲宮改為佛寺、逍遙派改為佛門，將大理國變成佛國淨土，但這二人胸懷佛家慈悲喜捨之念，將會造福於大眾，則是毫無疑問的。

金庸小說中道教的描寫沒有佛教描寫那樣多，受道家的影響也沒有佛家影響那樣深，但小說中的道家精神及其典型形象仍是光彩照人的。

《射鵰英雄傳》中刻畫了全真派創始人王重陽的形象，將他推為華山論劍的天下第一人，這不僅是對他武功的推崇，同時也是對他人格精神的推崇。

郭靖出世之時，王重陽已不在世了。我們是通過王重陽的師弟周伯通的講述瞭解這位已經謝世的一代宗師的。

周伯通說：「是啊，我和王師哥交情大得很，他沒出家時我們已經是好朋友，後來他傳我武藝。他說我學武學得發了癡，過分執著，不是道家清靜無為的道理，因此我雖是全真派的，我師哥卻叫我不可做道士。我這正是求之不得。我那七個師侄之中，丘處機功夫最高，我師哥卻最不喜歡他，說他耽於鑽研武學，荒廢了道家的功夫。說什麼學武的要猛進苦練，學道的卻要淡泊率性，這兩者是頗不相容的。馬鈺得了我師哥的法統，但他武功卻是不及丘處機和王處一了。」

王重陽既是道家真人，又是武學大師，周伯通說「他是天生的了不起，許多武學中的道理自然而然就懂了，並非如我這般勤修苦練的」。

最能體現王重陽的人格精神的，是他因華山論劍獲天下第一的稱號，並得以保管武學寶典《九陰真經》，但他得到經書之後，自己卻不練其中功夫，而是把經書放入一只石匣，壓在他打坐蒲團下面的石板之下。

老頑童一直猜不透師哥為什麼要這樣。還是郭靖猜到了：「我想，王真人的武功既已天下第一，再練得更強，仍也不過是天下第一。我還想，他到華山論劍，不是為了爭天下第一的名頭，而是要得這部《九陰真經》。他要得到經書，也不是為了要練其中的功夫，卻是相救普天下的英雄豪傑，教他們免得互相斫殺，大家不得好死。」

書中接著寫道：

周伯通抬頭向天，出了一會神，半晌不語。郭靖很是擔心，怕說錯了話，得罪了這位脾氣古怪的把兄。

周伯通歎了一口氣，說道：「你怎能想到這番道理？」

郭靖搔頭道：「我也不知道啊。我只想這部經書既然害死了這許多人，就算它再寶貴，也該毀去才是。」

周伯通道：「這道理本來是明白不過的，可是我總想不通。師哥當年說我學武的天資聰明，又是樂此而不疲，可是一來過於著迷，二來少了一副救世濟人的胸懷，就算畢生勤修苦練，終究達不到絕頂之境。當時我聽了不信，心想學武自管學武，那是拳腳兵刃上的功夫，跟氣度識見又有什麼干係？這十多年來，卻不由得我不信了。兄弟，你心地忠厚，胸襟博大，只可惜我師哥已經逝世，否則他見到你一定喜歡，他那一身蓋世武功，必定可以盡數傳給你了。師哥若是不死，豈不是好？」想起師兄，忽然伏在石上哀哀痛哭起來。

郭靖對他的話不甚明白，只是見他哭得淒涼，也不禁戚然。……（第十六回）

老頑童說郭靖「心地忠厚，胸襟博大」，又說王重陽若不死，見了郭靖「必定喜歡」，這同時也表明王重陽本人也是心地忠厚、胸襟博大。他對《九陰真經》的處理方式，便能證明這一點。

更能證明這一點的是，在王重陽死後，西毒歐陽鋒來搶，東邪黃藥師來騙，黃藥師的徒弟陳玄風、梅超風則是偷……為得這部經文，許多人挖空心思，目的不過是奪經練武、稱霸恃強。結果陳玄風、梅超風背叛師門而為人不齒，黃藥師亦使自己的妻子為之慘死，歐陽鋒最後因逆練《九陰真經》而瘋狂……這從反面證明了王重陽形象的高大英明。

對於王重陽這位大宗師的瞭解，我們還可以通過其他的途徑。《神鵰俠侶》中又寫到了他在出家之前率領北方群雄抗擊金兵入侵的往事，也寫到了他與女英雄林朝英之間的感情波瀾與遺憾的結局，這無疑使王重陽的這一形象更為飽滿豐實、真切感人。

要瞭解王重陽這一道家宗師的人格精神，作者用了「不寫之寫」的方法，讓我們在書中人物的追憶與懷念中去瞭解。其實還可以通過郭靖、周伯通、馬鈺、丘處機等人的形象去瞭解。

郭靖我們已說了，老頑童認定王重陽若不死，一定會喜歡他。而老頑童周伯通本人，何嘗不可以為瞭解王重陽提供某種資訊？他是王重陽的師弟，而且思想深度、精神境界都遠遠不如王重陽，以至於王重陽不讓他做道士。但自《射鵰英雄傳》而至《神鵰俠侶》，我們看到老頑童性格樸實、天真未泯、無憂無慮，雖非道士，卻深得道家沖虛養生的要旨，因而年及百齡而仍是精神矍鑠。這裡面應有王重陽的影響，乃至影子在，同樣，從王重陽的徒弟馬鈺身上，我們可以看到「有道之士」的原型。

他赴蒙古教郭靖內功，為的是調解江南七怪與丘處機之間爭強賭勝的矛盾，僅此一點便可以看出他之得到王重陽的賞識，並非倖致。

即使是不大被王重陽所喜歡的丘處機，其實也是一位可敬可佩的世間英雄外加悲天憫人之道士。他為世事而東奔西走，甚至遠赴漠北，不遠萬里去見成吉思汗，勸其不可多造殺孽，並寫下了「天蒼蒼兮臨下土，胡為不救萬靈苦」等詩句，其悲天憫人的情懷，令人欽敬。

金庸小說《倚天屠龍記》中，刻畫了道士張三丰的光輝形象，胸懷寬廣，自然親切，心無所拘，親切感人。

張三丰原是歷史上一位不可捉摸的傳奇式人物，而金庸在其作品中則將他寫成了一位承先啟後、繼往開來的武學大宗師，不僅創出了輝映後世、照耀千古的武當一派武功，而且在道德人格上，也是當世第一人。

他的徒弟張翠山在海外與殷素素成親，張翠山說「弟子大膽，娶妻之時，沒能稟明你老人家」，張三丰捋鬚笑道：「你走冰火島上十年不能回來，難道便等上十年，待稟明了我再娶麼？笑話，笑話！快起來，不用告罪，張三丰哪有這等迂腐不通的弟子？」

當張翠山說到其妻是天鷹教殷教主的女兒，來歷不正時，張三丰仍是捋鬚一笑道：「那有什麼干係？只要媳婦兒人品不錯，也就是了，便算她人品不好，到得咱們山上，難道不能潛移默化於她麼？天鷹教又怎樣了？翠山，為人第一不可胸襟太窄，千萬別自居名門正派，把旁人都瞧得小了。這正邪兩字，原本難分。正派弟子若是心術不正，便是邪徒，邪派中人只要一心向善，便是正人君子。」

這一席話使張翠山大喜，想不到自己擔了十年的心事，師父只輕輕兩句話便揭了過去。（**見書第十回**）

張三丰的人品武功，書中有出色的描寫，最感人處或許是他在面對趙敏率領的蒙古朝廷武士，冒充明教徒眾前來武當山侵擾時的情形。其時他身邊除殘廢的三徒俞岱巖外，其餘人皆下落不明，而他自己已身負重傷——

張三丰雙目如電，直視趙敏，說道：「元人殘暴，多害百姓，方今天下群雄並起，正是為了驅逐胡虜，還我河山。凡我黃帝子孫，無不存著個驅除韃子之心，這才是大勢所趨。老道雖是方外的出家人，卻也知大義所在。空聞、空智乃是當世神僧，豈能為勢力所屈？你這位姑娘何以說話如此顛三倒四？」

趙敏身後突然閃出一條大漢，大聲喝道：「兀那老道，言語不知輕重！武當派轉眼全滅。你不怕死，難道這山上百餘名道人弟子，個個都不怕死麼？」

這人說話中氣充沛，身高膀闊，形相極是威武。

張三丰長聲吟道：「人生自古誰無死，留取丹心照汗青！」

這是文天祥的兩句詩，文天祥慷慨就義之時，張三丰年紀尚輕，對這位英雄丞相極為欽仰，後來常歎其時武功未成，否則必當捨命去救他出難，此刻面臨生死關頭，自然而然的吟了出來。

他頓了一頓，又道：「說來文丞相也不免有所拘囿，但求我自丹心一片，管他日後史書如何書寫！」

望了俞岱巖一眼，心道：「我卻盼這套太極拳能留傳後世，又何嘗不是和文丞相一般，顧全身後之名？其實但教行事無愧天地，何必管他太極拳劍能

不能傳，武當派能不能存！」（第二十四回）

面對死亡的威脅而能視死如歸，歷史上自不乏其人。但能如張三丰這樣，在視死如歸的同時，還在自我反省，繼續思道，只怕並不多見。這種雄健高潔的精神，實是俯仰無愧，得道深矣。

佛、道兩家對金庸小說的影響，不僅表現在其對佛家高僧、道教大士的形象描寫，而且還表現在其他許多方面。

例如金庸小說中的武功、搏擊的描寫，就體現了很深的佛、道兩家的哲學精神。《倚天屠龍記》中所寫，張三丰首創的太極拳講究的是「以靜制動，後發制人」，訣竅是「虛靈頂勁、涵胸撥背、鬆腰垂臀、沉肩墜肘」，純以意行，最忌用力，形神合一，凝重如山，又輕靈似羽，每一招都含有太極式的陰陽變化，精微奧妙，開闢了武學中從所未有的新天地。

這當然是道家哲學的應用。除此之外，例子甚多，在上一卷書的談武一章中的也曾提及一些。筆者還著有《金庸武學的奧秘》一書，對此有專門的評述，在此不再多說了。佛道兩家的哲學精神，不僅影響了中國的武術，也影響了中國的文學、藝術乃至科學、技術等各個方面。尤其應該指出的是，還影響了中國文化的人格理想。

這一點，在金庸小說中也有充分的表現。筆者在《陳墨人物金庸》一書中，論及金庸小說的理想人格模式，提出了「道家之俠」及「佛家之俠」的概念，其實空見和尚、無名僧人、全真派掌門人王重陽、武當派道士張三丰等人就正是佛家之俠、道家之俠的典範。

至於受佛家、道家精神影響而塑造出來的理想人格形象，應該包括金庸小說中的一些主人公，如《神鵰俠侶》中楊過之任情、率性，小龍女之沖虛、寧靜；《倚天屠龍記》中張無忌之無為、厚道；《天龍八部》中虛竹之慈悲、克己，乃至《連城訣》中狄雲之不貪、不嗔；《俠客行》中石破天之無名、無相、無知、無我……等等，無不體現了道家或佛家的某一種或幾種精神氣質。《飛狐外傳》中的袁紫衣的言行氣質是俠，但她卻是出家之尼姑，如此等等。

《天龍八部》中浸透了佛家精神，而《笑傲江湖》中則在一定的程度上體現了道家思想，雖然令狐冲不是什麼道士，且有現代意識下的浪子的作風與氣質，但他的人生哲學及行為規範中仍有道家之任性、無為的成份。

《笑傲江湖之曲》源於稽康的《廣陵散》，其中有道家的淵源；「獨孤九劍」及其傳播者風清揚亦有道家之風骨與精神。

讀金庸小說，似可以說，出家的和尚、道士未必是真正的悟佛、明道之人；而俗世江湖中的俠士、武夫亦未必沒有徹悟禪理、道理之人。

佛、道兩種精神對金庸小說及其筆下人物的影響，未必是以身分、職業為標誌，而是以其氣質、個性精神或思想境界為標誌的。

《笑傲江湖》中的不戒和尚，不戒酒、不戒打殺，甚至是為了愛上了尼姑才去當和尚的，看起來簡直是佛門敗類、開佛家的玩笑，但不戒和尚的「渾」中包含了樸實、天真、誠摯以及他師父所發現的慧根，這也是不容懷疑或忽視的。和尚也有各式各樣的，歷史上的禪宗之中就有過呵佛罵祖，將佛像劈了當柴燒了取暖的狂禪、異僧，其中就有不少是真正的得道之人。

佛道精神對金庸小說的影響，還體現為金庸小說的「歸隱情結」及其結局。

金庸小說除《射鵰英雄傳》及其主人公郭靖等少數例外，大部分作品的主人公到最後都歸隱了。有些似出於無奈，如《書劍恩仇錄》中的陳家洛及紅花會群雄，因中原已無法存身，而只有豹隱回疆；有些是出於門規所限，如小說《碧血劍》中的袁承志及其華山派同門，師門規矩是不允許入世做官，加上袁承志的安邦之志實在無法實現，只好去國離鄉，去海外隱居或發展。

《神鵰俠侶》之後，主人公的歸隱似乎成了一種主動的選擇，成了一種規律。如楊過與小龍女就隱居到終南山（**這是道家名山**）的活死人墓中去了；《倚天屠龍記》中的張無忌也退職歸隱了；《連城訣》、《俠客行》的主人公狄雲、石破天當然不會重現江湖，因為他們曾經見識過的江湖世界實在太可怕了。貪、嗔、癡、恐懼、欲望什麼都有，缺少的正是俠與義。

《天龍八部》中的虛竹、段譽或會傳播佛學，或會無為而治；《白馬嘯西風》中的李文秀回到江南之後勢必傷心獨居；而《越女劍》中的那位阿青姑娘則乾脆神龍見首不見尾……

這些結局，當然與佛道精神有關，若是儒家，當如孔子所言：「國有道，不變塞焉，強哉矯；國無道，至死不變，強哉矯。」

若是真正的俠，亦當一往無前，有進無退，掃蕩不平，死而後已。而《神鵰俠侶》的楊過之後就很少有人這樣了（**要說有，那也只有《天龍八部》中的蕭峰，他是死而後已，可在他為人類犧牲之前卻已萌退志了，因為中原江湖、遼國江山都不是他能安然存身之地**）。

這不難理解，唐代以後，儒釋道三教合流，早已共同影響了中國歷史及文化精神。金庸小說中那麼寫，不是沒有根據。人有達也有窮，道有進也有退，在傳統社會中（**不論是江山還是江湖**）固然有許多人進而且達，但亦有不少人心懷高潔的人窮或者退。

佛、道二家的出世、退隱、空相、無為，常常被看成是純粹的消極，對儒家影響很大，而且以儒學為正宗的中國歷史及世俗社會而言，可能是這樣。但是，佛、道的退隱與超然，卻又使藝術家、哲學家「跳出三界外，反觀紅塵中」，能獲得一種更好的視角及更深刻的——對世俗社會的——透視，這是儒、俠入世精神所不能達到的深度與角度，為今天的讀者提供了更精彩的審美精神文化藝術。

佛道的消極影響當然不是沒有，這一方面是因為佛道兩家都只講一種虛無的人生哲學；而另一方面是世俗社會對它的態度則又只一味的功利要求，雙方太不合拍，自然就有問題。

在金庸小說中，對佛道精神的弘揚發揮，並不等於對佛道二教的皈依。這一點我想不必多說，讀者自可明鑒。

第十章 智愚

金庸小說的一個突出的特點，是其主人公的文化程度大都很低，有些主人公乾脆就是文盲。單獨看似乎沒什麼，若綜合起來看，便會看出作者是有意為之，要造成這一種「無文化的文化奇觀」，當然是有其用意的。

實際上，也就只《書劍恩仇錄》中陳家洛的學歷最高，原先是解元，後來被作者革去了這一學銜，卻仍保留了舉人的身分。

在陳家洛之後，《碧血劍》中的袁承志少時隨父親袁崇煥的舊部下應松等人日練武、夜學文地修學了幾年，文化程度有限，大約不到考秀才的資格。

《雪山飛狐》、《飛狐外傳》的主人公胡斐，雖然是文采斐然之「斐」，但他本人卻仍是一位草莽英雄，至多與袁承志不相上下。

《射鵰英雄傳》中的郭靖、《神鵰俠侶》中的楊過、《倚天屠龍記》中的張無忌、《笑傲江湖》中的令狐冲、《天龍八部》中的蕭峰、《連城訣》中的狄雲，文化程度都很低。

而《俠客行》中的石破天、《鹿鼎記》中的韋小寶則基本上是文盲。

金庸小說的這一現象，與梁羽生、古龍的小說實在大不相同。梁羽生筆下的主人公，不論男女，大都是能詩能劍、文武雙全的白衣秀士，如卓一航、張丹楓、于承珠等等，給人留下了深刻的印象。而古龍小說的主人公，如沈浪、楚留香、陸小鳳、李尋歡等等，無不是聰明過人、機智無雙，其智慧風貌讓人心折。

金庸這樣寫，當然是有其原因的。原因之一，大約是覺得江湖俠士，大多是草莽英豪，文化程度自不宜過高，至多識得幾個字就罷了，不識字，也沒關係，倘是舉人、進士之類，那就反而有些不倫不類了。原因之二，是與這些主人公特有的人生經歷有關，他們大多是孤兒出身，幼經離亂，沒多少受教育的機會，文化程度自然就高不了。

除此而外，當然還有更深刻的原因，如與小說的主題有關，與作者的審美理想有關，與作者對中國文化的體認與見解有關，與作者對中國傳統書生的認識有關。

我們且認真地探討一番。

這一問題比較複雜。首先是不能將文化程度的高低與人的智與愚完全等同起來，文化程度高的人智力不一定發達，反之亦然。如楊過之聰明伶俐、胡斐之機智狡黠、蕭峰之心細周到、石破天之靈性超慧，卻不因他們的文化程度低而失色。連韋小寶也不應小看，此人大智慧沒有，小機智卻很多。當然，若說「讀書越多越愚蠢」，那又未免有些過份了。究竟應該怎樣，還要從以下幾個方面來看。

一、道德方面

老子有一個著名的觀點，是「聖人不死，大盜不止」，所以主張「絕聖棄智」，這樣才能達到較為完滿的道德境界。

儒家雖然與道家不同，孔子又是一位著名的教育家，號稱「大成至聖先師」，但他及他的學說，仍是以道德教育為主，教人「克己復禮」。

在儒家教育的序列裡，仁、義、禮、智、信，智不過排位第四，而且還要受仁、義、禮的統制。孔子是老師，首先是「帝王之師」，其次是「王佐之師」，說來說去，是政治及其道德教化，要「天下歸仁焉」。這樣，雖不主張「絕聖棄智」，卻也特別推崇仁義、忠厚，而不喜歡才智、巧辯。即使是讀書、做文章，也不過是「讀聖人之書，代聖人立言」，若非「六經注我」便為「我注六經」。總是不能脫離「聖人之教」的規範。

在這一點上，道、儒兩家沒什麼太大的區別，這形成了中國政治及教化的一大傳統，即大名鼎鼎的愚民政策。

老百姓越是愚、笨、蠢、拙，就越好領導。相反，「讀書越多越反動」。若不讀書，又不思想，上面說什麼，就是什麼；上面讓怎麼幹，就怎麼幹，這樣的國民，豈有不「萬眾一心」之理？

中國傳統道德崇愚、守拙，由來已久，根子還在政治、教化上。所以聰明絕頂的蘇軾，感歎說「人家生子盼聰明，我被聰明誤一生」。又說「平生文字為吾累，此去聲名不厭低」。所以，居然希望自己的兒子「愚且魯」，這樣才能無災無痛「到公卿」。後代文人鄭板橋則乾脆說「難得糊塗」。

金庸當然不必愚民，同時也不會故意去愚民，但深受中國文化的浸染，不知不覺間對智與愚、巧與拙在道德境界上的差異，逐漸深受影響，有些認同。總感覺到樸實、忠厚之人應比智巧、狡黠之人更可靠、更可愛、更可敬。

典型的例子之一，是《碧血劍》中所引的程本直撰的《漩聲記》上說袁崇煥的一段話：

> 「舉世皆巧人，而袁公一大癡漢也。唯其癡，故舉世最愛者錢，袁公不知愛也。唯其癡，故舉世最惜者死，袁公不知惜也。於是乎舉世不敢任之勞怨，袁公直任之而弗辭也；於是乎舉世所不得不避之嫌疑，袁公直不避之而獨行也；而且舉世所不能耐之饑寒，袁公直耐之以為士卒先也；而且舉世所不肯破之禮貌，袁公力破之以與諸將吏推心而置腹也。」（第十一回）

袁崇煥堂堂進士，當然不是天資笨，而是癡心於忠義而不願意「巧」，因而不巧之人，做出了上述可敬佩之事。最終袁崇煥是被崇禎皇帝殺了，然而他的道德人格，卻能永垂不朽。

或許，作者正是從這裡感受到了「巧」的可怕與可鄙，同時感受到了癡或愚的可敬與可佩。試想：岳飛若非愚忠，又怎能獲得千載傳頌、萬眾欽敬？袁崇煥若非愚執於國家大事，又怎能讓金庸及千萬讀者大動感情？

由此可見，愚是一種道德完善的表現，或者說，愚是可敬的。

於是，金庸寫了《射鵰英雄傳》這部傑出的代表作。書中不僅反覆地提到了以愚忠著名的岳飛，而且塑造了一位前所未有的以愚笨而知名的大俠郭靖。

郭靖不僅愚，而且又笨、又拙。四歲才開始學說話，人家能舉一反三，而他卻聞十而不一定能知一。

書中寫江南六怪教他武藝時道：「六怪雖是傳授督促不懈，但見教得十招，他往往學不到一招，也不免灰心，自行談論之際，總是搖頭歎息，均知要勝過丘處機所授的徒兒，機會百不得一，只不過有約在先，難以半途而廢罷了。……總算郭靖性子純厚，又極聽話，六怪對他人品倒很喜歡。」（第五回）

郭靖雖愚，但人品極好。或者說，他的人品好又正與他的愚拙有關。不僅使他的六位師父喜歡，而且也將比他聰明數倍的楊康比了下去，以至於楊康的師父長春真人丘處機誠心誠意地向江南六怪俯首認輸。因為江湖人士，以人品為第一。

更重要的是，郭靖因愚而得福，居然獲得了比他聰明百倍的黃蓉的青睞，乃至傾心相愛。黃蓉處處可當郭靖的老師，但郭靖仍是黃蓉的偶像，如書中有這樣一個場景：

這些女兒家的心事，郭靖實在捉摸不到半點，黃蓉已在泫然欲泣，他卻是渾渾噩噩的不知不覺，只道：「那瑛姑說你爹爹神機妙算，勝他百倍，就算你肯傳授術數之學，終是難及你爹爹的皮毛，那幹麼還是要你陪他一年？」黃蓉掩面不理。

郭靖還未知覺，又問一句，黃蓉怒道：「你這傻瓜，什麼也不懂！」郭靖不知她何以忽然發怒，被她罵得摸不著頭腦，只道：「蓉兒，我本是個傻瓜，這才求你跟我說啊。」

黃蓉惡言出口，原已極為後悔，聽他這麼柔聲說話，再也忍耐不住，伏在他的懷裡哭了出來。郭靖更是不解，只得輕輕拍著她背脊安慰。

黃蓉拉起郭靖衣襟擦了擦眼淚，笑道：「靖哥哥，是我不好，下次我一定不罵你啦。」

郭靖道：「我本來是傻瓜，你說了有什麼相干？」

黃蓉道：「唉，你是好人，我是壞姑娘……」（**第三十回**）

郭靖獲得黃蓉的芳心，恐怕不能說僅是他運氣好而已。更主要的還是他的人格魅力使黃蓉真正地傾心。像上面這樣的段落，書中有不少，也不必多舉。郭靖的成長道路，若無黃蓉相伴，當然不會如此輝煌。反過來，黃蓉的人生中若是沒了郭靖，恐怕會更加黯然失色。

由岳飛而至郭靖，其道德人格的偉大，離不了一個愚字。這部《射鵰英雄傳》不僅是寫儒俠，也是寫「愚俠」。說起來似乎不一定好聽，但事實卻是如此。

書中最聰明的人自然是東邪黃藥師，他是文才武學、書畫琴棋、算數韜略，以至醫卜星相，奇門五行，無一不會，無一不精。可是在小說的第三十九回《是非善惡》之中，丘處機對郭靖評點當世武學宗師，卻說：「黃藥師行為乖僻，雖然出自憤世嫉俗，心中實有難言之痛，但自行其是，從來不為旁人著想，我所不取。歐陽鋒作惡多端，那是不必說了。段皇爺慈和寬厚，若是君臨一方，原可造福百姓，可他為一己小小恩怨，就此遁世隱居，亦算不得大仁大勇之人。只有洪七公洪幫主行俠仗義，扶危濟困，我對他才佩服得五體投地。華山二次論劍之期轉瞬即至，即令有人在武功上勝過洪幫主，可是天下豪傑之士，必奉洪幫主為當今武林中的第一人。」

——黃藥師、歐陽鋒、一燈大師三人的武功與洪七公相若，而聰明才學更遠遠在洪七公之上，但恰恰只有洪七公這位粗鄙無文的丐幫幫主才是真正的行俠仗義，濟困扶危，成為武林中信奉推崇的第一人。這也說明文不若不文，學不若不學，多才不若少才。

俠的本質，是要無私奉獻，犧牲自我，最好的是能忘我、無我。

西哲笛卡爾說：「我思故我在。」

反過來，「我」不思呢，恐怕就「我不在」了，這便到了「忘我」之境。怎樣才能

「不思」呢？最好是愚一點、笨一點，本來就不會「思」，只認一條「死理」——當然是行俠仗義——那就最好。

郭靖也是這樣。他所達到的道德境界，是「天性」的忠厚，「本能」的誠樸，同時也是少知、少學、少智、少巧、少思的結果。他一思，問題就來了。——

小說的第三十九回，寫郭靖開始思想，諸般事端，在心頭紛至沓來，「我一生苦練武藝，練到現在，又怎樣呢？連母親和蓉兒都不能保，練了武藝有何用？我一心要做好人，但到底能讓誰快樂了？

「母親、蓉兒因我而死，華箏妹子因我而終身苦惱，給我害苦了的人可著實不少。完顏洪烈、摩訶末他們自然是壞人。但成吉思汗呢？他殺了完顏洪烈，該說是好人，卻又命令我去攻打大宋；他養我母子二十年，到頭來卻又逼死我的母親。我和楊康結義兄弟，然而兩人始終懷著異心。穆念慈姊姊是好人，為什麼對楊康死心蹋地的相愛？……

「學武是為了打人殺人，看來我過去二十年全都錯了，我勤勤懇懇的苦學苦練，到頭來只有害人。早知如此，我一點武藝不會，反而更好。如不學武，那麼做什麼呢？我這個人活在世上，到底是為什麼？以後數十年中，該當怎樣？活著好呢，還是早些死了？若是活著，此刻已是煩惱不盡，此後自必煩惱更多。要是早早死了，當初媽媽又何必生我？又何必這麼費心盡力的把我養大？」

又想：「母親與眾位恩師一向教我為人該當重義守信，因此我雖愛極蓉兒，但始終不背大汗婚約，結果不但連累母親與蓉兒枉死，大汗、拖雷、華箏他們，心中又哪裡快樂了？江南七俠七位恩師與洪恩師都是俠義之士，竟沒一人能獲善果。歐陽鋒與裘千仞多行不義，卻又逍遙自在。世間到底有沒有天道天理？老天爺到底生不生眼睛？……」

這麼些問題，當然不是郭靖這位既愚又拙的人所能回答的。世間真能回答這些問題的人只怕不多。連哲學家有時也只有瞠目結舌，何況郭靖？因而，這些困惑的產生，差一點要了郭靖的小命，不僅會被人家打死，而且自己也會因「走火入魔」而死。只要「思」了，便有「我」在，而既有「我在」，便有無窮無盡的煩惱。郭靖此思，連丘處機勸他也聽不進去，過去的那些大道理，此刻全然失去了說服力，真讓我們為他捏一把汗。若非後來洪七公說他一生只殺壞人，未殺一個好人，令郭靖頓悟學武為俠的正道，結果會如何實難逆料。

由此，無論從俠的道德的理想人格方面講，還是從郭靖本人的心理平靜方面講，都是「不思」為好，還是像以前那樣的「愚執」些，免得自己心靈痛苦，而又差一點兒就要偏離「俠」之正軌，而滑入自我困惑的深淵之中。那是黃藥師等聰明人的陷阱。

越聰明便越危險，這不僅在「郭靖思考」中表現了出來，而且在《神鵰俠侶》中的楊過身上更充分地表現了出來。楊過比郭靖聰明百倍，甚至恐怕也比楊康更聰明，連黃蓉都摸不準他的心思，所以此人一出場便面對種種聰明及自傲聰明的陷阱：他我行我素，不分正邪，一切從我知、我感、對我好壞、對我真假出發，因而在一條「邪路」上滑得很遠，以至於不聽教誨、欺師滅祖、認賊為父、違背禮教……什麼邪事都幹了出來。這樣的人，當然不合於道德的正軌。以至於作者與讀者時時都要為他捏一把汗。若非受到郭靖的「為國為民，俠之大者」的崇高品德的感染，楊過的人生歸宿到底怎樣，那就很難說了。

而楊過的一生之所以這樣坎坷，比人家更為艱辛曲折百倍，正是由他聰明所致。正所謂聰明反被聰明誤。

二、哲學方面

金庸相對偏愛那種愚拙木訥之人，寫文化程度低的英雄俠士，當然不僅僅是出於道德方面的考慮，也不僅是由於對這種個性的偏愛。

還有一個重要原因，是受老子哲學的影響，即「大巧若拙」、「大智若愚」又「大道無名、大音稀聲、大象無形」等等。這一哲學思想的玄妙之處在於，認為愚、拙是智、巧的最高境界。

這也許正是鄭板橋之所謂「聰明難，糊塗難；由糊塗轉聰明難，由聰明轉糊塗更難」的意思吧。

傳統文化的價值觀，一向不喜智、巧，看來也不光是道德方面的原因，還有哲學方面的原因。所謂「道生一，一生二，二生三，三生萬物」，又所謂「技進乎藝，藝進乎道」，真正的大智、大巧，應該是對道的領悟。而不是在「萬物」之中轉圈子，也不是在「技」或者「藝」的層次上費功夫。小巧之人，小智之人偏偏喜歡鑽研「萬物之理」卻不明「道」，喜歡炫耀「技藝超群」而不求「道」，那不是一種很高的境界。

拿郭靖與黃蓉相比，黃蓉比郭靖聰明百倍，但武功卻比不上郭靖，一開始或許還比郭靖稍高，但自郭靖學了「降龍十八掌」之後，黃蓉就比不上他了，而且越到後來，黃蓉越是望塵莫及。

這就是一個巧不如拙的例子。之所以如此，原因有二，一是黃蓉正因為聰明，所以總想投機取巧，不想踏踏實實的練，勤勤懇懇的幹，想走捷徑。這就反不如郭靖的「人家練一朝，我練十日」，所謂「勤能補拙」、「笨鳥先飛」而且多飛，有如龜兔賽跑，龜爬雖慢，但總是在動，那就比兔子睡覺強。

二是黃蓉自恃聰明因而貪多求雜，所謂貪多嚼不爛，學得容易，丟得也快。這自然比不上郭靖的「人一分為十，我十專為一」，專心致志地練好那一掌、一招、一式、一套功夫，積跬步以致千里，積小流以成江海，越到後來，黃蓉越比不上他，原因正在於此。

當然，還有更深刻的原因，更奧妙的解釋，那就是我們在上一卷書中曾經提及的楊過練武的啟示。楊過也像黃蓉一樣聰明，一樣靈巧多變，學了許多功夫，但卻一時未達第一流高手的境界，為什麼呢？金輪法王問了一句：「你到底有哪一門專長？」楊過聽得瞠目以對，無法回答。而後，又看到了前輩高手獨孤求敗的劍塚，發現了玄鐵重劍，以及獨孤求敗留下的劍訣，是「重劍無鋒，大巧不工」。等到楊過將這玄鐵重劍練得隨心如意，隨便的一招便抵得上以前幾十招花巧的招式。

慢慢的，楊過若有所悟，最後，創出了「不依常理」的十七招掌法，那是笨、拙之極，也正是巧、妙之極。

巧不勝拙，看起來很難理解，但金庸筆下的武學大師洪七公卻說得明明白白：

洪七公道：「那女娃娃（**按指黃蓉**）的掌法虛招多過實招數倍，你要是跟了她亂轉，非著他道兒不可，再快也快不過她。你想這許多虛招之後，這一掌定是真的了，他偏偏仍是假的，下一招眼看是假的了，她卻出你不意給你來一下真的。」郭靖連連點頭。

洪七公道：「因此你要破她這路掌法，唯一的法門就是壓根兒不理會她的真假虛實，待她掌來。真的也好，假的也罷，你只給她一招『亢龍有悔』。她見你這一招厲害，非回掌招架不可，那就破了。」（**《射鵰英雄傳》第十二回**）

其中的道理，郭靖要過很長的時間才懂得。這也難怪，他只會練笨功夫，可是不懂哲學。黃蓉對此卻明白得很，郭靖與黃蓉一同拜在洪七公的門下，郭靖專練「降龍十八掌」的笨功夫，而黃蓉則專練「逍遙遊」及「打狗棒法」等巧功夫。後來他們的女兒郭芙對黃蓉說：「媽，你這個仍是騙人的玩意兒，我不來。」

黃蓉笑道：「適才我傳授魯長老那絆、劈、纏、截、挑、引、封、轉八訣，哪一訣是用蠻力的？你說我這是騙人的玩意兒，那不錯，武功之中，十成中九成是騙人的玩意兒，只要能把高手騙倒，那就是勝了。只有你爹爹的降龍十八掌這等武功，那才是真功夫的硬拚，用不著使巧勁詐著。可是要練到這一步，天下有幾人能夠？」（《神鵰俠侶》第十二回）

這方面的例子還有很多，如《天龍八部》中，一直有「南慕容，北喬峰」為並世兩大高手之說，兩人一直未見面，所以一直不知這兩人之中，武功誰更高些？直至後來在少林寺會面，慕容復要傷段譽的性命時，蕭峰（即喬峰）才及時出手，一把抓住了慕容復後心「神道穴」，蕭峰身形魁偉，手長腳長，將慕容復提在半空，其勢直如老鷹捉小雞一般。

蕭峰冷笑道：「蕭某大好男兒，竟和你這種人齊名！」手臂一振，將他擲了出去。（第四十二回）

蕭峰這麼一抓一擲，慕容復即動彈不得，顯然是蕭峰的武功高過了慕容復了。慕容復的武功一向以「以彼之道，還施彼身」見長，不僅博到了極點，同時也巧到了極點，可是仍擋不住蕭峰的一抓一擲。蕭峰是前丐幫幫主，以「降龍十八掌」見長，武功樸實而又簡練，到了大巧不工的奇妙境界。《天龍八部》中的這一場景，不僅表明蕭峰的武功強過了慕容復，而且還表明蕭峰的人品更比慕容復高得多。

在金庸的小說中，不僅有巧不勝拙、大智若愚的例子，也有博學不若專精的例子，還有博學不若「不學」的例子。——那是小說《俠客行》中的一個著名的例子。

《俠客行》的主人公石破天不僅不識字，而且不通世故，連最起碼的常識也不懂。偏偏卻奇妙地因禍得福、遇難呈祥。

第一次大難，是謝煙客想借教他練內功之機，故意教錯而使之走火入魔而斃命，但他卻並沒有死。謝煙客詫異之餘，「稍加思索，便即明白，知道這少年渾渾噩噩，於世務全然不知，心無雜念，這才沒踏入走火入魔之途，若是換作旁人，這數年中總不免有七情六欲的侵擾，稍有胡思亂想，便早已死去多時了」。（**第三章**）

那還不算什麼，更奇妙的還在小說的最後，石破天與各幫各派的掌門人一同到了俠客島上，天下武林精英齊集於此，鑽研「俠客行武學」，有的已在此鑽研了三十年之久，但卻仍無人能破解這一套武功的秘訣。反倒是一個大字不識的石破天按圖索驥，於無意之間，參悟了這一天大的秘密。

石破天之所以能夠參悟這一套武學的秘密，原因說起來極為簡單，那是因為他目不識丁、胸無成見、無心無意。如此而已。

這是一個無知勝有知、無智勝有智的極端例子。看起來玄而又玄，卻實有深刻的哲理在其中。那就是石破天沒有知識，也就沒有成見；無心求之，反而不會執著，更不會想當然地在既知的迷途中越走越遠，不得回頭，不能獲得真知。佛家講的「所知障」，正是這個道理。而石破天誤打誤撞，以道家的「空」「無」（**心意／知識**）達到了佛家的「真」「實」。

或許我們這樣來解釋已屬蛇足。石破天並不懂佛，也不知「道」，只是自然而然、順其自然、從心所欲、心無雜念而已。若硬要解釋——這是讀書人、寫書人的毛病——那只能是所謂「大道無名」又「大象無形」而已。這實在是大智若愚的極境。

石破天是「愚」到了極點。連「狗雜種」是一句罵人話都不知道，養母梅芳姑叫他是狗雜種，他便當自己是狗雜種，自然而然，不亦樂乎。這樣的人，真是世間少有。

石破天只能看做是一個寓言人物。

他已超出了世俗人間可以直觀瞭解的範疇。這樣一種哲學的代碼，因而只可意會，而不可言傳。若要言傳，那就是道德的極境，而且又物極必反，因而可以看成是一種道德人格與智慧之道的象徵和寓言。

郭靖是大俠，他雖愚，運氣卻好，碰到了黃蓉，又拜了洪七公為師，因而決定了他人生的大道而至輝煌之頂點。

狄雲是郭靖的鄰居——在「愚」這一點上，《連城訣》中的主人公狄雲可以說是住在郭靖的隔壁——但狄雲的運氣卻不好。他父母雙亡，因而無人教養大義；他師父戚長發一直在騙他；他的情人戚芳嫁給了別人；人們還冤枉他：不但冤枉他偷物、偷人，還冤枉他是血刀派「淫僧」的弟子……最簡單的道理，都無法說得清、辯得明。狄雲本身就愚蠢，什麼也不懂得，並沒打算行俠，更沒有打算行兇，甚至連走江湖的心思都沒有。他只是隨遇而安，卻總是不得安。

他所處的世界，是一個無俠——沒有真正的俠士——的世界。在某種意義上，這又恰恰是一個真實的世界：「天下熙熙，皆為利來；天下攘攘，皆為利往」，哪兒有什麼俠呢？「江南四俠」，陸花劉水真的「落花流水」了，那花鐵幹的真相暴露，哪兒見俠義心腸？「鈴劍雙俠」，水笙被抓進了雪谷，汪嘯風卻擔心自己的名聲受損，俠士大丈夫的影子也沒有。狄雲自己，當然也不是什麼俠、不想當什麼俠，他只是一個平凡的鄉下小子，如是而已。

《俠客行》中的石破天，又是郭靖——狄雲——這一序列再進一步、達於頂端的人物。嚴格地說，他也不是什麼俠，若往好裡說，他是仙、佛一流；往壞裡說——照世俗中人的理解來說——他就是一個傻瓜，一個道道地地徹頭徹尾的傻瓜。

反過頭來想：郭靖難道不也是一個傻瓜嗎？連他自己都承認是傻瓜。

那麼，只有傻瓜方可稱「俠」了？

正如程本直說袁崇煥是「癡人」。

可是這些傻瓜卻值得人敬仰。郭靖，有意為之；石破天，無意為之。都一樣值得我們敬仰。這正如魯迅在「聰明人、傻子和奴才」中稱頌傻子一樣。這不僅是一個道德問題，也是一個哲學問題。

當然更是一個文化問題、現實問題。那是我們下面所要說的。

三、現實方面

書生是文化的創造者、建設者、傳播者，應是文化的中心人物、主力軍。可是，在金庸的小說中卻常常是邊緣人，甚至是可憐蟲。

不是金庸不喜歡、不敬重書生（**他自己就是一個書生、文化人**），而是由於面對一個強梁稱霸、武力打天下的世界，「百無一用是書生」，進而，在這一世界之中浸染過久，書生的形象確實很可憐。

書生的「百無一用」的例子很多。不過，應該說是有「百用」卻無「一用」（**武力**），面對武力、強暴、政治及其陰謀，書生能幹什麼呢？

《書劍恩仇錄》中的陳家洛能作詩、撫琴、下棋、書法，文武雙全，意氣風發，但面對滿清將軍兆惠率領的數萬大軍，他只能束手無策。若非回疆巾幗英雄翠羽黃衫霍青桐懂得兵機，他連命也沒了。而他卻因為霍青桐謀略過人，而不敢娶她為妻；另一面，卻又將倚仗他、信任他、愛他的香香公主喀絲麗送入了乾隆的懷抱，終於使喀絲麗自殺身亡。而又使霍青桐傷心一世。陳家洛除了作兩句詩，說什麼「是耶非耶，化為蝴蝶」之外，他有個什麼屁用？

論英雄氣慨，陳家洛比「奔雷手」文泰來差得遠了。

這大約是金庸不再以書生俠士為小說主人公的主要原因之一。

說起書生，我們自然要想到《天龍八部》中的段譽。此人是繼陳家洛之後的又一書生主人公，也是除陳家洛之外的唯一的書生主人公。而此人只不過是一個呆子而已。

當然段譽是一個比較可愛的呆子。

一開始因為熟讀佛經、不想殺人，厭惡打架，拒絕練武，而從家裡逃了出來，在江湖上出盡了洋相。跑到無量派的比武場上說什麼「慈悲喜捨」的「四無量」，大掉書袋，換來的是一耳光。神農教與無量派爭端大起，仇殺在即，他硬要去對神農教的人講道理、講王法。木婉清遇難，他明明手無縛雞之力，卻要去報訊，反讓木婉清分心照顧。木婉清問他是好心呢，還是傻瓜？他說「只怕各有一半」。

要說這位「一半兒天生好心，一半兒呆子傻瓜」的故事，那真是說上半天也說不完。最後若不是終於學了「凌波微步」這樣高妙無比的逃命的功夫，只怕早就給人家宰了。

《天龍八部》中的逍遙派掌門人無崖子，是一位文化修養極高且武功也極高的人。他收了兩個徒弟，大徒弟蘇星河，二徒弟丁春秋。他要兩個徒弟不僅學武，而且兼學琴棋書畫、詩書花戲、醫卜星相，蘇星河照著做了，丁春秋卻只對武功感興趣。結果是丁春秋這位純粹的學武之人，將逍遙子打得半死，將蘇星河逼得裝聾作啞三十年之久，將蘇星河門下的八位弟子一琴、二棋、三讀、四畫、五醫、六工、七花、八戲，逼得不敢認自己的師門，只能稱「函谷八友」。這大約正是「文化人」與「武夫」之關係的最好說明。

無崖子學究天人有什麼用？蘇星河又聰又辨有什麼用？至於康廣陵會彈琴，范百齡會下棋，苟讀學問精深，吳領軍丹青妙筆，薛慕華醫術通神……統統都是屈服於丁春秋的武力。

《天龍八部》中的這個故事，與《倚天屠龍記》中的一個故事有相似之處，那是金毛獅王謝遜對張無忌、趙敏等人說起的一個波斯的歷史故事：「其時波斯大哲野芒設帳授徒，門下有三個傑出的弟子，峨默長於文學，尼若牟擅於政事，霍山武功精強。三人意志相投，相互誓約，他年禍福與共，富貴不忘。後來尼若牟青雲得意，做到教王的首相。他兩個舊友前來投奔，尼若牟請於教王，授了霍山的官職，峨默不願為官，只求一筆年金，以便靜居研習天文歷數，飲酒吟詩。尼若牟一一依從，相待甚厚。不料霍山雄心勃勃；不甘久居人下，陰謀叛變。事敗後結黨據山，成為威震天下的一個宗派首領。該派專以殺人為務，名為依斯美良派，當十字軍之時，西域提起『山中老人』霍山之名，無不心驚色變；……霍山不顧舊日恩義，更遣人刺殺波斯首相尼若牟……」（第三十回）

「百無一用是書生」的主題，在《笑傲江湖》中表現得更為突出，而且更讓人心驚肉跳。這是些關於藝術家與政客之關係的故事。一是衡山派的劉正風醉心於音樂藝術，與日月教長老曲洋互為知音，琴蕭合奏《笑傲江湖之曲》妙絕人寰，世間少有。只因五嶽劍派與日月教正邪不兩立，劉正風只想退出武林、金盆洗手，從此專心於琴簫之藝，沒想到卻得不到五嶽劍派的盟主左冷禪的同情。相反，一心想爭霸武林、削弱衡山一派、挑起爭端的左冷禪派，前去阻止劉正風金盆洗手，反要他交出日月教的曲洋。劉正風為此家破人亡，曲洋祖孫亦同時被殺。

另一個故事發生在日月教之中，杭州孤山梅莊的四位莊主，另稱「梅莊四友」。原是日月教中的人物，眼見教主任我行性子暴躁，威福自用，因而早萌退志。東方教主接任之後，寵信奸佞，鋤除教中老兄弟，更使他們心灰意懶，因而討了一個閑差，到杭州梅莊來當囚禁任我行的看守。一來得以遠離日月教的黑木崖，不必與人勾心鬥角，二來閒居西湖，琴書遣懷。

這四人一愛琴，一愛棋，一愛書法，一愛繪畫，是幾位道道地地癡心於藝術的書生。只因對藝術過於癡迷，先被向問天玩弄於股掌之間，後又被教中新、舊勢力逼得無可奈何，最後二死二降；自都是心有不甘。但在那巨大的霸道壓力之下，他們又有什麼辦法？只有一死而已，否則只有做政客的奴才，死心蹋地為其服務，吞下那「三屍腦神丹」，從此成為教主的走卒。

每讀至此，感慨萬千，真是「讀書人一聲長歎」，歎後仍覺絕望之哀，卻還無可奈何。這不是一個讀書人可以自由選擇、自由發展的世界。

反過來，想一想讀書人自身，也是，書越讀越癡，越讀越呆，越讀也確實越無用。要想有用，又將如何？還不是「學成文武藝，貨與帝王家」？還不是逃不脫「狡兔死，走狗烹；飛鳥盡，良弓藏」的命運？還不是鞠躬盡瘁地做幫閒？

久而久之，讀書人少了一根脊樑。

自己的脊樑、自主的脊樑。

這恐怕是中國文化最重要的特徵，也是最令人悲哀的特徵了。正如魯迅先生所說，讀書人猶如關在籠中的鳥兒，關得久了，麻痹了翅膀，再打開籠子，也很難飛得高、飛得遠了。

筆者在《陳墨人物金庸》一書的「書生與草莽」一書中，抄錄了金庸小說《鹿鼎記》中的一段「奇文」，即小說的最後，顧炎武、查繼佐、黃梨洲（宗羲）、呂留良四大名儒——這是中國歷史上的一批優秀學者，同時也是著名的民族英雄，被稱為「民族的脊樑」的四位可敬可佩的人物——去請韋小寶當皇帝，以便帶頭反滿抗清。

這一段情節當然是作者編造的。老實說，我初讀之時，先是大吃一驚，覺得匪夷所思，簡直有些荒誕不經：顧炎武、黃宗羲這樣鐵骨錚錚的人，這樣明白事理、寫出不朽的《日知錄》及《明夷待訪錄》的人，怎麼會去請韋小寶這樣的軟骨頭、小滑頭、小流氓、大文盲當皇帝？這……這可不是胡編亂造、胡說八道嗎？

可是，再讀一讀，再想一想，慢慢地，也就想通了，同意了，覺得金庸寫得有理，簡直寫得入木三分，精彩之極。這樣的文章，在其他的作家，真是連想也不敢想的，而金庸卻想到了，並寫出來了。

這樣寫的依據，一是顧炎武、呂留良、黃梨洲等人確實都是反滿抗清的義士，不甘心民族文化遭異族侵改之人，所以他們一定要聯絡義士、舉起義旗，奮鬥一番。二是這些書生有知史之明，更有自知之明，要他們自己去當領袖、做皇帝，那是想也不敢想的事。那樣不僅是「大逆不道」、「用心不軌」，而且更主要的是他們自知只有「王佐之才」，自幼學的只是「經濟之術」，因而只有當輔佐、做臣吏的份兒、命兒，要當皇帝、當領導、當頭兒、當主心骨，那可差了一把火兒，少了一截骨頭。悲哀，也就正在這裡了。

其三，他們審時度勢，知韋小寶「名滿天下」，功勞巨大，內得康熙的寵信，外得天地會徒眾的擁護，他來當頭兒，極易成事。

其四，他們還熟知歷史，知道只有像韋小寶這樣的流氓無賴才能幹大事，因為他們無畏無懼，一無所有，青皮光棍，失去的只是鎖鏈，勇往直前，事情往往就成了。漢高祖劉邦，明太祖朱元璋，不都是這樣的人嗎？當然，他們要有人輔佐，比如漢高祖的張良、蕭何，明太祖的劉基、李善長等。顧、黃、查、呂等人與劉邦、朱元璋、韋小寶相比，那是自愧不如，但與張良、蕭何、劉基、李善長等人相比，卻是毫不遜色。只要韋小寶肯出頭擔當，何愁大事不成?!

當然，金庸這樣寫，也有開玩笑、「幽他一默」的意思，而且玩笑開得還有些過火，有些有辱先賢。但是，在玩笑之中，卻也讓人冷汗淋漓，尤其是一向牛皮哄哄的文人學者，更應該攬鏡自鑒，看看自己的形象，到底是什麼樣子。看看自己的靈魂，又是什麼樣子。若找不到這樣的鏡子，金庸的《鹿鼎記》就是一面。

從顧、黃、查、呂四大先賢的故事——即便是虛構的故事——中，我們應該讀出歷代書生及民族文化的某些令人汗顏、更令人警醒的奧秘來的。

顧炎武、黃梨洲等人是智、是愚？恐怕不能輕易地下結論吧。

所謂智、愚之辨，書生與草莽之別，那也要看時、勢、運、命如何，然後再來探討，才能更加深入、更加透徹。

為什麼老子這樣的聰明人倒主張「絕聖棄智」？

為什麼蘇東坡這樣的聰明人倒說「我被聰明誤一生」？

為什麼鄭板橋要說「難得糊塗」？
為什麼陳近南不行、顧炎武不行，韋小寶倒行？

第十一章 漢夷

在《陳墨人物金庸》一書中，已經寫過《漢人與夷人》一章，這裡又要寫《漢夷》，實在是難免有換湯不換藥之嫌，不過沒有辦法。要說中國文化，就非有漢族文化與少數民族文化這一題目不可。不然就缺了一塊，未免不夠全面。

在《漢人與夷人》中，筆者曾經提到，夷人是漢人對少數民族的一種不敬的稱呼，古已有之，如夷、狄、戎、蠻等。四邊的少數民族都有特定的稱呼，其中夷還算是比較客氣的。我懷疑夷是從彝族的彝而來（**不過這不一定對，古代的夷是指東邊的民族，今天的彝族則多居西南**），不管從哪兒來，我這裡只將它當成少數民族的通稱，自己確立一個意思：「夷者異也」，夷人，就是異族之人（**請勿考證，這是筆者自行設定的**）。

筆者本人毫無不尊敬少數民族的意思。同時還要指出，之所以有夷狄戎蠻等字眼出現，固然是古代之人以區別少數民族與中原漢人，同時也明顯地包含了大漢族的那種自大和盲目的不良習性。這雖然是歷史造成的，卻使十九世紀至二十世紀的中國人對世界缺乏應有的瞭解，而陷於災難之中。原因便是以中國當天下，不知天外有天、山外有山，海外還有文明新進之國。而這些近代的故事也逐漸地成為歷史了，但從對夷人的鄙視到對洋人的崇仰，歷史及其文化心態都發生了巨大的傾斜，不少無知之人幾乎從一個極端走向另一個極端。僅是漢與夷（**華與夷，中國與外國**）的觀念、文化心理；歷史的變遷，就夠作成一篇很有意思的文章。不過那不是我們在這兒要作的。

在金庸的小說中，有一個值得注意的現象，是在漢人與夷人的比較中，往往自覺或不自覺地褒揚少數民族、貶抑中原漢人。例子我們在《陳墨人物金庸．漢人與夷人》中舉了幾個，下面我們還要列舉分析。

讀金庸的小說，不難得出以下的印象：

第一美女：香香公主喀絲麗。

第一巾幗英雄：翠羽黃衫霍青桐。

第一英雄好漢：契丹人蕭峰。

第一英雄帝王：蒙古成吉思汗。

第一英明聖主：滿清康熙皇帝。

……

當然，這只是一種「印象」而已，無疑帶有一定的主觀色彩。如香香公主喀絲麗是否第一美人？恐怕就有不同的意見；而蕭峰是否第一英雄？同樣有人會不同意，不少讀者及論者說他第一喜歡令狐冲。其他幾個第一，或許都會有爭議。不過，老實說，筆者本人是有這個印象的，我最崇敬的英雄就是蕭峰。其他幾個第一，我以為也都有一定的依據。

僅有以上的印象作依據那當然是不夠的。實際上，我們在金庸的每一部既寫到漢人又寫到其他少數民族的書中，都能找到這樣的例子。

《書劍恩仇錄》的主題是反滿抗清，當然是大節所在，不能樹立滿族的英雄，更不能貶抑漢族的英雄。可是，正如我們以前曾提及的，在漢人英雄集團與回疆木卓倫部英雄集團的對比之中，我們不難看出，作者有意無意之間寫出了它們的差異，而褒揚之意在回疆英雄一邊；對漢族英雄雖未必有明顯的貶抑之辭，但兩者對比，卻不能不使漢族英雄黯然失色。

一，當陳家洛遠赴回疆，參加他們的「偎郎大會」時，作者寫道：「陳家洛出身於嚴守禮法的世家，從來沒遇到過這般幕天席地、歡樂不禁的場面，歌聲在耳，情醉於心，幾杯馬奶酒一下肚，臉上微紅，甚是歡暢。」（第十四回）

他當然會歡暢：這樣的場景他不僅沒見過，連想恐怕也不敢多想。原因是漢人禮法嚴格，男女授受不親，哪有這樣席地幕天、男歡女愛、自由自在地表現自然健康的男女之情的風俗、習慣？這其實也是漢人與回人的風俗文化的一種比較，孰優孰劣，一見而知。

二，陳家洛自幼熟讀《莊子》，乃至倒背如流，但卻從未想到過「破敵之策，就在這裡」。想不到《庖丁解牛》中會包含一套武功。《莊子》雖是漢人寫的書——漢人的文明先進、文化發達這是事實——但漢人讀書卻逐漸泥古不化、思路呆板，遠不如回人那樣活學活用、具有想像力和創造性。

從某種意義上說，這也是漢人文化缺乏再生力、創造力，而回人文化雖然簡陋，且要學習與借鑒漢人典籍，但卻充滿生機，具有創造性的一種典型表現。進而，漢人讀《莊子》，重在其「道」，這是漢文化最突出的特點；而回人則不僅崇道，而且也重「器」，重「藝」與「技」，才能從《庖丁解牛》這一「道」的寓言中想到武功掌法之「技藝」。陳家洛反過來要向回人學習才能在武功上更上一層樓，這一情節，不能不發人深思。

三，與此類似的還有一個例子，是翠羽黃衫霍青桐隨漢人師父陳正德、關明梅夫婦學習漢人的著作《三國演義》，居然能觸類旁通，熟知兵法，並且運用於實際戰爭之中，神機妙算，運籌帷幄，將滿清大軍打得落花流水，創造了以少勝多，以弱勝強的典型戰例。而紅花會英雄之中，居然無一人能夠與之相比，反而誤解她小肚雞腸、見死不救。

這從兩個方面反映了漢人的文化缺陷及心理的陰暗面，一是不知兵機，屬於無能；二是以小人之心度君子之腹，這就有些陰暗了。尤其應該指出的，是紅花會中還有一人，號稱「武諸葛」徐天宏，但此人除了小智小巧之外，對於排兵佈陣幾乎一竅不通。真是枉稱了「武諸葛」之號。再說紅花會總舵主，明明是要以反滿抗清為業，而且又中過舉人，會吟詩、下棋、彈琴、寫字，卻不知兵法，又怎能擔當大任、稱得上當世英雄？翠羽黃衫光彩照人，漢族英雄不免失色。

四，木卓倫在接到滿清將軍的戰書後，只寫了八個大字的應戰書：「抗暴應戰，神必佑我。」如此英雄氣概，實令人景仰之至。而紅花會英雄幹什麼、又怎麼幹呢？他們在大搞「人際關係」以便「曲線救國」！

漢人巧智，江南人更是巧中之巧，自然不肯像木卓倫這麼傻幹，而是要講謀略、用巧計，讓乾隆中計、中伏，抓住他之後再威脅利誘、曉以大義大利，企圖以此「最小的代價」來換取「最大的勝利」。結果是搬起石頭砸了自己的腳。這一點，金庸本人或許沒想到會使紅花會雷聲大、雨點小，失了英雄本色。尤其是與木卓倫部與敵人真刀真槍地決戰相比，更顯得有些卑瑣。木卓倫不僅有大勇，霍青桐且有大智：他們都不相信乾隆，不相信皇帝。這也與紅花會英雄大不一樣。

五，我們在以前曾說過，木卓倫部到最後全軍覆沒、壯烈犧牲，但他們雖死猶榮，因為他們抗暴應戰，流盡了最後一滴血，連天真幼稚而且手無縛雞之力的香香公主喀絲麗都為揭露乾隆的虛偽、反抗乾隆的強暴而自殺身亡！

而紅花會群雄倒沒什麼損失，他們計謀不成，便安全撤退，豹隱回疆去也。要走一個更大的曲線，是否「救國」，那就誰也不知道了。他們沒死，當然應該為他們慶幸，同時又不免有些臉上無光。若無木卓倫部作為對比的榜樣倒也罷了，偏偏又有這樣的對比，該如何評價這一英雄集團呢？

應該感謝作者寫出了兩個民族、兩種民族文化及其民族性格和文化心態來。喀絲麗之美麗動人，使駱冰、李沅芷、周綺等漢人女傑自愧不如，當然不能進行文化的比較；但喀絲麗的天真純潔以及大勇血性，卻是可以比較的，喀絲麗去敵人萬馬軍中送信而坦然無懼，不畏強權而自殺並視死如歸，這比之駱冰只知夫妻恩愛甚而違犯會中規矩，周綺一片憨直而到處惹禍且為了孩子而放棄復仇大業，李沅芷一心在余魚同之愛戀私情而與自己人討價還價……恐怕在文化性格及精神氣質上不無民族性的區別。

其實陳家洛、霍青桐與喀絲麗在迷宮之中同讀回疆先輩女英雄瑪米兒的遺書的場景，就是對霍青桐、喀絲麗這一對回疆姊妹花的精神源流的提示，是他們民族文化性格的提示。瑪米兒犧牲個人愛情、犧牲自己青春、生命及至骨肉的抗暴君、與之同歸於盡的英雄氣慨，正是喀絲麗形象的延伸（或者說喀絲麗是瑪米兒形象的延伸）。這與駱冰、周綺、李沅芷等人的重私情相比，更加差異鮮明。

《書劍恩仇錄》還只是民間英雄集體的比較，金庸的第二部書《碧血劍》則是朝廷統治者的比較。這一點也是我們一再提及的，明帝崇禎與清酋皇太極同是袁承志的殺父之仇，在伺機報仇的過程中，袁承志對崇禎與皇太極的觀感卻大不相同，這應該是理智的判斷，而沒有任何感情的色彩。崇禎的剛愎自用、不知民間疾苦，與皇太極的雄心大志、廣羅人才、深知民間疾苦，形成了鮮明的對照。

如果說崇禎與皇太極的對比只是一種個人的對比，尚不能體現兩種文化的典型特徵，那麼，崇禎加上李自成與滿清統治集團的對比，應該有深刻的文化價值了。在《碧血劍》中，李自成應算是正面人物，他是書中主人公袁承志支持的一方，是明帝、清酋的對頭（**主要是明帝的對頭，李自成在最終兵敗身亡之前恐怕很少想到要與清酋為敵，至多只會利用滿清犯邊、朝廷心無二用之良機而大肆發動群眾、壯大自己力量以奪取天下**），在政治態度和階級觀念上與崇禎不可同日而語，但李自成與崇禎及其部屬在文化上卻是同根同源，因而在作風、氣質上有驚人的相似之處。最突出的兩點，是剛愎自用、殺害良將而自毀長城，以及體制腐敗、乃至兵匪一家而使百姓苦不堪言。《碧血劍》寫出崇禎與李自成的相似之處，即文化同源，就是一種了不起的發現與貢獻。

滿清皇太極當然不是什麼民眾救星，但他能夠吸收漢文化的精華而剔其無用之處，研究漢人政治、社會及民間，借鑒經驗，吸取教訓，且令行禁止、紀律嚴明；無疑更有活力與戰鬥力，更為健康而明智。

這當然也是歷史的結局逼迫了作者與讀者去思索：崇禎的明朝何以會滅亡？李自成的起義何以迅速地從勝利走向敗亡？滿清人何以能以少勝多並統治中國？如果不說滿清首領的英明及偉大，至少也說明了漢人政治的極端腐敗、漢人文化同樣腐敗到了極端。

這一主題——漢人政治及文化腐敗的主題——幾乎一直貫穿於金庸以後的小說創作之中，成為金庸小說的一個普遍性的思想主題。

《射鵰英雄傳》從一開始到最後都貫穿了對南宋統治者的不滿。從岳飛的被害，到朝廷的昏庸無能、腐敗不堪，我們在這部書中幾乎隨處可見。

例如在小說的第一回，就寫到了宋高宗寫給金國皇帝的《降表》：「臣構言：既蒙恩造，許備藩國，世世子孫，謹守臣節。每年皇帝生辰並正旦，遣使稱賀不絕。歲貢銀二十五萬兩，絹二十五萬匹。」

又寫到了「山外青山樓外樓，西湖歌舞幾時休？暖風熏得遊人醉，直把杭州作汴州」的無限的憂憤；還寫到了要殺岳飛與金人議和的罪魁禍首並非秦檜，而是南宋的高宗皇帝：「秦檜做的是宰相，議和也好，不議和也好，他都做他的宰相。可是岳爺爺一心一意要滅了金國，迎接徽、欽二帝回來。這兩個皇帝一回來，高宗皇帝他又做什麼呀？」（書中曲三語，曲三即黃藥師之徒曲靈風）

而小說的結尾，更有一段奇文。郭靖、黃蓉獲知蒙古軍隊將攻襄陽，因而覺得「天下興亡，匹夫有責」，立即趕往襄陽報訊。可是，那襄陽安撫使人手綰兵符，威風赫赫，郭靖在蒙古雖貴為元帥，但在南宋卻只是一個布衣平民，如何見得著他？黃蓉知道無錢不行，送了門房一兩黃金。那門房雖然神色立變，滿臉堆歡，可是一排安撫使見客的日子，最快也得半個月之後，那時接見的都是達官貴人，也未必能見郭靖。

郭靖焦燥起來，喝道：「軍情緊急，如何等得？」黃蓉忙向他使個眼色，將他拉在一旁悄聲說：「晚上闖進去相見。」晚上闖進安撫使府，那安撫使呂文德正擁了姬妾，高坐飲酒為樂，「全心全意地安撫自己的姬妾」，見到郭、黃二人，先是大呼「有刺客」，繼而嚇得渾身發抖。書中寫道：

郭靖見他統兵方面，身負禦敵衛土的重任，卻是如此膿包，心中暗暗歎息，當下將蒙古大將行將偷襲襄陽的訊息說了，請他立即調兵遣將，佈置守禦工具。呂文德心裡全然不信，口頭卻連聲答應。黃蓉見他只是發抖，問道：「你聽見沒有？」

呂文德道：「聽……聽見了。」

黃蓉道：「聽見什麼？」

呂文德道：「有……有金兵前來偷襲，須得防備，須得防備。」

黃蓉怒道：「是蒙古兵，不是金兵！」

呂文德嚇了一跳，道：「蒙古兵，那不會的，那不會的。蒙古與咱們丞相聯盟攻金，決無他意。」

黃蓉怒道：「我說蒙古兵就是蒙古兵。」

呂文德連連點頭，道：「姑娘說是蒙古兵，就是蒙古兵。」

郭靖道：「滿郡百姓的身家性命，全繫大人之手。襄陽是南朝屏障，大人務須在意。」

呂文德道：「不錯，不錯，老兄說的一點兒也不錯。老兄快請吧。」靖、蓉二人歎了口氣，越牆而出，但聽身後眾人大叫：「捉刺客啊！捉刺客啊！」亂成一片。

兩人候了兩日，見城中毫無動靜……（**第四十回**）

這一段奇文，奇在鎮守南宋北邊重鎮的安撫使不僅不知有敵前來，而且有人報訊之後仍習慣的以為是「金兵」，半點也不相信這回不是金兵而是蒙古兵；繼而聽到消息後又無動於衷，按兵不動，城內毫無動靜。這真是有南宋那樣昏庸的朝廷，就有這樣昏庸糊塗的官吏將軍，上行下效，腐敗不堪。

以上這一段奇文，當然是小說家言，與史實不完全一樣。如鎮守襄陽的並非呂文德，而是他的弟弟呂文煥。

呂文德守的是鄂（**今湖北武漢**）有威名，他的官職是京湖安撫制置使。此人的糊塗失誤也是有的，對襄陽最後的失利也要負一定的責任：後來忽必烈採用劉整之計，讓人以玉帶賄賂呂文德，求他准許在襄陽城外建置榷場，他應允了。蒙古人築土牆於鹿門山，外通互市，內築堡壁，遏守宋軍南北之援。呂文德追悔莫及，宋咸淳三年（一二六七年）蒙古軍圍攻襄、樊，呂文德感歎道：「誤國家者我也。」不久就生病，一年多以後就死了。

呂文德的弟弟呂文煥於南宋度宗咸淳初年，知襄陽府兼京西安撫副使，蒙古人圍攻襄、樊，他守襄陽六年，至咸淳九年（一二七三年）襄陽城破，他投降了蒙古人，反過來帶兵攻鄂（**武漢**），以求立功，並繼續當官。

呂文德、呂文煥兄弟人品不怎麼樣，卻也沒有糊塗到《射鵰英雄傳》中所寫的那樣。前面已經說到，此乃小說家言。對南宋的朝廷及官場，作了適當的虛構和誇張的描寫，南宋時期，像書中的那位安撫使一樣的人物是大有可能存在的。苟且偷安，是南宋君臣的主導思想。

另一面，《射鵰英雄傳》中又寫了蒙古人大英雄成吉思汗的故事，他的無限的進取心，南宋君臣簡直望塵莫及。當然這與農業文明國家政權及遊牧民族文化的差異有很大的關係。

一個不可忽視的事實是，書中的主人公郭靖——此人堪稱金庸小說中的第一大俠（這與蕭峰這位第一大英雄不完全一樣）——是在蒙古草原上出生並長大的，直到他十七八歲之時才離開蒙古。雖然他有母親李萍及江南六怪六位師父的教導，同時不能不看到他受蒙古民族文化習俗的影響很大，這對他的天性、品格思想、行為，都起了很大的作用。

他與黃蓉的第一次見面，就是按照蒙古人的習俗，對朋友傾囊相助，不看對方身分地位、服飾打扮，因而深深地打動了黃蓉的芳心。他是漢人的兒子，卻一半受了蒙古民族文化的孕育。

金庸這樣寫，並不是沒有用心的。將他安排在蒙古草原的獨特環境中成長，這對於郭靖的一生都會有影響，他的樸實忠厚、誠懇耿直就是在那種環境中形成的。

書中寫到郭靖自中原重返大漠時，有這樣幾句話：「蒙古人性子直率，心中想到什麼，口裡就說了出來。郭靖與南人相處年餘，多歷機巧，此時重回舊地，聽到華箏這般說話口氣，不禁深有親切之感。」（第三十六回）

在民族的認同而言，郭靖當然會毫不猶豫地認定自己是漢人；然而在文化及生活環境的認同方面，郭靖恐怕就要大大的猶豫了。

郭靖的樸實大度，與楊康的涼薄機巧，是兩種環境的產物。當然有民間與王族、草原與城市之別，同時也有民族文化環境的影響。楊康生活在北京，雖是女真人建立的金國的中都，畢竟又是漢人聚居之地。這對楊康的個性形成有著重要的影響。作者將一「靖」一「康」分置兩地、兩種環境，當然有其用意的。

《神鵰俠侶》中，忽必烈的英明幹練，與南宋朝廷君臣的昏庸糊塗，再度形成了對比。小說的第三十三回「風陵夜話」中，就有漢人對南宋朝廷君臣，尤其是「朝中三犬」（**指南宋權臣丁大全、陳大方、胡大昌三人**）的斑斑劣跡進行憤怒控訴的場景。不必一一再引述。

當然，南宋朝廷政治及其社會體制的腐敗，並不等於全民族的文化整體的腐敗，蒙古人領袖忽必烈等人的英明也並不等於其文化整體的先進。在《神鵰俠侶》中，作者就有過這樣的議論：「這五行生剋變化，說來似乎玄妙，實則是我國古人精研物性之變，因而悟出來的至理，通陰陽之道，反鬼神之說，我國醫學、歷數等等，均依此為據……在當時可謂舉世無匹。蒙古堅甲利兵，武功鼎盛，但文智淺陋，豈能與當世第一大家黃藥師相抗？」（**第三十九回**）

書中寫黃藥師布「二十八宿大陣」，使蒙古兵將士暈頭轉向，不知如何揮軍抵敵才是，雖不免有些誇張神奇，還有些精神勝利的因素，但書中的這段議論，卻是大體上不錯。文化固然包括政治體制及社會意識形態，同時還包括更為廣泛和豐富的物質與精神內容，對此不能一概而論。

金庸在小說中所寫，常常是側於一面。而我們的分析亦是側於某種民族文化精神，及文化人格的某一方面。

在《金庸小說人論》中提及的《倚天屠龍記》一書中的張無忌的四位女朋友一例，在作者也許是無意寫出兩漢、兩夷的格局，然而在有心者看來，亦不免有「漢夷比較」的明顯的徵候。

小說中的趙敏這位蒙古族少女與周芷若這位漢族少女的比較，不能不涉及她們不同的文化背景。她們倆都傾心於張無忌，但表現卻大不相同，除了個性因素之外，顯然有文化環境差異造成的不同。

一、趙敏愛張無忌，就情不自禁而又大大方方地表白出來，這固然因為趙敏的個性，以及她被嬌寵的原因，同時也與蒙古人性格直率，「心裡想什麼，口裡說什麼」有關。這一點我們在前面引述華箏公主的話及郭靖對蒙古人的感受時已經提及了。周芷若愛張無忌，則只做「肚內文章」，當然也有情不自禁的時候，但不大可能有那種勇氣真正地表白出來，這是因為周芷若一方面乃孤兒出身，無人寵愛；另一方面則受漢人禮法的薰陶制約。就是在謝遜「提親」之時，周芷若也要半真半假、半推半就地說什麼「全仗義父做主」之類的掩飾之詞。

二、趙敏愛張無忌，雖然也有明顯的阻礙，但她卻很少顧忌這個，她是自由自在慣了。而周芷若則不一樣，她要受師父滅絕師太的制約，滅絕師太讓她與張無忌虛與委蛇，卻不許她愛他。因為在滅絕師太看來，張無忌既是明教的教主，自然是一位不折不扣的大魔頭。師父的話，乃至師父的懇求，自己又發了誓，豈可不遵？這正是禮法的又一重限制，周芷若有其不得已的地方。

三、趙敏為了張無忌，不惜與父兄決裂，拋棄自己的家庭及榮華富貴，而與自己的心上人相依相隨，這種視榮華富貴如糞土的行為來自真正的鍾情，以及對情感的真正的推崇，把情感放在第一位來考慮。而周芷若則難做到這一點，她比趙敏要理智得多。她之愛張無忌固然半點不假，但謹遵師父囑咐卻要打點折扣，若是張無忌在濠州與她成婚，她肯定是（**而且已經是**）興高采烈地違背了師父的囑咐。

只是在新婚典禮剛開始之時，趙敏將張無忌「誘」了出去。周芷若的矛盾不僅在於師父的囑咐，同時也在於峨嵋派掌門人的地位。這對於周芷若是一種實際的誘惑。進而，張無忌是明教教主，在韓林兒說總有一天教主要當皇帝時，周芷若肯定芳心大動，因為她若嫁給了張無忌，便有可能成為皇后，這對於這位出生於漢人漁家小船上貧苦出身的少女來說，簡直是登天。所以，周芷若對張無忌的愛中，逐漸地有了矛盾，並且有了「雜質」。

四、趙敏自與張無忌一見鍾情之後，雖然有過誅少林、滅武當、關押中原群雄的勾當，但對張無忌本人卻是沒有半點的壞心眼，相反，因為對張無忌的愛而失卻「本性」（**指民族性、階級性**）地送藥幫張無忌救人，而張無忌救走了她關押的中原群雄，她也不生氣。周芷若卻不是這樣，她一開始似乎就有兩手準備，一面與張無忌訂婚，一面卻又瞞著張無忌而將屠龍刀、倚天劍藏了起來，偷偷練倚天劍中所藏的《九陰真經》上的武功，僅是這一行為就表明周芷若有兩面性（**如果不說她是故意欺騙張無忌的話**）。她的愛情中確實是有雜質的。我們漢人做事一貫比較理智，凡事三思而行，面對情感抉擇之時，自然也是這樣。感情固然也要，但感情之外的因素也要考慮到。周芷若便是這樣的人。

再說小昭與殷離。這兩人沒那麼複雜。小昭不是漢人，其父是朝鮮人，母親是波斯明教的聖處女。小昭的特點是靈慧而又溫柔，小小年紀就到明教總舵來做特工，非有真正的靈慧不可。而自見到張無忌後，表現出的卻又是一派如水柔情。殷離可不是這樣。她的遭遇比小昭更悲慘；是因為她父親殷野王娶了她母親，卻又納妾（**這對於漢人禮法，是再正常不過的事情，古禮稱「不孝有三，無後為大」，殷離之母只生了一女，算不得有後，是以殷野王就要「依禮納妾」**），害得其母傷心欲絕，殷離看不過目，便殺了父親的小妾，為此使母親自殺，父親將她趕出家門，從此流落江湖，多少有些瘋癲，她一心要復仇，可是向誰報復？她愛張無忌，卻又「不識張郎是張郎」。這是一個不幸的少女，亦是漢族禮法的受害者。

張無忌一生碰到了這麼四個少女，兩位異族少女是那麼可愛，而兩位漢族少女則有些可怕可畏。我們當然不能就此判定凡異族少女必可愛，凡漢族少女必可怕。但在這部書中，確實給人留下了這麼個印象。當然這要進行必要的文化分析、個性分析，同時又不能以偏概全。

寫到後來，金庸已經從其前期創作的狹隘的民族主義立場中跳了出來。這與梁羽生等堅持民族主義的立場已不相同（當然梁羽生的漢民族立場亦可理解）。或許是金庸已意識到中華民族是一個多民族的大家庭。若總是堅持歷史上特定時期的國內民族紛爭格局中的。「（漢）民族主義及其愛國主義」，不免有些狹隘之嫌。同時，金庸又從戰爭轉向了「和平主義」。國內民族紛爭畢竟是暫時的，而和平則是恒久的。

在特定的歷史情境中，金庸的這種轉變，堪稱是從民族主義轉向了國際主義及和平主義。這是現代人所具有的思想立場與精神境界。而在這一思想立場的指導下，金庸的小說創作發生了重大的變化。

《天龍八部》就是這種變化的產物。這部小說雖然寫了大理、宋、遼、西夏、吐蕃等特定時期的「五國演義」或——加上慕容氏的大燕，或女真族的興起——「六國演義」，但作者的立場，已是國際主義與和平主義。即不再是僅站在北宋漢人的立場來講故事、看問題，而是超然於上，居高臨下，一視同仁。

正是在這一思想的指導下，才有了書中的——也稱得上是金庸全部作品中的——第一大英雄蕭峰的形象。

其時天下主要敵對之國是大宋與大遼兩國。而蕭峰則生於遼國、長於宋國中原之地。特殊的身分與經歷使他有了特殊的世界觀及價值觀。當遼、宋敵對之時，兩國人民互相仇視，一心想攪亂天下，以便乘機漁利的大燕皇室後代慕容博心懷叵測，詐言有一批遼國武士要來大宋少林寺搶奪武術經笈。

少林寺玄慈大師率領一批中原漢人英雄前往雁門關伏擊，誰知伏擊到的只是帶領妻兒走親戚的契丹人蕭遠山一行。漢人殺死了蕭遠山的妻子及隨從，蕭遠山亦將大部分的漢人都殺了。

一場莫名其妙的戰鬥結束之後，蕭遠山仰天長嘯，在雁門關前崖石上寫下了他的遭遇，懷抱幼子之屍跳崖了。不料幼子並未死，蕭遠山及時將其拋上崖頂漢人橫臥處。漢人英雄玄慈、汪劍髯幫主（丐幫幫主）不忍此幼兒蒙難，決定將他帶回中原，交給少林寺畔農夫喬三槐夫婦收養。

後玄慈又請師弟玄苦教此少兒武功，再後來丐幫汪幫主又將此兒收入丐幫之中，經過十分嚴厲的考驗之後，又將他立為丐幫幫主。此兒名叫喬峰，即契丹人蕭峰。他的經歷本是一個秘密，卻不料丐幫副幫主馬大元的妻子康敏因妒生恨，暗害了馬大元並嫁禍於喬峰，將喬峰的身世之謎揭開，使其在中原無法立足存身。

喬峰變成了蕭峰，果然成了中原英雄人人要誅之、討之的「遼狗」；而蕭峰也不客氣，在聚賢莊漢人英雄聚會之時，打了一個落花流水。自此一心尋陷害他父母親人的罪惡之徒報仇。

不料其父親蕭遠山並未死去，而是在少林寺中臥底幾十年。當蕭峰尋找大仇人、大惡人之時，蕭遠山將蕭峰的師父玄苦、養父喬三槐一家、泰山單正一家、譚婆、趙錢孫……等人盡皆殺死。蕭峰要尋找的「大惡人」竟是他的父親蕭遠山。後來玄慈自絕身亡，慕容博亦與蕭遠山同時在少林寺出家，蕭峰大仇得報，卻變得空空蕩蕩、無所適從。

由於他有特殊的經歷，在南朝（北宋）漢人環境中長大，學到了漢人的禮法文化，又習慣以漢人的觀點去看問題。後來恢復契丹民族身分，自然帶有漢與契丹、宋與大遼的雙重視角：既看到了遼軍侵宋地，將宋朝百姓擄掠一空，稱為「打草穀」，又看到了宋軍也在邊關這麼幹。既聽慣了宋朝漢人罵契丹人為「遼狗」，又聽到了遼朝契丹人罵宋朝漢人為「宋豬」……是以他夾在二者之間，又能超乎二者之上，不被片面的民族情感及其意識形態所拘囿。因而遼帝耶律洪基要他領兵侵宋時，他堅決不幹。後來反而為天下百姓請命，逼遼帝耶律洪基在陣前發誓：有生之年不侵犯宋朝。

蕭峰這一行為出乎遼、宋兩方的意料之外。遼君以為他要叛國投敵；宋民以為他是棄舊投新。其實都不是，他在逼迫遼君發誓之後，自殺身亡了。自殺之前，對耶律洪基道：「陛下，蕭峰是契丹人，今日威迫陛下，成為契丹的大罪人，此後有何面目立於天地之間？」（第五十回）

——如果說他生前的行為不為雙方所理解。——他是為了天下百姓，為了國際主義及和平主義而犧牲的。這在當時，當然難以被理解。而小說中寫出這一形象，卻一點也不空洞。依據如上所述。

蕭峰成為第一大英雄，原因之一，就在於他做了別人所未做的事，甚至是別人難以理解之事：即幫遼，又幫宋；即不幫遼，又不幫宋。為的是天下百姓，卻不見諒於兩國朝廷。這是別開生面的一種英雄壯舉，超越了狹隘的民族主義觀點和立場。

蕭峰的英雄氣概，不僅是因為他有最後的英雄壯舉，實際上，他一出場就顯示出了與眾不同的英雄之氣，身形魁偉，酒量如海，濃眉方腮，樸實無華卻又英氣勃勃。他不愛結交那種為人謹慎、事事仔細盤算的朋友，也不喜歡不愛喝酒、不肯多說話、不肯大笑大吵之人。

同時還天生武勇，什麼武功到了他手上必能發揮到極至。再平凡的招式到了他手上也會顯示出非凡的威力。

進而，他更有一種「雖萬千人，吾往矣」的豪邁氣概，毫無畏懼，勇往直前；而未到盡頭亦永不言敗，更不放棄。

這幾乎是一個天生具有英雄氣概的人。於是，我們不能不想到：他是契丹人。他的胸口上刺著一頭狼；他的父親蕭遠山也正是一位豪邁慷慨之人。這是慕容博、慕容復所不能比的；也是虛竹、段譽所不能比的；其他的漢人英雄更無法與之相比。漢人中只怕沒有這樣天生武勇、生具英雄氣概的人。

通過蕭峰與中原漢人的比較（**包括與虛竹、段譽、吳長風、游坦之等人的比較**），我們沒法不承認：只有契丹人才有蕭峰這樣的英雄。

當然，也還要看到另一面，蕭峰的另一面是喬峰，即漢人的文化產物。在宋奚陳吳四長老誤信人言，圖謀叛亂之時，喬峰沒有處死他們，而是歷數他們的功勞，按幫規自己利刃插肩，以赦免四長老叛敵之罪。這種行為，是喬峰的行為，即漢人禮法與理智薰陶的結果。

對於少女阿朱，他之仁至義盡；只因她是與己齊名的慕容復家的丫鬟，又略受自己的牽累，便不惜冒著生命的危險，將她送到群敵聚會之處去求醫。如此大仁大義，當然也有漢人俠義精神的影響。以至於他父親對此大為不解，罵他：「你這臭騾子，練就了這樣一身天下無敵的武功，怎地去為一個瘦骨伶仃的女娃子枉送性命？她跟你非親非故，無恩無義；又不是什麼傾國傾城的美貌佳人，只不過是一個低三下四的小丫頭而已。天下哪有你這等大傻瓜？」（第二十回）

後來他自己也回答說：「喬峰以有用之身為此無益之事，原是不當。只是一時氣憤難當，蠻勁發作，便沒有細思後果。」（同上）

但這只是一種表面的解釋，他沒有想到，俠義的精神已經深入到了他的骨子裡了。這樣的事，俠義之人，份當所為。所謂已諾必信、不惜其軀是也，不單單是蠻勁發作而已。

中華民族是一個大熔爐。在中國的歷史上，不同民族文化的相互矛盾、親近、滲透、借鑒、交融，共同形成了中華民族的歷史。其中少數民族向漢族學習（如滿族——女真人努爾哈赤學習漢人的兵法；成吉思汗請長春真人丘處機前往傳授道家宗教及養生之術），以及漢人向少數民族學習（如戰國時趙武靈王變胡服、練騎射，唐代更是多種少數民族文化進入中原的鼎盛時期）都是正常的事。

漢族文化給少數民族以典籍智慧，少數民族文化給漢族以新鮮活潑的生命力，從而不斷推進歷史的發展；豐富中華民族的文化內容。這是現代人應有的常識。所以，金庸在寫《鹿鼎記》時，對其主人公韋小寶的民族，故意保密並弄出玄虛。她母親是漢人妓女，說她接待過滿、漢、回、蒙、藏各個民族的客人，那就是說，韋小寶既有漢人的血統（**母親**），又可能是滿、回、蒙、藏等民族的後代。

韋小寶的母親告訴他，「有個回子，常來找我，他相貌很俊，我心裡常說，我家小寶的鼻子生得好，有點兒像他」。又說：「那個西藏喇嘛，上床之前一定要念經，一面念經，眼珠子就骨溜溜的瞧著我。你這一雙眼睛賊忒嘻嘻的，真像那個喇嘛！」（**第五十回**）

韋小寶的身世之謎，一方面出自實際，他母親是妓女，且年輕時據她自己說又標緻得很，所以接待各民族的客人都是可能的。另一方面就是作者有意識的藝術塑造了。「鼻子像那個回子」、「眼睛像那個喇嘛」，表明這一個形象是多民族的骨血拼湊而成的。這當然是一種藝術的拼湊與創造，同時也有特殊的寓意。

在《鹿鼎記》中，作者還有意地借康熙之口，揭露明朝漢人皇帝的種種匪夷所思的言行，及讓人難以想像的腐敗劣跡，當然是要貶明揚清、貶漢褒滿、貶人家稱讚自己了。這是政治家常用的手段，本不足道。只是康熙所言，大抵上是真實，這就不能不認真對待了。

金庸將康熙的形象塑造成「第一英明聖主」，當然是有意而為、由衷之作。康熙的政治、軍事、文化思想與政策，以及統一中國、擴大版圖、簽訂第一份外交條約的內政與外交的業績實在是很了不起的。比起明朝的大部分皇帝，都要好得多。

康熙不僅主動學習漢族文化，而且還主動學習西洋文化，這在我國歷史上的君王之中可以說是第一人。

只可惜康熙沒能想到，他努力提倡並帶頭學習的漢族文化，慢慢地被漢族文化所同化了。同化之後的滿清文化，不僅逐漸失去了原有民族文化的特徵，更逐漸失去了原有的民族文化的生命活力。同漢人政權一樣，逐步地開始腐朽，以致於到最後簡直難以收拾。

康熙更沒有想到，他之開放海疆、與外交往、學習西洋文化，只是個人的聖明，他的後代不久就開始閉關鎖國，蔑視外夷，直至鴉片戰爭時西洋列強用炮火轟開中國的大門，使清朝政府措手不及，從此陷入危局之中，直至最後的滅亡。

對此，近代思想家有一個簡單的看法，以為中國的衰敗，全是滿清統治者的罪過。這恐怕有些片面，而且表面化了。

中國文明的衰敗，滿清統治者固是罪責難逃，但他們卻不見得是衰敗的根源。一種文明的衰落及一種文化的腐敗，有其更深遠的歷史原因。滿清政權同化於中華文化，實質上是以漢民族文化為主體，以漢民族的農耕文明為基礎，以漢民族政治體制及意識形態為框架，要分析歷史的原因，當從大中華文化、文明的發展與腐敗的根本規律中去尋求。這樣才能有益於現代、有惠於將來。

最後，金庸小說中有這種貶漢褒夷的審美傾向——這種傾向還不能說是一種自覺的、深刻的思想、理論，只能說是一種自覺或不自覺的、有意無意之間的審美傾向——有下列幾個原因。

一個原因是金庸必須面對歷史事實，這就是我們在前文中提到的，蒙古人為什麼會興起？女真人為什麼會興起？小說作家必須面對這樣的問題，並且作出回答。

按照常理去推斷，一個朝代被另一個朝代所取代，或一個民族的政權被另一個民族的政權所戰勝，常常只有兩個原因：一個原因是舊朝代、舊政權的腐朽；一個原因則是新政權的生命活力及措施得當，當然武力強弱也是一個必不可少的對比因素。但宋代以後的民族政權的更迭，政治的因素顯然比武力的因素重要得多。不然就難以理解為什麼滿清人一共只不過一百餘萬人，卻能統治百倍於己的漢人。蒙古人的興起亦如是。

面對這一歷史現象，我們要深入地探究，當然還要涉及農耕文明與遊牧文明的衝突；農耕文明的缺乏活力、安於現狀及遊牧文明特有的侵略性、掠奪性、進取心、團結奮鬥精神的對比；以及在傳統文明的格局之內，落後的文明常常戰勝先進的文明，如遊牧文明對農耕文明的侵伐及其勝利，便是一例。這樣深入的研討，並不是金庸小說的目的，我們也就不必在這裡多說了。

按照「成則王侯敗則寇」的思路——這是中國人的一條無可奈何的、只得「認命」的、已逐漸習慣的思路——金庸那樣去寫皇太極、寫成吉思汗、寫完顏阿骨打——都是可以理解的，這些人（**還包括忽必列、康熙**）若非「英明」，豈能興盛、勝利？

另一方面，這第二個原因，那就是金庸對中國文化，尤其是漢文化，又尤其是漢人政權及社會體制（限於金庸所寫到的宋以後）實在是反感、憤慨透了。所以大寫漢文化。漢人政權的腐朽的同時，不免將對方（特別是最終勝利了的對方）寫得、想得好一些，以便與己方的腐朽形成對比，更鮮明的對比。是所謂「哀其不幸，怒其不爭」。

進而，也可以說是第三個原因，是重點在對漢人歷史、政治、文化的反思和批判，而寫異族，只是作為對比，作為參考。這也是一種可以理解的、常規的方法。比如，《書劍恩仇錄》中的木卓倫部到底是哪一個民族？「偎郎大會」之有無？這並不重要，重要的是對比之下的漢人禮法及文化性格的真實性。

也就是說，金庸對少數民族的描寫，並非嚴格的寫實，而是明顯地運用浪漫主義的方法創作出來的。

例如《碧血劍》及《笑傲江湖》中對西南少數民族（苗族）及「五毒教」的描寫，就充滿了浪漫的氣息。其教主何惕守（《碧血劍》）及藍鳳凰（《笑傲江湖》）等都基本上是浪漫、單純、可愛的形象，這與漢人如溫氏五老、夏青青、夏雪宜，及岳不群、岳靈珊等等，形成了某種對比；有明顯的反差；而作者的用意，也正在於這種對比，以及這樣的反差。

金庸對漢人文化精神中的某些現象、某些習慣的反感是明顯的。當然，除了要表現作者的主觀情感態度之外，也有意增加藝術趣味，並且追求一定程度上的藝術真實。

這種對比及其描寫，只能作為一種審美傾向，而不能作為對漢文化的總結，或真正的學術意義上的比較文化分析與研究，這是不必多說的。因為這是小說，而且是以傳奇為特色和目標的武俠小說。

第十二章 生存

文化是人類生存和發展的物質和精神的積累，又是人類生存的一種背景與基礎，決定了不同的民族和個人的生活觀念及其生活方式。

金庸之所以說在康熙時代的中國，出現韋小寶那樣的人不是不可能的，其原因就在於一種文化背景和生活方式的吻合，其中有同一性及規律性的東西。

筆者之所以推崇《鹿鼎記》，認定它是金庸的小說的第一傑作，也是中國文學史上極少有的佳作，其原因就在於它寫出了韋小寶這一人物形象，堪稱中國文化的怪胎或精靈，揭示了人性及中國文化某種深刻的本質。

表面看起來，韋小寶是一個道地的傳奇人物，這有他的一系列傳奇的經歷可以證明。但是，透過韋小寶的一系列的傳奇經歷，我們不難看出他其實又是一個真正的凡俗人物：沒有超出常規的理想、信念；沒有什麼神奇的文才韜略；甚至也沒什麼神奇的武功；當然也沒有什麼不可捉摸的個性心理。他的一切都是極普通而又極真實的。

韋小寶的生活奇遇，除了一系列神奇的巧合之外，一方面是由他的生活態度與生活技能所決定的，另一面是由中國文化及其社會關係所決定的。進一步說，作者寫出他的生活中的一系列巧合，無非是要提供必要的故事情節以表現他特有的文化性格及中國文化及其社會心理的特徵。

韋小寶的個性及其生活中唯一重要的原則或本能，是「生存第一」。為了這一本能、原則或目的，他可以隨機應變，見風使舵，不講規矩，不講節操，不擇手段。然而在平常的時刻，在沒什麼生存危機的時刻，他又表現得很隨和、很講體面，也給人家留面子，講一點義氣，是一個很好相處的人。

韋小寶的與眾不同之處，是他出身於妓院之中，母親韋春芳是一個妓女。基本的生活雖有一定的保障（**只要他母親還能出賣色相換取金錢**），但在韋小寶而言卻也是付出一些艱辛的代價。那就是要學會奉承嫖客、老鴇、龜奴以換取生存的所需。

為了生存，說好話、說假話、說人家愛聽的話以討好人、奉承人，是他的日常功課。因而揣摩人的心思，看人的臉色，乃是他必備的本領。另一面，他在這樣一種特殊的生活環境中，能看到赤裸裸的人、真實的人生及本質的人性。「來的都是客」，有錢就能買到美色、歡娛、情意綿綿、情話連篇，無錢當然就要另當別論。

韋小寶的文化修養，首先是他的生存訓練。其次是他的生活歷練；再次是他喜歡到書場、賭館、戲院去，長了見識，練了本領。他的生活理想，一半是現實的幻想（**比如發了財要自己開幾家妓院**），一半是戲文評書中所傳播的英雄觀念。——揚州市上茶館中頗多說書之人，講述《三國演義》、《水滸傳》、《大明英烈傳》等等英雄故事。這小孩日夜在妓院、賭場、茶館、酒樓中鑽進鑽出，替人跑腿買物，指點油水，討幾個賞錢，一有空閒，便蹲在茶桌旁聽白書。他對茶館中茶博士大叔前大叔後的叫得口甜，茶博士也就不趕他走。他聽的書多了，對故事中英雄好漢極是心醉。眼見不平，也想充一充英雄好漢。——在韋小寶的時代，說書是一種重要的文化傳播媒介，歷史故事與經驗、文化觀念與價值、民間智慧與陰謀等等都在其中。後來的事實證明，韋小寶雖然不識字，但有這一番「學習」，作用極大。

韋小寶的傳奇經歷的開始，是出於一種從書上學來的「英雄俠義」的理想的摹仿。當江洋大盜茅十八在妓院中重傷之餘，連傷數人，使他心中仰慕，要去扶茅十八一把。並且書中英雄常說的話便也脫口而出：「他媽的，殺就殺，我可不怕，咱們好朋友講義氣，非扶你不可。」、「幹麼不講（義氣）？好朋友有福同享，有難同當。」（第二回）

說這話的時候，韋小寶並不認識茅十八，當然也不知道他是官府要抓的江洋大盜。韋小寶只是摹仿一種江湖俠義。一旦知道對方就是茅十八，而又知道揚州城裡貼滿了榜文，殺了茅十八者賞銀二千兩，通風報信者賞銀一千兩，韋小寶的「俠義」就受到了第一次考驗：

> 韋小寶心中閃過一個念頭：「我如得了一千兩賞銀，我和媽娘兒倆可有得花了，雞鴨魚肉，賭錢玩樂，幾年也花不光。」

見茅十八仍是側頭瞧著自己，臉上神色頗有些古怪，韋小寶怒道：「你心裡在想什麼？你猜我會去通風報信，領這賞錢？」

茅十八道：「是啊，白花花的銀子，誰又不愛？」

韋小寶怒罵：「操你奶奶！出賣朋友，還講什麼江湖義氣？」

茅十八道：「那也只好由你。」

韋小寶道：「你既信我不過，為什麼說了真名字出來？你頭上臉上纏了這許多布條，和榜文上的圖形全然不同了，你不說你是茅十八，誰又認得你？」

茅十八道：「你說咱們有福同享，有難同當。我倘若連自己姓名身分也瞞了你，那還算什麼他媽巴羔子的好朋友？」

韋小寶大喜，說道：「對極！就算有一萬兩、十萬兩銀子的賞金，老子也決不會去通風報信。」心中卻想：「倘若真有一萬兩、十萬兩銀子的賞格，出賣朋友的事要不要做？」頗有點打不定主意。（**第二回**）

韋小寶的真實性在於，他想學英雄、講義氣，但這是有限度的。有一千兩賞銀，就足以使當時的韋小寶心動，若有一萬兩、十萬兩，那就更讓他動心了。

這種俠義或情義的限度，韋小寶心裡總是有計較。當方怡、沐劍屏兩位美麗少女到皇宮之中，被他收留、搭救，韋小寶心花怒放，要她們做小老婆。但一旦遇到危險時，就想：「……挨到天明，老子便逃了出宮。那小郡主和方怡又怎麼辦？哼，老子泥菩薩過江，自身難保，逃得性命再說，管他什麼小郡主、老郡主，方怡、圓怡？老子假太監不扮了，青木堂香主也不幹了，拿著四五十萬兩銀子，到揚州開麗夏院、麗秋院、麗冬院去。」（第十一回）

再一個典型的例子，是方怡求他救一救她的心上人劉一舟，他卻趁火打劫，硬逼方怡答應做他的小老婆。若非以此為代價，這位「英雄」豈不是做了吃虧的買賣？這種事，韋小寶是不幹的。

韋小寶是一個功利主義者。凡事要對自己有一定的好處，至少是沒半點壞處，他才幹。這與真正的俠義精神、英雄氣概是背道而馳的。還有一個極端典型的例子，是他對阿珂這位少見的美女，表現出了少見的「鍾情」，同時也具有少見的「犧牲精神」，但目的卻很明確，是要娶她為老婆、佔有她的美貌和青春。第一次見面，他就心想：「我死了，我死了！哪裡來的這樣的美女？這美女倘若給了我做老婆，小皇帝跟我換位我也不幹。韋小寶死皮賴活，上天下地，槍林箭雨，刀山油鍋，不管怎樣，非娶了這姑娘做老婆不可。」（第二十二回）

與人談論，他倒也不隱瞞自己的觀點：「……不過我喜歡了一個女子，卻一定要她做老婆，我可沒你這麼耐心。阿珂當真要我種菜挑水，要我陪她一輩子，我自然也幹。但那個鄭公子倘若在她身邊，老子非給他來個白刀子進、紅刀子出不可……賠本生意，兄弟是不幹的。」（第三十三回）

韋小寶性格的另一個特徵，是主張為達目的可以不擇手段。

這在小說的一開頭就表現出來了。他幫茅十八打架，首先想到了買石灰撒人眼、買繩子絆人馬腿，或是由於不懂江湖規矩是不許用這些下三濫的手段，英雄好漢決不可這麼做；或是出於自己的經驗和本能、也限於自己的本領，只能這麼幹，也只會這麼幹。茅十八將他教訓了一頓，兩人發生了第一次正面衝突。但緊接著碰上清兵，茅十八身受重傷仍忍不住要大罵吳三桂，因而惹出了一場鬥殺，韋小寶這回又鑽到桌子底下去剁人腳板、小腿，雖說是幫了茅十八的忙，實際上卻是丟了茅十八的臉。所以事後茅十八大發雷霆，說他寧可給人殺了，也不願韋小寶用這等卑鄙無恥的下流手段來救了他的性命。書中寫道：

韋小寶這才明白，原來用石灰撒人眼睛，在江湖上是極其下流之事，自己竟是犯了武林中的大忌，而鑽在桌子底下剁人腳板，顯然也不是什麼光彩武功，但給他罵得老羞成怒，惡狠狠的道：「用刀子殺人是殺，用石灰殺人也是殺，又有什麼上流下流了？要不是我這小鬼用下流手段救你，你這老鬼早做了上流鬼啦。你的大腿可不是受了傷麼？人家用刀子剁你大腿，我用刀子剁人家腳板，大腿跟腳板，都是下身的東西，又有什麼分別？你不願意我跟你上北京，你走你的，我走我的，以後大家各不相識便是。」（**第二回**）

韋小寶這話雖是氣話、又似戲言，實際上是他的真心話。而且，這一段下流、粗鄙的話與堂皇、深奧的中國「兵學」正好合拍，兵家向來講究權謀，不擇手段，怎麼能勝就怎麼幹。火攻水攻、計戰間戰、伐謀伐交、圍魏救趙、借屍還魂……無不可用。所謂「運用之妙，存乎一心」，就是這個意思。

這也是中國社會及文化的一大特徵；那就是不存在什麼根本不變的法則，不存在大家都必須遵守的規範。

江湖義氣、江湖法則常常是約束一些人，而被另一些人利用的。茅十八思想簡單、性格耿直，遵守江湖規矩。可是他一輩子都沒有「出息」，連天地會都沒能加入，而韋小寶是「適者生存」，不僅成了朝廷的第一大紅人，而且居然還當了天地會的青木堂香主，當了陳近南的徒弟。兩種人兩種命運頗能說明問題。

更能說明問題的是，在幫助康熙擒殺大臣鰲拜之時，韋小寶正是利用「撒灰術」將鰲拜眼睛弄瞎了才得成功的。此役韋小寶立了首功，不但得到了康熙的嘉獎，且揚名天下。韋小寶的運氣也由此而來。這又怎麼說？

康熙不是江湖中人，可以不守江湖規矩，甚至也不一定知道什麼江湖規矩。他是皇帝、大政治家。韋小寶的行為非但沒使他生氣罵人，反得到了他的認可稱讚。韋小寶亦正是由此而登上中國政治、社會、文化的大雅之堂。

比起韋小寶後來的所作所為，撒灰之術，只不過是小小的把戲。比起中國政治歷史中的一些人的所作所為，韋小寶這種下三濫的手段亦至多不過是初級段位。

所謂「適者生存」，這是人類及生物界的一條法則。而中國有一句古語，是「識時務者為俊傑」，正是這條法則最好的注腳。

韋小寶成為一時之俊傑，天下第一奇人，朝廷第一紅人，並不是他命運有什麼異數，也不是由於他身懷異術。說穿了很簡單，是因為他要生存下去，必須識時務、適環境，隨機應變，如此而已。

韋小寶的生存本領，主要有以下幾個方面。

第一大本領，是揣摩人的心思，認清環境，再依據環境表明自己的態度，以與環境適應，由此成為「俊傑」。方法是摸清底細、靈活機動、隨機應變。

這樣的例子很多。他從小在揚州妓院中就學到了不少，來到皇宮，被迫在海太監手下裝扮起小桂子，就更要小心謹慎，識得時務。

他殺鰲拜，一無政治動機，二無個人恩怨，只不過康熙要他這麼幹，就非這麼幹不可。殺了鰲拜之後，被天地會群雄所擄，他不知真相，也就不開尊口，以為必死不可。後來大致上摸清了底細，才說出了自己的「政治動機」——這是可以隨時編造，以適應環境的——「鰲拜這奸賊做了不少壞事，害死了咱們漢人的無數英雄好漢，我韋小寶跟他勢不兩立。我……我好端端的一個人，卻給他捉進皇宮，做了太監。我恨不得將他斬成肉醬，丟在池塘裡餵王八。」（第七回）

若是換一個環境，他自會有另一套說辭出來，並且會同樣的義憤填膺，表現逼真。

韋小寶天生的會演戲，是一個表演天才。或者說是一個變色龍。他一生扮演了不少的角色：小太監、小英雄、小和尚、小侍衛、大將軍、宮廷弄臣、天地會堂主、神龍教令主、白衣神尼的弟子、俄羅斯公主蘇菲亞的情人、通吃島島主、台灣地方官員、清涼寺住持……這些五花八門的角色，他都能扮演得很好。其實沒哪一個角色是他自己選擇的，都是環境所迫，不得已而為之。而且沒一個角色與他真正的身分相符、個性相符，但他卻扮演得很好。

最典型的一例，是他扮演——這回是真正的扮演——吳三桂的侄兒吳之榮。那是他押著真正的吳之榮，要交給莊廷鑨一家的寡婦們，公報私仇，以買雙兒之好。不料半途碰上了華山派高手歸辛樹夫婦和他們的兒子。韋小寶若說對誰沒有好感，那就是大漢奸吳三桂了。可是這回碰上了幾個人似乎是吳三桂的朋友或熟人，怎麼辦呢？書中寫道：

> 韋小寶心想：「這兩個老妖怪，一個小妖怪……不，中妖怪，武功太強，老子是鬥不過的，好漢不吃眼前虧，只好騙騙他們。老子倘若冒充是吳三桂的朋友，諒他們就不敢為難我了。」
>
> 向吳之榮瞥了一眼，靈機一動，說道：「我姓吳，名叫吳之榮，字顯揚，揚州府高郵縣人氏。辣塊媽媽，我的伯父平西王不久就要打到北京來，你們要是得罪了我，平西王可要對你們不客氣了！」
>
> 老夫婦和那病漢大為驚訝，互相望了一眼。那病漢道：「假的！平西王

怎會有你這樣的侄兒？」

韋小寶道：「怎會是假？平西王家裡的事，你不妨一件件問我。只要我有一件說錯了，你殺我的頭就是。」……（第四十一回）

一開始還只想「拉大旗，做虎皮」，知道吳三桂已公開造反，聲勢浩大，想借平西王的名頭來嚇一嚇對方，不料對方真的與吳三桂有過交往。這一下韋小寶當吳三桂的侄兒可就當得更穩了，光當侄兒還不算，還要將姐姐「吳之芳」（當然是子虛烏有）嫁給吳三桂的女婿兼總兵夏相國。因為真正的吳之榮已被割了舌頭，有口難言。韋小寶扮演吳之榮便格外地放心大膽。

天地會中的徐天川等人豈能懂得這等「識時務為俊傑」的手段？只是在一旁乾瞪大眼，不知韋香主又有什麼高深的計謀。

韋小寶的第二大生存本領是善於與人拉關係。

這就更是中國特色了。

說起來，韋小寶出身妓院，是一個小流氓，一無身分，二無見識，既無關係可拉，也不懂得「人際關係」的重要性。所以當茅十八要他拜其為師時，他還怕吃虧，平白無故地低了一輩，不幹這等吃虧之事。但到後來，卻慢慢地學會了這一點。

這一點是朝中大臣索額圖及王爺康親王等人教他的。

鰲拜被擒，康熙派大臣索額圖去抄他的家，由韋小寶陪同去取《四十二章經》。

索額圖明白眼前這小桂子是皇上跟前十分得寵的小太監，救駕擒奸，立有大功，心念一轉，便已知道：「是了，皇上要給他些好處。鰲拜當權多年，家中的金銀財寶自是不計其數。皇上派我去抄他的家，那是最大的肥缺。這件事我毫無功勞，為什麼要挑我發財？皇上叫小桂子陪我去，取佛經為名，監視是實。抄鰲拜的家，這小太監是正使，我索某人是副使。這中間的過節倘若弄錯了，那就有大大不便。」（**第五回**）於是就有了下面一場戲：

索額圖笑道：「桂公公說哪裡話來？皇上差咱哥兒倆一起辦事，你的事就是我的，哪裡還分什麼彼此？我如不當桂公公是自己人，這番話也不敢隨便出口了。」

韋小寶道：「你是朝中大官，我……我只是個小……小太監，怎麼能跟你當自己人？」

索額圖向屋中的眾官揮了揮手，道：「你們到外邊侍候。」眾官員躬身道：「是，是！」都退了出去。

索額圖拉著韋小寶的手，說道：「桂公公，千萬別說這樣的話，你如瞧得起我索某，咱二人今日就拜個把子，結為兄弟如何？」這兩句話說得甚是懇切。

韋小寶吃了一驚，道：「我……我跟你結拜？怎……怎麼配得上啊？」

索額圖道：「桂兄弟，你再說這樣的話，那分明是損我了。不知什麼緣故，我跟你一見就十分投緣。咱哥兒倆就到佛堂之中去結拜了，以後就當真猶如親兄弟一般，你和我誰也別說出去，只要不讓別人知道，又打什麼緊了？」緊緊握著韋小寶的手，眼光中滿是熱切之色……（**第五回**）

索額圖當然是在演戲。他根本看不中韋小寶這個人，但卻看中了他的地位。眼見鰲拜已倒，朝中掌權大臣要盡行更換，這次皇上對自己神態甚善，看來指日就要高升。在朝中為官，若要得寵，自須明白皇帝的脾氣心情。這韋小寶朝夕和皇帝在一起，只要他能在皇帝面前說自己幾句好話，便已受益無窮。就算不說好話，只要將皇帝喜歡什麼，討厭什麼，想幹什麼事，平時多多透露，自己辦起事來自然事半功倍，正中皇帝的下懷。

索額圖生長於官宦之家，父親索尼是顧命大臣之首，素知「揣摩上意」是做大官的唯一訣竅，而最難的也就是這一件。眼前正有此良機，只要能將這個小「太監」好好籠絡住了，日後封侯拜相、飛黃騰達，均非難事。所以他靈機一動，要與韋小寶結拜兄弟，且表現出熱切真誠的樣子。

中國自古有「朝中無人莫做官」的古訓，意思是怕關係網不夠。韋小寶這假太監，又如何能懂得這個？是以索額圖要與他結拜兄弟，一開始他還誠惶誠恐，甚至壓根兒不敢相信。

可是天長日久，他慢慢地就懂了。莫說是大官索額圖，就是王爺，如康親王，也一樣要拉韋小寶這個關係，見面後就說：「桂公公，咱倆一見如故，我廄中養得幾匹好馬，請你去挑選幾匹，算是小王送給你的一個小禮如何？」韋小寶說不敢領受王爺賞賜，康親王又說：「自己兄弟，什麼賞不賞的？來來來，咱們先看了馬，再回來喝酒。」（**第七回**）——王爺也成了韋小寶這「小太監」的「自己兄弟」！

韋小寶並不笨，如何不知內情？搞好人際關係，對自己對別人都有好處，又如何不幹？

韋小寶在這一方面是一點就透。將索額圖、康親王等朝廷政治官員的「關係學」迅速地發揚光大，建立了自己的關係網，並且還獨創出一套保護自己兼獲得利益的「攀親拜師結義之術」。細說起來，可以一分為三。

一是「攀親」，典型的例子是他與前明宮女陶紅英拉關係，先喊她為「媽媽」，實際上是罵她為妓女（**因為他的母親正是妓女**），後來則拜她為「姑姑」，這才真正的拉上了親戚關係。

「拜師」，也成了他與人拉關係的一種手段，拜太監海大富為師固然是相互利用，拜陳近南為師則是順水推舟；而拜獨臂神尼為師，則是一為保住自己的小命。二是與她套關係，得知她還是阿珂的師父，那就更是把與獨臂神尼的師徒關係當成是接近美女阿珂的一種途徑。他拜康熙為師時，則純粹是與這位少年天子拉關係，原先是「朋友」，平起平坐，但康熙年歲漸長而威權漸重，韋小寶知趣地將自己的身分壓低一輩，自覺地當起「徒兒」來了。再拜神龍教主洪安通及他的夫人蘇荃為師，學得「英雄三招」與「美人三招」，武功還罷了，主要是一種關係，和一種身分。韋小寶並不是隨便向人拜師的，少林寺的澄觀和尚武功高深、見識廣博，但韋小寶卻絲毫沒有向他拜師的意思，只是利用師叔的身分，逼澄觀創出「速成武功」來。

攀親、拜師之外，就是結拜兄弟了。

韋小寶學來這一手，在關鍵的時刻還真頂用。西藏喇嘛桑結及蒙古王子葛爾丹兩人本來對韋小寶恨之入骨，一心要殺他而後快。因為韋小寶不僅殺了桑結的數名師弟，而且還傷殘了桑結本人的十隻手指，進而還破壞了桑結、葛爾丹等人與吳三桂的密謀。

韋小寶面對危局，權衡利害，揣摩人心，以利相誘，投其所好，居然將桑結、葛爾丹兩人說得轉怒為喜，而且眼界大開。韋小寶答應回北京去勸皇帝封桑結為西藏第三大喇嘛，封葛爾丹為「整個兒好」（準噶爾汗），條件是與他韋小寶結拜兄弟。結果三人真的結拜了，桑結居長，葛爾丹居次，韋小寶居末。一個喇嘛、一個王子、一個小太監，這 樣成了結義兄弟。韋小寶度過了危局，轉不利因素為有利因素。

韋小寶與人拉關係，當然不止以上三種方法手段，也不僅是應變危局的手段形式，而是功夫做在平時。在平時，他不論是見了皇宮衛士、大小太監，還是見了天地會青木堂中兄弟和神龍教白龍令下的「同志」，總是要大撒銀票，以至於「錢能通神」，韋小寶所到之處，一片歡迎與熱愛。

哪怕是對於敵人，他也一般不將事情做絕了。韋小寶自幼在市井中廝混，自然而然的深通光棍之道，凡事給人留三分餘地。市井間流氓無賴儘管偷搶拐騙，什麼不要臉的事都幹，但與人競爭，不到萬不得已，不會把事情做絕。妓院中遇到癡迷的嫖客，將攜來的成千上萬兩銀子在妓院中散光，老鴇還是給他幾十兩銀子的盤纏，以免他流落異鄉，若非鋌而走險，便是投河上吊。那也不是這些流氓無賴或老鴇良心真好，而是免得把事情鬧大，後患可慮。

韋小寶與人賭錢，使手段騙乾了對方的銀錢，倘若贏他一兩，最後便讓他贏回一二錢；倘若贏了一百文，最後總給他翻本贏回一二十文。一來以便下回還有生意，二來教對方不起疑心，又免得他老羞成怒，撥出老拳來打架，弄出禍事。

在《鹿鼎記》中，韋小寶做得較漂亮的一件事，是康親王請客，將吳三桂之子吳應熊帶的十六位隨從欺負了，讓手下武士將對方武士的帽子全都打落，韋小寶對平西王府中人素來並無好感，從朝廷到天地會的不同身分，平西王府都是對頭，但韋小寶卻親自將地上的帽子一一撿起，給對方武士們戴上，還問康親王要錢，送了對方一人一頂帽子。這樣一來，不僅吳應熊手下人人對韋小寶感激不盡，而且連康親王本身也非感謝他不可。因為康親王本人也覺得事情有些過火，但要出口道歉，卻又辦不到，韋小寶這麼一來，真是深得其心。（**事見小說第十回**）

對人不把事情做絕，留下後路，大家好走，韋小寶這麼做，果然有豐厚的回報。雲南平西王府的武士楊溢之對韋小寶感激涕零，以後多次幫助韋小寶應付危局。

韋小寶拉關係的另一方法是有好處大家得，雖然說不上利益均霑，卻一定是見者有份。這不僅是江湖規矩，更是官場的風氣。典型的例子有以下一段：

韋小寶道：「兄弟明日就得回京，叩見皇上之時，自會稱讚二位是大大的好官。只不過二位的官做得到底如何好法，說來慚愧，兄弟實在不大明白，只好請二位說來聽聽。」

撫藩二人大喜，拱手稱謝。慕天顏便誇讚巡撫的政績，他揣摩康熙的性情，盡揀馬佑如何勤政愛民、宣教德化的事來說，其中九成倒是假的。只聽得馬佑笑得嘴也合不攏來。接著慕天顏也說了幾件自己得意的政績，雖然言辭簡略，卻都是十分實在的功勞。

韋小寶道：「這些兄弟都記下了。還要再加上一件大功勞，吳逆造反，皇上痛恨之極，這吳之榮要作內應，想叫江蘇全省文武百官一齊造反，幸虧給咱們三人查了出來。這一奏報上去，封賞是走不去的。兄弟明日就要動身回京，就請二位寫一道奏章吧。」

撫藩二人齊道：「這是韋大人的大功，卑職不敢掠美。」

韋小寶道：「不用客氣，算是咱們三人一起立的功勞好了。」

慕天顏又道：「總督麻大人回去了江寧，欽差大人回奏聖上時，最好也給麻大人說幾句好話。」

韋小寶道：「很好。說好話又不用本錢。」（第十回）

「說好話不用本錢」，惠而不費，這是韋小寶的心裡話，也是官場、民間、江湖的共同規則，叫做「花花轎子抬人」。

像這樣的事，韋小寶幹了不少，而且做起來也越來越精，常能一箭雙雕、一石三鳥。比如抓吳之榮這件事，原本是為了救顧炎武等人、保吳六奇，算是天地會的大事，定能使陳近南高興萬分，顧炎武感激涕零。但這還不夠，韋小寶乾脆想出「反咬一口」之計，讓吳之榮背上隨吳三桂造反的黑鍋，又使自己處置吳之榮不但無過，反而有功，且使慕天顏、馬佑等人也一同「立功」。

此外，這裡還有一個小小插曲，是韋小寶的丫鬟雙兒認出了吳之榮正是告密莊家《明史輯略》的人，是莊家的大仇人，因而求韋小寶給她做主，她要殺了吳之榮為莊家一家人報仇。韋小寶明明與雙兒志同道合，卻不說破，即使雙兒不求他，他也要辦吳之榮。而雙兒一說，他反而顯出十分為難的樣子，讓雙兒大大地見他的情。於是有下面的一場戲，韋小寶對雙兒道：「好！是我的雙兒求我，就是你要我殺了皇帝，要我自殺，我都依你的，何況一個小小知府？可是你得給我親個嘴兒。」又說：「倘若你此刻殺他，這仇報得還是不夠痛快，我讓你帶他去莊家，教他跪在莊家六位老爺、少爺的靈位之前，讓三少奶奶她們親手殺了這狗頭，你說可好？」（第四十回）這樣一來，單純的雙兒，感動得無以復加，以為這是韋小寶天大的恩德，其實不過是一個順水人情。韋小寶用以收買人心。

關於韋小寶善拉人際關係這一生存本領，我們已說得太多了。但這是中國文化的一個關鍵，也是韋小寶的性格及命運的核心，不得不多說幾句。實際上，韋小寶這方面的例子還有很多很多。《鹿鼎記》這部書是韋小寶的傳奇，其實又是「韋小寶人際關係術」。

韋小寶的生存本領，第三種是諂諛奉承、溜鬚拍馬。

關於這一點，我們在以前的書中，在這部書的其他章節中已說了不少。這裡就不必再舉例了。韋小寶未必是「天生的奴才坯子」，也未必是「當奴才真舒服」，而是一種生存需要。因為當奴才有當奴才的好處，可以升官發財、飛黃騰達，更不必說生活保障、封妻蔭子了。如此好事，何樂而不為？這也是中國歷史數千年奴才不絕如縷的根本原因。或者說，這是一種文化特產。

當奴才溜鬚拍馬，這其實是「關係學」中最重要的一條法則，同時也是「適者生存」最根本的一條規律。不僅對康熙皇帝屢試不爽，對神龍教主洪安通具有奇效，即使是對獨臂神尼這位前明公主，乃至對陳近南這樣的江湖豪傑，都有很大的作用。只要社會上有上下尊卑，而中國人還是一慣好體面，這種吹捧溜拍就不會失去市場，所謂千穿萬穿，馬屁不穿。這不僅關乎文化，亦關乎人性。韋小寶在這一方面可謂爐火純青，書中例子隨處可見。

再說韋小寶的第四項生存本領，是賭。這不僅是說韋小寶會賭錢，喜歡賭錢，而是指韋小寶在其生命歷險過程中，在環境不明朗的情況下，有一種賭性，善於押寶，並且有一種賭徒心理，以及賭徒的氣度。

這是揣摩人意、適應環境之術的一個小小的分支。

韋小寶的運氣也並不總是奇佳，有時會碰見情況不明的時候，一時難以作出恰當的抉擇。這時的韋小寶就顯出了他的「英雄本色」，即大膽地押寶，豪賭一場。比如他在赴山西五台山的途中，經過莊家的鬼宅時，就碰到了這種情況，一個女人冷冰冰地說道：「我不是鬼，也不是大丈夫。我問你，朝中做大官的那個鰲拜，真的是你殺的麼？」——

> 韋小寶道：「你當真不是鬼？你是鰲拜的仇人，還是朋友？」他問了這句話後，對方一言不發。韋小寶一時拿不定主意。對方如是鰲拜的仇人或「仇鬼」，直認其事自然是妙，但如是鰲拜的親人或「親鬼」，自己認了豈不糟糕之極？突然之間，賭徒性子發作，心想：「是大是小，總得押上一寶。押得對，她當我是大老爺，押得不對，連性命也輸光便是！」大聲說道：「他媽的，鰲拜是老子殺的，你要怎樣？老子一刀從他背心戳了進去，他就一命見閻王去了。你要報仇，儘管動手，老子皺一皺眉頭，不算英雄好漢。」
>
> 那女子冷冷的問道：「你為什麼要殺鰲拜？」

韋小寶心想：「你如是鰲拜的朋友，我就把事情推到皇帝身上，一般無用，你也決計不會饒我。我這一寶既然押了，老子輸要輸得乾淨，贏也贏個十足。」大聲道：「鰲拜害死了天下無數好百姓，老子年紀雖小，卻也是氣在心裡。偏巧他得罪皇帝，我就乘機把他殺了。大丈夫一身做事一身當。我跟你說，就算鰲拜這個狗賊不得罪皇帝，我也要找機會暗中下手，給天下受苦受難的百姓報仇雪恨。」

這句話是從天地會青木堂那些人嘴裡學來的。其實他殺鰲拜，只是奉了康熙之命，跟「為天下百姓報仇雪恨」云云，可沾不上半點邊兒。

韋小寶身子搖了幾下，但穴道被點，動彈不得，心道：「他媽的，骰子是搖了，卻不揭盅，可不是大大的吊人胃口？」

先前他一時衝動，心想大賭一場，輸贏都不在乎，但此刻靜了下來，越想越覺剛才跟自己說話的是鬼而不是人。她是女鬼，鰲拜是男鬼，兩個鬼多半有點兒不三不四，他們倆才是「自己鬼」，跟我韋小寶是「對頭鬼」，這可大大的不對頭了。

兩扇門被風吹得砰砰作響，身上衣衫未乾，冷風一陣刮來，忍不住發抖。

（第十六回）

這是一個極恐怖的場景。韋小寶飽經恐懼。這樣的場合，實在不賭不行。幸虧老天保佑，韋小寶這次寶又押對了。

這種賭徒心理，不僅是韋小寶這種小流氓的個人心理。其實在中國歷史上，尤其是中國政治生活中，人們經常會碰到這樣的局面，唯有押寶。或因為成敗未分，或因為路線不明，或因為君王之意莫測高深……總之是非賭一把不可。中國歷史上，一向不乏各式各樣的賭徒，韋小寶只不過是其中一個罷了。

韋小寶的第五種生存本領是騙，即說謊。這與賭是連在一起的。所以說「十賭九騙」。

說謊與欺騙，當然也不只是說賭博出老千殺羊牯騙人，而是指在人生世界的其他方面，賭心與騙術亦緊密相連。二十世紀的歷史人物林彪有一句名言，「不說謊話辦不成大事」，這大約是經驗之談。林彪也賭，只是輸了。

韋小寶的說謊，與他的「識時務」、「拉關係」、「變角色」、「善逢迎」都有關係。上面這幾條，其實都離不開騙，離不開說假話、說謊話。這也是生存需要。說假話、說謊話是一種自我包裝的必要形式，也是自我保護的有效手段。韋小寶說他殺鰲拜不假，但說是「為天下百姓報仇雪恨」卻是謊話，他需要這種包裝。

做中國人，最重要的就是包裝。而做像韋小寶這樣的人，更需要包裝，且不時需要依據環境而換包裝。這樣，不謊不騙，不說假話是不成的。那樣非但辦不成大事，而且恐怕還要丟掉小命。《鹿鼎記》的開頭，韋小寶一出場，茅十八給他取了一個匪號，叫「小白龍」，意思是說他水底功夫十分了得，而地上功夫卻不行，這是一種包裝，當然也是假話。

小說的結尾，說康熙在「聖旨」中表彰韋小寶殺了陳近南、滅了天地會——這是假話——又是康熙強加於韋小寶的一種包裝：要他成為真正對朝廷忠心不二的人物。讓江湖中人，尤其是天地會的人痛恨韋小寶去。可見茅十八這樣的江湖豪傑也說謊；康熙這樣的「聖明之主」亦故意說假話，而且還說得十分高明，比韋小寶要高明得多。

這就難怪韋小寶這個小流氓、小混混說謊騙人了。他要混，而且混到朝廷、官場、江湖、民間各個社會層次，各個社會領域，不說假話，不撒謊騙人，不弄虛作假，那就寸步難行。

其實小說一開始就表現了韋小寶做假的本領。韋小寶送茅十八到揚州郊外得勝山，有兩個探子跟來被茅十八發現。探子拚命逃走，當然是一保命二報訊。茅十八急得沒法，韋小寶突然大哭大叫「你怎麼死了？」那二人聽韋小寶哭得極像，跑了回來想撿便宜，結果被茅十八殺了。茅十八問韋小寶怎麼哭得那麼像？韋小寶笑道：「要裝假哭，還不容易？我媽要打我，鞭子還沒上身，我已哭得死去活來，她下鞭時自然不會重了。」（第二回）韋小寶裝假的本領，也是在生活中練出來的本領。

不過比起江湖上的人及官場中的人，韋小寶一開始還是小巫見大巫。韋小寶騙人只是小騙，謊話也只是小謊。而索額圖去抄鰲拜的家，將二百一十幾萬兩銀子，「抹」掉了一百萬兩，弄得韋小寶大吃一驚，這才大開眼界。又如天地會中的錢老本用一口豬裝著沐劍屏送進皇宮，給韋小寶囚禁，過一段時間又送一口真正的活豬進宮，將上一次的豬中藏人之事堵得滴水不漏。這也使韋小寶印象深刻。

不過論隨機應變、信口雌黃、謊話連篇，韋小寶久經歷練，倒也自成一家。沒有這種本事，他不會如此順利地化險為夷而又大得人緣。韋小寶說謊話，例子是極多。他自悟自創的經驗，有以下若干條：

（1）「要騙得人家心裡話，總得把自己最見不得人的事先抖了出來」。這是說謊的要求，是假中藏真，真中有假。例如韋小寶對陶宮娥說出自己的母親是妓女一事，使陶宮娥大為感動，從此韋小寶就說天是綠的，陶宮娥當照信不誤。

（2）能不說謊時最好不說謊，非要說謊不可，那就理直氣壯。說得對方不敢不信。若是被人抓住漏洞、難以自圓其說之時，往往大笑一場，令對方覺得定是自己說話大錯特錯、十分幼稚可笑，心下先自虛了，那麼繼續圓謊之時，對方便不敢過份追逼。如韋小寶騙神龍教中的章老三。（第十六回）

（3）說謊要求三分實、七分虛，細節處越細越好，大架子卻是虛言搭建。如韋小寶騙獨臂神尼。（第二十五回）……

韋小寶的騙術及其方法技巧，我們無須在此一一總結。只須說明韋小寶一生的際遇，有很重要的一部分是靠他的謊話騙人而逢凶化吉的。倒並不是韋小寶天生就愛說謊話、假話，而是——往往是——環境所迫，不說不行。以上我們所說的韋小寶的種種生存的本領，無一不是環境的產物，因而我們說韋小寶乃是中國文化孕育出來的怪胎精靈。

在韋小寶而言，這些都是生存本領，生活經驗，是生存之中不可缺少的東西。是一種特殊的「通行證」。

反過來看，韋小寶在小說中處處化險為夷、遇難呈祥，四通八達、左右逢源，無一不是表現了中國文化的特色。

韋小寶不過是一個混入皇宮的假太監，只因得寵於皇帝，索額圖、康親王這樣的大官貴族居然要與他結拜兄弟。

韋小寶在妓院中學到的那一套阿諛逢迎的本領，沒想到在皇宮、朝廷、官場、江湖處處通用。

韋小寶明明是一個假和尚，只因是皇帝派他到少林寺出家，少林寺的和尚便認定他是少見的得道高僧。並覺得他深得禪機。

韋小寶明明是滿清的奴才，只因他殺了鰲拜，天地會總舵主居然收他為徒，並讓他當青木堂的香主。

韋小寶實在是口是心非，但神龍教主洪安通卻任命他為白龍令主，兼五龍令使者。直至韋小寶帶兵滅了神龍教，洪安通仍是捨不得將他處死。

韋小寶明明是一個貪官，但台灣的百姓卻對他大有好感，並真誠的懷念，將他當成少有的清官。

韋小寶明明是三心二意，想腳踏兩隻船，康熙仍是讓他戴罪立功，要他一心一意地輔佐朝廷。

韋小寶明明是一個不學無術的小流氓、小無賴，但顧炎武、黃宗羲這樣一些飽讀文史的思想家、大學者卻要勸他做皇帝，以便反滿復漢！……

為什麼會這樣？

每一個問號的背後，都藏伏著中國文化之謎。只要順此思路去想，當不難找到答案。有些問題我們在其他的書，以及本書的其他章節中已經分析過了。是以不必多說。

韋小寶原本無心，只圖生存第一。但命運讓他有這麼一番奇遇，他只有適者生存，並且確實憑著本能，發現或創造了——中國人及其歷史的——生存哲學。

《鹿鼎記》敘述了韋小寶的人生奇遇，目的正是要揭示歷史的真相。作者寫出這一人物的命運奇觀，正是要展示中國文化的奧秘。這不難理解：性格決定命運，而（**文化**）環境則孕育和塑造性格。因而，我們順著傳奇故事——人物命運——人物性格——文化環境，這樣的思路，便能看到「金庸小說與中國文化」的聯繫及其核心與關鍵。

結語

「金庸與中國文化」是一個極大的題目。在這一本書中是難以徹底地明其究竟的。反正文章做不完，所以在這裡要結束這本書，也就沒什麼。

在下卷的小引中，筆者曾說，本書只是我的一種讀解，受到主觀的理念、才能、學識的限制，只能是這樣。實際上，讀是讀了，而且讀了很多遍，但說到「解」，卻很沒把握。

在《文化精神論》中，還少了一大章，那就是《玄虛》，這也是中國文化精神的一個重要的特徵，與「功利」恰成對照，而且與武俠小說又關係極深。因為說起來，武俠小說也是「談玄弄虛」，正是「玄虛傳統」的嫡系。

文化精神的玄虛特性及其傳統，其真正的源頭，是上古之人對於宇宙、生命這些問題的思考。宇宙的由來，生命的存亡生死，這兩大問題圍繞著全人類。人們不斷地尋求這一問題的答案。這些問題本身就有些玄（**如宇宙起源及真相**），又有些虛（**如人之死亡**），對於上古之人，更是如此。

可是中國人發明了《易》，包括了「河圖」（天文）「洛書」（地理）以及人間萬物，創造了一個令人驚訝的周密體系，將天、地、人、物乃至古往今來全都「包」了進去。

這一思想體系，固然有價值、有道理，對於古代之時，算是最了不起的創造性的思維。西方人說中國人不會抽象思維，《易》正可以給其一大耳光。《易》發現了自然的規律，是在不斷的運動與變異之中。

但若說《易經》包含了一切——至今仍有人這麼認為——卻又有些不大對頭。其中的概念、判斷、推理等等，固然有經驗的積累及思想的發掘，但也是「想當然」的成份在裡面。

所以，老子說「道，可道，非常道；名，可名，非常名」。中國人的思維習慣，是重視直覺和參悟，但中間省略了論證的過程。你說它不對，固然要冒險；你說它對，則要冒更大的風險。老子很了不起，可是他的學說，也有一些「想當然」的成份在裡面。且不說他發明的「道」如何理想化，他的文章中的大量的排比，其實有偷換概念的成份。

老子說「玄而又玄，眾妙之門」。這句話當然——在哲學上——是極有道理的。可是「玄」之誕生，固然鍛煉了中國士子文人的思維，但卻也將不少人引入了歧途，談玄弄虛之風，從此不絕。

最典型的例子，是後代的中國禪宗。無論是「漸悟」還是「頓悟」，其中都有玄虛的成份在裡面。「我悟了」，誰知道？悟了什麼？這個問題，有些像莊子與人的一段辯論：「子非魚，安知魚之樂？」又「子非我，安知我不知魚之樂？」禪宗的形成，當然是有極大的道理。正如老子的哲學，是對人類的巨大貢獻。其中僅是對「語言」本身的關注與懷疑，就是西方人在兩千幾百年後才知道的。禪宗「不落言詮」，好處是「真如」被「心證」。壞處也在這裡：它不能傳播，甚至也不能論證——既不能證偽，也不能證實——只能是「禪」而已矣。這是中國玄學精神的一大變種。

再說虛，那就更是等而下之。簡單地說，是半懂半不懂的人也說「我悟了」，這怎麼辦？我看了一本《禪宗語錄》，一半以上莫名其妙，固然有我不悟不通，但也有傳統的故弄玄虛。今日我們的生活之中，故弄玄虛之風又盛。

所謂玄虛，在我這裡，是指想當然、以及故意神化、極度誇張，乃至故弄玄虛、不懂充懂。

老百姓的玄虛意識，來源於無知。

比如文字的創造，這是一個漫長的過程，但中國人卻說是黃帝的史官倉頡創造的。這倒也罷了。又說倉頡造字之時「天雨粟，鬼夜哭」，這就乖乖不得了，玄虛之極矣。

孔子不說「怪力亂神」，固然很了不起，但他的學說中，也有虛的成份。

金庸的小說很少有巫術迷信，可是卻大弄玄虛。金庸小說中的琴、棋、書、畫以及武功心法，大多有玄虛的成份。最典型的例子，如《倚天屠龍記》中的崑崙三聖何足道彈琴集鳥、百鳥朝鳳；《天龍八部》中段譽的「六脈神劍」居然還可以使酒水外流，這樣的例子簡直多極了。金庸固然不講什麼迷信，但他的創造本身就包含了玄虛，再加上誇張——而且作者加上一些看似合理的解釋，變成「合理的誇張」——就更加玄虛了。這真使人不能不信（**因為有「合理」的一面**），更不能全信（**因為有玄虛**）。就如「百花錯拳」，正是「似是而非」。小說中的「神醫」更是乖乖不得了。

這些都滲透了，也表現了中國文化的玄虛精神及其傳統。

「好奇」是人類的共性，但「信奇」（**相信奇蹟並期望奇蹟，將其當真**）卻是中國人特有的一種文化傳統。不能說「奇蹟」都是虛假的，但相信任何奇蹟並普遍期待奇蹟卻是一種文化心理的痼疾。

在藝術上，在哲學上，還牽涉到一個「真善美」的標準問題——我們的傳統，是追求「盡善盡美」，卻有意無意地將「真」字忘到了一邊。這種傳統，絕非偶然。因為中國人對待真假之辨，向來包含了玄虛之思。說得簡單一點，是以善、惡代之，以美、醜代之，以利、害代之。在理論上，卻又講「陰陽相生，五行生剋，兩儀互補，矛盾轉化」，其中固然有認識矛盾的真理的成份，卻又有混淆是非、不分黑白的弊病。這其實是玄虛的惡果。在認識論、方法論、世界觀、人生觀等方面，都有玄虛精神成份在內。

這至少有兩種惡果，一是科學發展被阻遏，二是文化知識的普及被阻遏。

在本書中，我們沒有寫《玄虛》一章，是因為這個問題實在太複雜了，分寸不當，便會差之毫釐、失之千里，對於傳統文化及其傳統文化精神，還必須做大量的、深入的研究和分析。另一個原因，是金庸小說的傳奇性，從主觀上說，固然有極弄玄虛的成份，但從客觀上講，它是一種藝術的假定情境，何必當真？再進一步，金庸小說的寓言體系，又畢竟是借了玄虛傳奇的手段，追求著求真求實的審美目標。

所以，我們只能在這一結語中提出這一問題，供讀者、研究者參考。

此外，還要最後說明的一點，是中華五千年文明，不僅歷史悠久，而且包蘊十分豐富複雜。中國文化簡直不能作為一個題目來說，因為這是一種極其複雜的物件，且具有我們知道的巨大的包容性、矛盾性、差異性，不同的時代、不同的地域，乃至不同的學說、不同的觀念與精神都共存於五千年的文明歷史之中。

它本身也在不斷的發展、淘汰、衝突、建設、積澱。對於這麼一種複雜的共同體，要一言以蔽之，固然是天狗食日；而要分出一些題目來談，依然有盲人摸象之憂。

再說金庸小說是傳奇之作，其中固然有對「中華文化」的部分讀解與表現，但也含有明顯的想像與虛構。我們對金庸的讀解，就中國文化而言，無疑是「讀解的讀解」，要受到雙重的限制。金庸小說也是一個大題目，且也是一種「不規則多面體」，我們要從中抽出一些題目來進行分析、研究、論證，固然有其必要性，可以深入、細緻，但也容易失之偏頗、失之片面。

在未找到更好的、更周全的方法之前，我們只能這麼幹。這是沒有辦法的事。雖然明知道這種「讀解的讀解」，弄不好會導致一些誤讀與誤解，但作者糊塗膽大，就這麼寫了。好在金庸小說擺在那兒，中國文化更是不會消亡，即使有些誤讀誤解，也不可怕。人類（包括中國人）對中國文化的誤讀、誤解還少嗎？對金庸小說就不必說了。而中國文化及金庸小說都存在著，對於一切意見，都笑納了。

這本書就要結束了，而「金庸小說與中國文化」這個題目卻還可以再研究、再討論。這本書就算是一個長長的引言吧。

後記

這本書曾以《金庸小說與中國文化》和《文化金庸》等書名由大陸的百花洲文藝出版社和台灣的雲龍出版社（知書房）出版過。

當年的後記中有這樣的話：「金庸小說與中國文化」這個題目，是我在很多年以前，開始讀金庸小說時就產生了。後來擬報「金學研究系列」也將其列為重點題目。想得很早，而完成得很晚，是因為這題目太大，又太難。現在寫出來，尚不能說將這道題目做好了，編目、體例、引述、論證，都還有這樣或那樣的問題，筆者學力不夠，也就只能如此。

現在重新校對這部書，感覺還是一樣。

要說有啥變化，那是更感到自己當年的糊塗膽大，明明學力不夠，居然還要做這個大題。現在重讀這本書，有些地方讀起來簡直讓我汗顏，心想若重新寫過，或許會有若干起色。要不要改？這是一個問題，為此我曾猶豫再三，最後還是決定保持原貌，即並沒有對這部書進行大規模的修訂，最多不過是在一些地方做些細微的修改，例如刪除一些文字和標點符號，給一些含混不清的句子或詞語換上比較準確的說法，如此而已。

決定不改，一方面是因為近期實在抽不出大段的時間，拖得時間太長則又怕影響出版社的編輯和出版計畫；另一方面，則是覺得，保持原先的面貌也有好處，當年的金庸小說評論和分析，就是這樣一個水準。讓它保持原貌，也算是留下一份見證。

陳墨文化金庸(下)

作者：陳墨
發行人：陳曉林
出版所：風雲時代出版股份有限公司
地址：10576台北市民生東路五段178號7樓之3
電話：(02) 2756-0949
傳真：(02) 2765-3799
執行主編：劉宇青
美術設計：吳宗潔
行銷企劃：林安莉
業務總監：張瑋鳳

初版日期：2021年8月
版權授權：陳墨
ISBN：978-986-352-975-0

風雲書網：http://www.eastbooks.com.tw
官方部落格：http://eastbooks.pixnet.net/blog
Facebook：http://www.facebook.com/h7560949
E-mail：h7560949@ms15.hinet.net
劃撥帳號：12043291
戶名：風雲時代出版股份有限公司

風雲發行所：33373桃園市龜山區公西村2鄰復興街304巷96號
電話：(03) 318-1378
傳真：(03) 318-1378
法律顧問：永然法律事務所 李永然律師
北辰著作權事務所 蕭雄淋律師

行政院新聞局局版台業字第3595號 營利事業統一編號22759935

定價 ：340元

國家圖書館出版品預行編目資料

陳墨：文化金庸 / 陳墨著. -- 初版. -- 臺北市：風雲時代出版股份有限公司, 2021.03 冊； 公分

ISBN 978-986-352-975-0 (下冊：平裝)
1.金庸 2.武俠小說 3.文學評論

857.9 109022279